LOCUS

LOCUS

LOCUS

LOCUS

RECREATION

R45

夢寤（夜之屋8）

Awakened (the house of night, book 8)

作者： 菲莉絲・卡司特＋克麗絲婷・卡司特（P. C. Cast & Kristin Cast）

譯者：郭寶蓮

責任編輯：廖立文 美術編輯：蔡怡欣

校對：呂佳眞

法律顧問：全理法律事務所董安丹律師

出版者：大塊文化出版股份有限公司

台北市10550南京東路四段25號11樓

www.locuspublishing.com

讀者服務專線：0800-006689

TEL：(02) 87123898　FAX：(02) 87123897

郵撥帳號：18955675　戶名：大塊文化出版股份有限公司

總經銷：大和書報圖書股份有限公司　地址：新北市新莊區五工五路2號

TEL：(02) 89902588　FAX：(02) 22901658

排版：辰皓國際出版製作有限公司 製版：瑞豐實業股份有限公司

初版一刷：2012年4月

定價：新台幣 280元

Printed in Taiwan

夢寤 / 菲莉絲.卡司特（P. C. Cast），克麗絲婷.卡司特（Kristin Cast）著；

郭寶蓮譯.

-- 初版. -- 臺北市 : 大塊文化, 2012.03

面； 公分. -- (R;45夜之屋 ; 8)

譯自 : Awakened : the house of night, book 8

ISBN 978-986-213-327-9(平裝)

874.57　　101003717

夢寤

Awakened

THE HOUSE OF NIGHT, BOOK 8

P. C. CAST + KRISTIN CAST
菲莉絲・卡司特＋克麗絲婷・卡司特 著　郭寶蓮 譯

1

奈菲瑞特

心中一陣煩悶、騷動，奈菲瑞特醒來。在完全脫離半夢半醒的恍惚狀態之前，她伸出纖細修長的手指，去探身邊的卡羅納。她摸到的手臂，肌肉是如此結實，皮膚是如此滑潤，感覺起來眞舒服。她的撫觸是這麼輕，如羽毛一般輕輕拂過，身邊人卻已醒來，立刻翻身，急切地偎向她。

「我的女神？」他聲音沙啞，睡意仍濃，欲火卻已重新燃起。

這惹惱了她。但惹惱她的不只是他。

他們全都惹惱了她，因爲他們都不是**他**。

「滾開……克羅諾斯。」她得停頓一下，才想得起他誇張、荒謬的名字。區區一個無知無識的戰士，居然僭用古希臘泰坦神祇的名號。

「女神，我做了什麼事惹妳不高興？」

奈菲瑞特睜開眼睛看他。年輕的冥界之子戰士斜靠在她身旁，俊俏的臉龐充滿期待，一副心甘情願爲她獻身的表情。在她這間燭光昏暗的臥房裡，他那雙湛藍的眼睛依舊迷人，一如當天稍早他在城堡庭院鍛鍊體能和技藝時，她看到的那個模樣。那時，她的情欲被他撩起，秋波一送，他就乖乖來到她的身邊，熱切地想要證明，他確實勇猛如古代的神祇，而不只是徒然取這樣一個名字。然而，他的熱切終歸徒勞。

問題是奈菲瑞特曾與不死生物同床共枕，親暱廝磨。這個克羅諾斯是不是冒牌貨，她太清楚了。

「呼吸。」奈菲瑞特說，不耐地看著他那雙藍眼睛。

「呼吸，女神？」他不解地蹙起眉頭。他額頭上的刺青圖案應該是刺球和狼牙棒，但奈菲瑞特覺得更像是國慶煙火。

「你問我，你做了什麼事惹我不高興。現在我告訴你了：你在呼吸，而且這麼靠近我在呼吸。這惹得我不高興。你該下床離開了。」奈菲瑞特嘆一口氣，對他輕輕揮了揮手。

「滾，現在就滾。」

他露出受傷和震驚的表情，毫無掩飾，看得她差點失笑。

只是，難道這小夥子眞以爲他可以取代她的神祇伴侶？想到他心中可能懷有如此狂妄的念頭，她的怒火不禁燃起。

在臥房的角落，暗影中的暗影滿心期待地震顫著。她沒有正眼看它們，但可以感覺到它們的騷動。這讓她芳心大悅。

「克羅諾斯，你是可以帶給我一些消遣，而且你也給了我短暫的歡愉。」奈菲瑞特再次撫摸他，但這回沒那麼溫柔。她的指甲在他粗壯的前臂留下兩道隆起的抓痕。年輕的戰士沒有皺眉，也沒有縮手。相反地，在她的觸摸之下，他興奮地顫抖，呼吸變粗重。奈菲瑞特漾起笑容。打從一開始，當他的眼睛跟她對望，她已知道，痛楚會撩起這傢伙的情欲。

「如果妳允許，我可以給妳更多歡愉。」他說。

奈菲瑞特臉上繼續掛著微笑，緩緩地微微吐出舌頭，一邊看著凝視著她的克羅諾斯，一邊舔著自己的朱唇。「或許改天吧，或許。現在，我只需要你離開。不過，當然，你要繼續仰慕我。」

「但願我能**再次**讓妳知道我有多仰慕妳。」這「再次」兩個字，他說得是如此甜膩，如此猥瑣。接著，他居然不知分際地伸手要撫摸她。

彷彿他有權利碰觸她。

彷彿她的意願必須順服於他的需求和情欲。

一個小小的回音從遙遠的過去傳來，從奈菲瑞特塵封的記憶滲漏出來。那段往事，她以爲她早已連同自己的人性一起掩埋。當童年的記憶侵入當下的時空，她仍可以清晰地感覺到父親的撫摸，甚至聞到他呼吸時酒精的酸臭氣味。

就在這一剎那，奈菲瑞特立即做出反應，動作輕巧流暢，宛如呼吸一般自然。她舉起抓傷戰士手臂的那隻手，掌心朝外，伸向流連在房間角落，最靠近的一團墨黑。

她的碰觸可以引起克羅諾斯的立即反應，但那團暗影的回應更快，她迅即感受到它那致命的寒意，也立刻陶醉在悸動裡。更棒的是，它驅走了方才冒出的回憶。她冷冷地將那團黑影往克羅諾斯身上擲過去，說：「如果你渴望痛苦，那就嘗嘗我的寒冽之火吧。」

被奈菲瑞特擲出的魆黑暗影，迫不及待地刺穿克羅諾斯年輕光滑的肌膚，在她撫摸過的前臂劃出一道道猩紅血絲。

他呻吟，但這次恐懼的成分多於激情。

「現在，乖乖照我的話做。滾開。還有，年輕戰士，你要記住，女神被愛撫的時間、地點和方式是由女神自己決定，你可別又越過界了。」

克羅諾斯抓著流血的手臂，頭垂得低低的，對奈菲瑞特鞠躬。「是的，我的女神。」

「哪個女神？說清楚，戰士，我不接受含糊不清的稱謂。」

克羅諾斯立刻答道：「我的女神，妳是妮克絲化身。」

她緊蹙的面容放鬆，換成一張美麗、溫暖的面具。「非常好，克羅諾斯，非常好。瞧，要取悅我很容易吧？」

在她的翠綠眼眸凝視下，克羅諾斯再次鞠躬，右手握拳放在心臟位置，說：「是的，我的女神，我的妮克絲。」語畢，他恭敬地退出她的內寢。

奈菲瑞特臉上再次漾起微笑。她知道自己不是妮克絲的化身，但這無關緊要，因爲她根本沒有興趣扮演什麼女神的化身。「若是化身，就代表我不如女神。」她對著聚集在她四周的暗影說道。眞正重要的是權力，如果妮克絲化身這個頭銜有助於她奪得權力，特別是能幫她收服冥界之子戰士，那麼，她就冠上這個頭銜，讓他們這樣稱呼吧。「但我要的不只是這樣——不只是站在任一個女神的陰影下。」

奈菲瑞特很快就可以準備展開下一步行動。她知道她可以操控部分冥界之子，讓他們站在她這邊。喔，他們的人數或許不足以發動一場戰爭，但已足以讓冥界之子兄弟鬩牆，瓦解他們的士氣。她不屑地想著，**男人啊，男人，這麼容易就被美貌和頭銜愚弄，這麼容易就被我利用。**

想到這點，奈菲瑞特心情稍微好了一些，但心頭的煩亂依舊無法驅除。她下床，將純絲睡袍裹在身上，從寢室走出，來到外頭廊道。在還沒意識到自己要做什麼之前，她人已走向樓梯間，而這道樓梯通往城堡底部深處。

暗影中的暗影隨著奈菲瑞特飄移，跟在她身後，被她愈來愈煩亂的心情給吸引。她知道它們跟著她，她知道它們很危險，會因爲她的不安、憤怒和煩躁而變得更壯大。然而，怪的是，有它們在身邊，她覺得很舒坦。

下樓途中，她停頓了一下。**為什麼我又要去找他？為什麼我讓他今晚闖入我的思緒？**奈菲瑞特搖了搖頭，彷彿想甩開心中無聲的話語。她必須爲自己找出一個可以接受的理由。於是，面向空蕩、狹窄的樓梯間，對著緊緊跟著她，飄浮在四周的魆黑暗影，她說：「我去找他是因爲我想這麼做。卡羅納是我的伴侶。他受傷，爲我效命。我會想到他，毋寧是很自然的事。」

奈菲瑞特滿意地堆起笑容，繼續沿著盤旋的樓梯往下走。她的笑容輕易地遮掩了事實，彷彿她不知道卡羅納受傷是因爲她囚禁他，而且他是被迫爲她效命。

她走到地牢，靜靜地沿著火炬照明的甬道往前走。位於城堡最底部的地牢，是數世紀前直接在岩盤裡挖鑿出來的，而整座卡布里島就是由岩層所構成。守在門外的冥界之子見到奈菲瑞特，難掩驚訝的神色。奈菲瑞特的笑容綻放開來。從戰士驚恐、畏懼的表情，她知道她愈來愈擅長在陰影和黑夜中憑空現身。這一點讓她很高興，但不足以讓她的笑容變柔和，也不足以緩和她下令時嚴冷的語氣。

「退下，我要跟我的伴侶獨處。」

冥界之子只躊躇了那麼一剎那，但這細微的猶豫已引起奈菲瑞特的注意。她在心中暗忖，過兩天，她得讓這位戰士接到返回威尼斯的召令，理由是——嗯，不幸得很，他親近的某人突然遭遇不測……

「女祭司，我這就退開，讓妳和他獨處。不過，我會待在聽得見妳聲音的地方，萬一妳需要我，喊一聲我立刻就來。」戰士沒注視她的眼睛，逕自握拳放在心臟位置，對她鞠躬——可惜，他腰彎得不夠深，頭俯得不夠低，不足以顯示對她的尊敬。

奈菲瑞特看著他退入狹窄的樓梯間。

「沒錯，」她對著暗影低聲說：「我可以感覺到，他的配偶即將發生相當不幸的事。」

她撫順身上的純絲睡袍，轉身面向緊閉的木門。奈菲瑞特深深吸了一口地牢的潮溼空氣，將散落臉龐的一綹濃密的赭色頭髮往後捋，展露她的千嬌百媚，彷彿準備上戰場。

奈菲瑞特對著木門揮了揮手，門立即爲她敞開。她走進去。

卡羅納直接躺在泥土地面上。她曾想替他鋪一張床，但出於謹慎，最後決定不這麼做。

她不是眞的想把他關在這裡，她只是必須明智行事。他必須完成她交付的任務——而讓他關在地牢，躺在地上，是爲了他好。如果現在就讓卡羅納的身軀恢復過多的不死力量，他就會分心，而分心會導致不幸的後果。尤其他已經發誓在另一個世界當她的劍，徹底解決柔依·紅鳥，根除柔依在這個時代、這個世界給他們惹出的種種麻煩。

奈菲瑞特走近他的身體。他平躺在地上，全身赤裸，只有那對烏黑的翅膀，宛如面紗，覆蓋住部分身軀。她優雅地屈膝跪下，然後斜躺在他身邊那張專爲她準備的厚絨毛墊上。

奈菲瑞特嘆一口氣，撫摸卡羅納的臉頰。

他的肌膚冰冷一如往常。只是，這會兒那是沒有生命的肌膚。對於她的出現，他毫無反應。

「怎麼會這麼久，我的愛人？你就不能快點解決那個惹人厭的小鬼嗎？」

奈菲瑞特再次撫摸他。這次，她的手從他的臉往下摩挲到他的頸窩，游移到他的胸口，最後放在下腹和腰際之間那塊結實肌肉的凹陷處。

「牢記你的誓言，並且說到做到，這樣我就可以張開手臂歡迎你，而我的香閨也會再度爲你敞開。以血和黑暗之名，你已發誓，你會阻止柔依·紅鳥回到她的肉體，從而徹底摧毀她，好讓我順利統治這個神奇的現代世界。」奈菲瑞特又一次撫摸墮落的不死生物的細腰，心中暗自竊笑。「噢，當然，在我稱王時，你會陪在我身邊。」

外頭那群最高委員會派來的冥界之子，照說負有監視她和他的職責。然而，蛛絲一般纏縛住卡羅納，把他壓制在地上的黑色絲線，是這些笨蛋怎樣也看不見的。這會兒，黑絲顫抖著，游移著，冰冷的觸鬚拂過奈菲瑞特的手。它們誘人的寒意頓時轉移了奈菲瑞特的注意力。她向黑暗張開手掌，讓它纏繞在她的手腕上，輕輕割入她的肌膚——不至於造成她難以承受的痛，但足以暫時滿足它無止境的嗜血欲望。

記住妳發過的誓……

這句話一字一字地襲向她，彷彿冬風吹過光禿的枝椏。

奈菲瑞特蹙起眉頭。她當然記得自己的誓言，不需要人提醒。爲了讓黑暗聽從她的命令，囚禁卡羅納的肉體，逼使他的靈魂前往另一個世界，這是她給予它的交換條件——她答應取黑暗無法玷污的某個純潔的人命，作爲獻祭。

誓言已立。特西思基利之后，即使卡羅納失敗，承諾仍須履行……

話語再度在她四周低喃。

「卡羅納不會失敗！」奈菲瑞特咆哮道。她怒氣沖天，沒想到連黑暗都敢訓斥她。「就算他眞的失手，我也仍是勝利者，因爲我已約束他的靈，只要他一日是不死生物，我就一日可以操控他。但不管怎樣，他不會失敗。」她一個字一個字緩慢地、清晰地說完最後這句話，克制住逐漸升高的怒氣。

黑暗舔舐她的手掌。那痛楚儘管輕微，卻也愉悅了她。她愛憐地注視著一縷縷卷鬚，彷彿它們只是一群爭相討她歡心的小貓咪。

「親愛的，有點耐心，他的任務還沒完成，我的卡羅納仍只是一副軀殼。我只能猜想，柔依在另一個世界已經奄奄一息——不完全活著，只可惜也還沒完全死去。」

纏住她手腕的黑色絲線微微顫動著。有那麼一瞬間，奈菲瑞特覺得她聽見遠方傳來一陣隆隆低鳴，彷彿輕蔑嘲弄的笑聲。

但她沒有時間思索這聲音的涵義，沒有時間理會是不是眞有這樣的笑聲傳來——畢竟，當黑暗與權力的欲望不斷擴張，持續侵蝕她曾經知悉的現實，她或許會感受到異常的現象。她沒有時間多想，因爲，就在這時，卡羅納被捆綁的身軀痙攣似地抽搐著，並迅猛地深深吸了一口氣。

她的目光立刻轉移到他的臉上，恰好目睹他睜開眼睛，看見他可怖的眼神，即使那雙眼睛只是空洞、充血的兩個眼窩。

「卡羅納！我的愛人！」奈菲瑞特跪坐起來，俯身看他，雙手在他的臉龐兩側顫抖著。

纏繞她手腕的黑暗突然使勁抽動，痛得她瑟縮了一下。然後，黑暗倏地退離她的身體，往上騰躍，加入蜘蛛網般盤旋在地牢天花板上，不停顫動著的濃密卷鬚。

奈菲瑞特來不及叫喚任何一條卷鬚，要它解釋為何出現這種怪異現象，天花板上就已爆出一道刺眼的亮光，亮到她不由得抬手遮住自己的眼睛。

黑暗的蜘蛛網隨即以非人的速度撲向亮光，攫住它，緊緊纏縛。

卡羅納張嘴，發出無聲的吶喊。

「怎麼了？我要知道到底發生了什麼事！」奈菲瑞特大喊。

妳的伴侶回來了，特西思基利。

奈菲瑞特看見黑暗把那團被攫住的亮光從半空中猛地往下甩，一陣可怕的嘶嘶聲傳來，卡羅納的靈魂已被黑暗擲入他的眼窩，回到他的軀殼。

長翅膀的不死生物痛苦地扭動著，舉起雙手摀住臉，斷斷續續地劇烈喘氣。

「卡羅納！我的伴侶！」猶如還是一名年輕的療癒師時那樣，奈菲瑞特立刻本能地採取行動：雙手掌心覆蓋住卡羅納的手，迅速且有效率地集中精神，說道：「安撫他……解除他的痛苦……讓他的痛楚就像火紅的太陽下沉到地平線後方——短暫地掠過等待揭幕的夜空，然後消逝無蹤。」

折磨卡羅納身軀的顫動應聲緩和下來，長翅膀的不死生物深吸一口氣，發抖的雙手緊緊抓住奈菲瑞特的手，從自己臉上移開。接著，他睜開眼睛。那雙好比深色威士忌的琥珀色眼眸澄澈又專注，他已恢復原來的樣子。

「你終於回到我身邊了！」霎時，奈菲瑞特鬆了一口氣，並且察覺自己高興得差點哭出來。「你完成任務了。」黑暗的卷鬚似乎仍死巴著她的愛人不放，固執地攀附在卡羅納身上，奈菲瑞特不悅地對它們蹙起眉頭，伸手將它們拂開。

「把我帶離地面。」他的聲音因久未開口而變得沙啞，但一字一句仍很清晰。「帶我到天空，我必須看見天空。」

「好，沒問題，我的愛人。」奈菲瑞特對著門揮手，門再度自動開啓。「戰士！我的伴侶醒了，扶他到城堡屋頂！」

片刻前才惹惱她的那名冥界之子，毫不遲疑地聽從她的命令。但奈菲瑞特注意到，卡羅納忽然復活讓他震驚。

等著看吧，豈只是這樣。奈菲瑞特對他露出睥睨的冷笑。**很快地，你和其他戰士將只能聽命於我，否則就是找死**。想到這裡，她心情大好。她跟在這兩個男人背後，離開卡布里島這座古老城堡的底部深處，沿著長長的石階往上爬，不停往上爬，直到抵達屋頂。

午夜已過，月亮懸在地平線上方，雖然不是滿月，卻仍黃澄澄、沉甸甸的。

「扶他到那張長椅，然後退下。」奈菲瑞特下令，指著城堡屋頂邊緣那張精雕細琢的大理石長凳。從長凳上，可以鳥瞰波光粼粼的壯觀的地中海。但這會兒，奈菲瑞特沒有興致欣賞四周美景。她揮手遣開戰士，也暫時把他從心頭遣開——雖然她知道，他會立即把不死生物靈魂已返回肉體的消息通報給最高委員會。

此刻，這件事不重要，可以稍後再處理。

此刻，要緊的只有兩件事：卡羅納回到她身邊了，柔依．紅鳥死了。

2 奈菲瑞特

「跟我說話，清楚地、慢慢地告訴我所發生的一切。我要細細品嘗你說的每個字。」

奈菲瑞特走向卡羅納，跪在他面前，伸手撫摸那對鬆垮垮地張開著的柔軟黑翅。他坐在石凳上，仰頭凝望夜空，古銅色的身軀沐浴在金黃的柔和月光下。她努力克制自己，別因爲期待他的愛撫，期待他冷冽的激情和凍寒的熾熱而悸動地顫抖。

「妳要我說什麼？」他沒跟她目光接觸，仍仰望著天空，彷彿可以將上方的天空吸吮進體內。

他的問題讓她吃了一驚。像是被潑了一桶冷水，她欲火頓消，手也停止撫摸他的翅膀。

「我要你把過程一點一滴地仔細告訴我，好讓我跟你一起回味我們的勝利。」她緩緩地說，心想他靈魂離開了好一陣子，或許此刻他的腦袋還有點混亂。

「**我們的**勝利？」他說。

奈菲瑞特瞇起綠色的眼睛。「沒錯。你是我的伴侶，你的勝利就是我的勝利，正如同我的勝利也屬於你。」

「妳眞好心，彷彿神祇才有的那種好心。我不在的這段期間，妳變成女神了嗎？」

奈菲瑞特仔細打量他。他依舊沒看她，而口氣是這樣冷淡。他如此放肆無禮，是故意的嗎？她決定不理會他的問題，但仍繼續端詳著他。「在另一個世界發生了什麼事？柔依是怎麼死的？」

當他的琥珀色眼眸終於看著她的眼睛，她已知道他要說什麼。但在他開口說出那一句像利箭刺穿她靈魂的話語時，她竟不由自主地像個孩子，伸手摀住耳朵，一顆腦袋不停地前後搖晃，不停地搖晃。

「柔依．紅鳥沒死。」

奈菲瑞特站起身來，逼自己把手從耳朵拿開。她退離卡羅納數步，怔怔地望向夜幕底下的水藍汪洋。她緩緩地呼吸，試圖控制沸騰的怒氣。等終於確定自己能冷靜地說話，不會對天空怒吼，她才開口。

「爲什麼？爲什麼你沒有完成你的計畫？」

「這是妳的計畫，奈菲瑞特。我從來就沒打算這麼做。妳強迫我返回我被逐出的國度，會發生什麼事是可以預見的，柔依的朋友一定會支援她。在他們的幫助之下，她療癒了破碎的靈魂，找回了自我。」

「你怎麼沒從中阻止？」她語氣嚴厲，說話時幾乎連看都沒看他。

「妮克絲。」

奈菲瑞特聽見他輕柔地低聲說出這個名字，語氣裡充滿敬意，像是在祈禱，不由得妒火中燒。

「女神怎樣？」她沒好氣地問。

「她出面了。」

「她幹了什麼事？」奈菲瑞特倏地轉過身來。由於懷疑，也由於恐懼，她的聲音顯得激動，帶著不敢置信的語氣。「你以爲我相信妮克絲會干預凡人的抉擇？」

「不，」卡羅納說，聲音再度顯得疲憊。「她沒干預，她只是出面，而且是在柔依已經自我療癒之後才出面。由於柔依做出的抉擇，妮克絲祝福她。她和她的誓約戰士之所以得救，部分原因就在於妮克絲的祝福。」

「柔依活著。」奈菲瑞特的聲音低沉、冰冷，毫無情緒。

「她是活著。」

「那麼，你不死的靈魂就必須供我驅遣。」她撇下他，逕自走向樓梯間。

「妳要去哪裡？接下來會怎樣？」

奈菲瑞特覺得，他的聲音洩漏了他的軟弱，心裡頓時感到嫌惡。她轉身面對他，站得直挺挺地，驕傲而威嚴。接著，她伸出雙臂，讓在她四周不斷搏動的黏稠絲線毫無阻礙地拍擊、撫弄她的肌膚。

「接下來會怎樣？很簡單，我會讓柔依回到奧克拉荷馬州。在那裡，我會依照自己的意思和方式，完成你沒能完成的工作。」

見她轉身又要離開，不死生物趕緊問道：「那我呢？」

奈菲瑞特頓住，轉頭看著他。「你也要回陶沙市，只是我們兩個得分頭回去。我用得到你，但你不能跟我公開在一起。你忘了嗎，我的愛人，現在你可是殺人凶手呀？西斯．郝運的死，是你幹的。」

「是**我們**幹的。」他說。

她露出優雅的笑容。「在最高委員會看來可不是如此。」她盯著他的眼睛看，說：「接下來，事情將會這麼進行：我要你盡速恢復力氣。明天傍晚之前，我必須向最高委員會稟報，你的靈魂已返回肉體，而且你跟我坦承，你殺了那個人類男孩，因爲你認爲他對我的憎恨已構成威脅。我會告訴她們，你深信這麼做是爲了保護我，所以我決定對你略施薄懲，只判你受鞭刑一百下，然後將你逐出我身邊一個世紀。」

卡羅納坐在那裡，努力克制情緒。奈菲瑞特很高興見到他的琥珀色眼睛閃現怒火。

「妳眞的打算一個世紀都不讓我碰觸妳？」

「當然不是。等你的傷痊癒，我會大發慈悲，讓你回到我身邊。到時候，我依然可以享有你的愛撫，但不能在眾目睽睽之下。」

他揚起眉毛。她心想，那表情多傲慢啊，即便他受到挫折，此刻身心孱弱。

「妳要我在陰暗處躲多久，假裝把根本不存在的傷給養好？」

「總之，在你的傷口**真的**痊癒之前，你不能出現在我身邊。」說著，奈菲瑞特迅速把手腕抬到唇邊，狠狠地咬了下去，頓時咬出一圈血痕。然後，她舉起手，在空中繞圈，黏稠的黑暗絲線貪婪地纏繞她的手腕，像水蛭般吸附在淌血的傷口上。當銳利的卷鬚一次又一次地戳刺她，她咬緊牙忍耐，不讓自己露出畏縮的神色。等它們似乎膨脹得夠大了，奈菲瑞特以慈愛、溫柔的語氣對它們說：「你們已經拿取報酬，現在必須聽從我的吩咐。」她的視線從不停搏動的一縷縷暗影轉向她的不死愛人。「狠狠地鞭打他，一百下。」奈菲瑞特將魆黑暗影擲向卡羅納。

虛弱的不死生物趕緊展開翅膀，躍向屋頂邊緣，但才一騰起，就被剃刀一般銳利的卷鬚攫住。它們纏捆在他的翅膀與脊椎接合的敏感部位，將他牢牢釘在古老的石欄上，讓他無法從屋頂一躍而下。接著，暗影開始有條不紊地慢慢鞭打他，在他赤裸的背部打出一道道深深的鞭痕。

奈菲瑞特靜靜地看著，直到卡羅納原本驕傲、漂亮的頭顱垂下來，身體隨著銳利的每一鞭而痛苦抽搐。

「別讓他留下永久傷痕，我還打算繼續享受他的美麗肉體呢。」說著，她轉身背對卡羅納，邁步離開血跡斑斑的屋頂。

「看來我什麼事情都得自己來。事情那麼多……好多事要做……」她對著在她腳踝邊飛繞的暗影低聲說道。

在層層疊疊的暗影當中，奈菲瑞特覺得她瞥見了一隻巨牛的身形。她覺得，牠正贊許地、歡喜地看著她。

奈菲瑞特綻開笑容。

3 柔依

這是第幾百萬次了，我止不住要讚歎，史迦赫的寶殿實在太美了。是的，她是古代的吸血鬼女王，偉大獵首者，法力超厲害，四周有一票號稱守護人的戰士。而且，是的，許久許久之前她直接槓上最高委員會。然而，別誤會，她的城堡可不是你想像中那種得在戶外上茅廁的中世紀營區。沒錯，這是一座道道地地的堡壘，但是——用他們蘇格蘭人的話來說——這可是一座超氣派的堡壘。我發誓，從任何一扇面海的窗子望出去，尤其是從她的寶殿望出去，那景色美到不可思議，只合出現在高畫質電視裡，不會出現在我的眼前，不會出現在眞實生活裡。

「這裡眞美。」好吧，這樣自言自語恐怕不是個太好的現象，畢竟我才剛在另一個世界裡**瘋瘋癲癲**過。我吁一口氣，聳聳肩。「管他的。娜拉不在這裡，史塔克多半時候昏睡不醒，而愛芙羅黛蒂忙著和達瑞司做些什麼勾當，我寧可不去想像。至於史迦赫，可能正在跟她的守護人修洛斯練習法術，做些什麼神奇的、超炫的事情。所以，我還能幹麼？只能自言自語呀。」

「我剛剛是去查看我的email信箱，既不神奇，也不炫呀。」

照理說我應該會被她嚇得跳起來。我的意思是，瞧，女王可是從我身邊憑空冒出來欸。不過，我猜，可能由於曾經靈魂粉碎，又在另一個世界發瘋過，現在我很能承受稀奇古怪的事。再說，我總覺得，我跟這位吸血鬼女王有一種很怪的親密感。對，她令人敬畏，法力高強，不過，史塔克和我回到人間的這幾個禮拜，她一直都在我身邊。愛芙羅黛蒂和達瑞司忙著玩噁心的親親遊戲，上演手牽手在沙灘漫步的浪漫戲碼，而史塔克則不停昏睡，所以一直陪在我身邊的是史迦赫女王。我們有時閒聊，有時只是靜靜地彼此陪伴。幾天前我就做出結論，她是我遇過的人當中最酷的女人，不管是不是吸血鬼。

「妳在開玩笑吧？妳是古代的戰士女王，離群索居地守在一個島嶼，沒有妳的允許誰都進不了這裡，而**妳竟然只是去查看妳的email**？在我看來，這就夠神奇了。」

史迦赫大笑。「通常科學比魔法神奇，至少我總這麼覺得。說到這兒，我想起來了，我一直在想，陽光竟會讓妳的守護人變得這麼衰弱，實在很怪。」

「不只史塔克會這樣。我的意思是，他最近情況比較糟，是因爲，嗯，因爲他受傷了。」我支支吾吾，停頓了一下，不想承認我的戰士暨守護人變得這麼狼狽憔悴，讓我很難受。「他原本不是這樣子的，眞的。他平常白天也能保持清醒，雖然他經不起被太陽直接照射。這一點，所有的紅成鬼和雛鬼都一樣。太陽會害死他們。」

「嗯，小女王，這一點恐怕對妳很不利，因爲妳的守護人無法在白天保護妳。」

她的話害我的脊椎竄起一陣寒顫，彷彿我不自主地有一種不祥的預感。但我還是聳聳肩，說：「對，不過，我最近已經學會照顧自己了。我想，我一天自己撐個幾小時絕對沒問題。」我的語氣出其不意地尖銳，連我自己都嚇一跳。

史迦赫琥珀綠的眼眸直瞅著我。「別因爲這樣而變得強悍。」

「因爲這樣？」

「因爲黑暗，也因爲必須和它對抗。」

「爲了對抗黑暗，不就必須變得強悍嗎？」想起在另一個世界時，我用史塔克的大劍把卡羅納釘在競技場的牆壁上，我的胃揪緊。

她搖了搖頭，逐漸西沉的日光映照著她的一綹綹銀絲，閃閃發亮，彷彿肉桂與金子摻和在一起的色澤。「不，妳必須堅強，必須睿智，必須了解自己，信任値得相信的人。但如果妳因爲對抗黑暗而變得強悍，就會喪失洞察力。」

我別開頭，望著環抱斯凱島的灰藍海水。即將沒入海洋的太陽，在漸暗的天空抹上細緻的粉紅色和珊瑚的繽紛色彩。好美，好靜謐，一切看似好正常。站在這裡，真難想像外頭的世界盤據著邪惡、黑暗和死亡。

但黑暗確實就在外頭，搞不好還壯大了上百萬倍。卡羅納沒殺死我，這真的、真的會氣死奈菲瑞特。

光想到自己沒死所代表的意義，想到我終將必須面對她和卡羅納，以及伴隨著他們而來的一大堆可怕的鳥事，我就開始疲憊起來。不可思議地疲憊。

我將視線撇離窗戶，抬頭挺胸，面向史迦赫。「如果我不想再對抗呢？如果我想待在這裡，至少待一陣子呢？史塔克狀況不好，需要好好休息，讓自己復原。我已經把卡羅納的消息傳回最高委員會，她們知道他殺了西斯，還跑到另一個世界繼續追殺我。她們也知道奈菲瑞特牽涉在這整件事情當中，而且她根本已經和黑暗掛鉤。所以，最高委員會會去處理奈菲瑞特的。唉，那些**大人**必須處理她，以及她一直惹出來的邪惡鳥事。」

史迦赫不發一語，所以我深吸一口氣，繼續喋喋不休。「我只是個孩子，還不滿十七歲，我的幾何爛透了，西班牙語也很慘，而且連選舉權都還沒有，對抗邪惡實在不是我的責任——順利從高中畢業、但願能成功蛻變，才是我要關心的事。我的靈魂粉碎過，男友也被殺了，這樣還不能好好休息嗎？不能休息一下嗎？」

全然出乎我意料地，史迦赫聽了我的話後竟露出微笑，說：「對，柔依，我相信妳該好好休息。」

「妳的意思是我可以待在這裡？」

「想待多久就待多久。被世事催逼得太緊是什麼感覺，我知道。而在這裡，正如妳所言，未經我准許，外頭的世界不得進入，並且我多半會命令它離得遠遠的。」

「那對抗黑暗和邪惡之類的事呢？」

「等妳回去，它還在那裡等著妳。」

「哇，妳是說眞的？」

「眞的。妳就留在我的小島，好好休息，直到靈魂眞的復原了，直到妳的良知要妳返回妳的世界和人生。」

聽到**良知**這個字眼，我的心猛地揪緊了一下。但我不予理會。「史塔克也可以留下來，對吧？」

「當然。女王的身邊必須隨時有守護人。」

「說到這一點，」逮到機會擺脫良知和對抗邪惡的話題，我很高興，趕緊接著她的話說：「修洛斯成爲妳的守護人多久時間了？」

女王的眼神變柔和，笑容也變得更加甜蜜、溫暖，甚至美麗。「修洛斯成為我的誓約守護人已超過五百年了。」

「哇塞！五百年？那妳幾歲了？」

史迦赫哈哈大笑。「妳不覺得過了一定歲數，年齡就再也不重要了嗎？」

「何況，探詢姑娘的年紀很不禮貌。」

即使修洛斯沒開口，我也已經知道他進房間來了。只要他在場，史迦赫的表情就會不一樣，彷彿他打開了什麼開關，讓她的內在亮起柔和、溫暖的光。而他凝視她的時候，他看起來也不再那麼粗獷，一副身經百戰，傷疤累累，寧可踹你也不跟你說話的凶狠模樣。

女王呵呵笑，親暱地撫摸守護人的手臂，看得我好希望史塔克和我也能發展出他們這種連結，即使只像一丁點也好。如果五百年後他還會叫我姑娘，那一定很酷。

西斯一定會叫我姑娘。嗯，更可能叫我女孩吧。或者，直接叫我小柔——我永遠都是他的小柔。

可是西斯死了，離開我了，永遠都不會再叫我了。

「他在等妳，小女王。」

我震驚地望著修洛斯。「西斯在等我？」

戰士露出睿智和體諒的表情，以溫柔的聲音說：「嗯，妳的西斯說不定眞的在未來某個地方等妳。不過，現在我說的是妳的守護人。」

「史塔克！噢，太好了，他醒了。」我知道我的聲音充滿愧疚。我不是故意滿腦子西斯，但我就是一時忘不了他。打從我九歲起，他就是我生命的一部分，而他才死了幾星期。我在心裡搖頭，搖醒自己，然後迅速對史迦赫頷首告退，走向門口。

「他不在妳的房間。」修洛斯說：「他在聖樹林那邊，他請妳去那裡找他。」

「他在外頭？」我吃了一驚，頓住。史塔克從另一個世界回到人間後，就一直很虛弱，經常在昏睡，多半時間要不是在進食、睡覺，就只能和修洛斯玩電腦遊戲——沒錯，那種景象超級怪，就像一個高中生遇上蘇格蘭歷史電影《英雄本色》裡的人物，兩個人一起打電玩遊戲《決勝時刻》。

「是的，這娘兒們應該已經玩夠了脂粉，這會兒終於有個守護人的樣子了。」

我握拳叉腰，瞇起眼睛，不悅地看著老戰士。「他差點死掉欸。你把他千刀萬剮，他到了另一個世界去。現在，就饒他一下吧。眞是夠了。」

「是的，不過，他並沒**真的**死掉，不是嗎？」

我翻翻白眼。「你說，他在樹林裡？」

「對。」

「好，好。」

我匆匆走出房門，史迦赫的聲音緊跟在後：「記得帶上妳在村子裡買的那條圍巾，晚上會冷。」

我心想，史迦赫會提這種事實在有點怪。我的意思是，對，斯凱島是滿冷的（通常溼氣也很重），可是雛鬼和成鬼不像人類對天氣變化那麼敏感。不過，管他的，如果戰士女王叫你做什麼，你最好還是乖乖照做。所以，我先繞到我和史塔克的大房間，去拿那條披在天篷床尾的圍巾。這條乳白色的圍巾是高級的喀什米爾毛料做的，綴上了金蔥線。我覺得，它掛在床尾襯托著深紅色的床簾，比圍在我的脖子上好看多了。

我在床邊佇足片刻，看著過去幾個禮拜我和史塔克共用的床。我跟他蜷縮在這張床上，握著他的手，頭倚在他的肩上，看著熟睡的他。但僅止於此，他甚至沒試圖挑逗我，要我跟他親熱。

要命！他傷得那麼重！

想到史塔克多次為我受苦，我的心揪緊。他射出的箭本來該是朝我而來的，他卻自己承受，差點送了命；他忍受千刀萬剮，受盡折磨，就為了進入另一個世界找我；他被卡羅納的長矛刺穿，只因爲他相信唯有這樣才能觸動我破碎的內在，喚醒我。

可是，我也救了他呀，我提醒自己。史塔克料想得沒錯——當我目睹他被卡羅納摧殘，我果然立刻振作起來，恢復靈魂的完整。因爲這樣，妮克絲才會現身，逼使卡羅納將一絲不死的氣息呼入史塔克的身軀，讓他復活，藉以彌補他殺害西斯的罪孽。

我穿越莊嚴華麗的城堡，沿路向一個個對我頷首致敬的戰士點頭回禮。一心想著史塔克，我不自覺地加快了腳步。他在想什麼啊？經歷了這些事情之後，他這麼脆弱，居然還跑到外頭？

要命，我實在不曉得他在想些什麼。自從回到人間，他就不一樣了。

唉，他當然會不一樣啊，我厲聲告訴自己，覺得自己很糟糕，很差勁。我的戰士可是爲了我去到另一個世界，死在那裡，憑藉不死生物的氣息才復活，然後被擲回傷痕累累、虛弱的軀殼。

不過，在那以前，在我們返回人間以前，我們之間的感覺就變得不一樣了。某種東西改變了我們。至少我這麼覺得。我們在另一個世界非常親密。他吸吮我的那種經驗很不可思議，**超越**性愛。對，感覺很棒，眞的、**眞的**很棒。這吸吮療癒了他，帶給他力量，而且——不知怎麼地——也修補了我內心破碎的部分，讓我的刺青再次出現。

由於和史塔克發展出這層新的親密關係，我才比較能承受失去西斯的痛苦。

既然這樣，爲什麼我還那麼消沉？我到底是哪裡不對勁？

唉，我眞的不知道。

當媽媽的人應該會知道吧。我想起我媽，一種可怕的寂寞出其不意地湧上心頭。對，她搞砸了我們的母女關係，爲了新老公而無視於我的存在。但不管怎樣，她仍是我媽。我腦袋裡有一個細微的聲音承認，**我想念她**。我趕緊搖了搖頭。不，我還是有「媽媽」，這個媽媽就是我的阿嬤，而且對我來說她不只是媽媽。

「我想念的是阿嬤。」果不其然，接著我開始感覺到愧疚，因爲回到人間後，我連個電話都還沒打給她。沒錯，我知道，阿嬤能感應到我的靈魂回來了，我平安沒事，因爲她的直覺力超強，尤其是跟我有關的事，但我還是應該打電話給她的。

我覺得自己眞的很糟糕，難過地咬了咬嘴唇，將喀什米爾圍巾裹在脖子上。走過城堡門前的石橋時，我將圍巾兩端攏在一起，任憑冷風在四周呼號。幾名戰士正在點燃橋邊的火炬，我一路跟那些對我鞠躬致敬的戰士點頭回禮，努力不去看與火炬相間豎立的木樁，和插在木樁頂端的一顆顆可怖的骷髏頭。沒錯，是骷髏頭，死人的頭顱。對，它們的確年代久遠，乾癟皺縮，半點肉都沒有，不過看起來還是很**噁**。

我小心翼翼地避免讓視線瞥向骷髏頭，沿著隆起的步道前進。這條石橋步道架在沼澤地上，而這片沼澤則環繞著城堡面向陸地的這一側。穿過石橋，來到狹窄的馬路後，我向左轉。聖樹林離城堡不遠，在馬路另一側無邊無際似地蔓延到遠方。我知道這片樹林在那裡，並非因爲我記得幾週前，我像具屍體被扛到史迦赫面前時經過那裡，而是因爲這幾個禮拜以來，等待史塔克康復的期間，我經常被這片樹林所吸引。若沒跟女王或愛芙羅黛蒂在一起，或是去探看史塔克，我就會在樹林裡散個長長的步。

這裡讓我想起另一個世界。在那裡的回憶，既撫慰了我，卻又讓我害怕。而這樣的矛盾，讓我忐忑不安。

不過，我還是經常造訪聖樹林，修洛斯口中的「克魯夫」。只是，我每次都是白天來，不曾在太陽下山後來過。不曾在晚上來。

我沿著馬路走，兩旁的火炬將搖曳的影子投射到樹林邊緣，隱隱約約地映現古老樹林裡布滿苔蘚的神奇世界。白天，陽光照射下，枝椏和樹葉構成茂密的華蓋；此刻，看起來竟如此不同，感覺好陌生。我的肌膚泛起一陣刺麻，彷彿我的感官正處於高度警覺的狀態。

不知怎地，我的眼睛總是瞄向林子裡的暗影。那些陰影是不是不該這麼暗？是不是有什麼**不怎麼對勁**的東西潛藏在裡面？我禁不住打了個寒噤。就在這時，我眼角瞥見馬路遠處出現什麼動靜。我的心臟在胸口撲通撲通地跳。我望向前方，有點兒預期會見到翅膀、冰寒、邪惡和瘋狂……

我見到的景象果然讓我的心怦怦跳，但，那全然不是我剛剛預期的。

史塔克在那裡，站在兩棵糾結在一起的樹前方。這兩棵樹交纏的枝椏上綁著一片片布條，有些色彩繽紛，有些破爛褪色。在另一個世界裡，妮克絲的樹林前方也有兩棵這樣的樹，而眼前這兩棵人間的吊夢樹，雖然處於「眞實」的世界，卻同樣神奇，令人讚嘆。然而，我之所以一顆心怦怦跳，或許更是因爲有個人站在吊夢樹的前方，抬頭仰望著枝椏。這人身穿麥奎利思氏族的土黃色蘇格蘭方格裙，一副戰士的傳統裝扮，身上佩帶著短劍和毛皮囊袋，以及各種打上金屬飾釘的皮革配件，顯得異常性感。

我直盯著他，彷彿多年沒見到他。史塔克看起來強壯、健康，非常非常英挺、俊美。我一下子失了神，竟納悶起蘇格蘭男子在蘇格蘭裙底下到底有沒有穿東西。這時，他轉身面向我。

他臉上漾起笑容，雙眼發亮。「我幾乎可以聽見妳在想什麼。」

我的臉頰瞬間發燙，因爲我想到史塔克確實有辦法察覺我的心思。「除非我遇到危險，否則你不該偷聽我心裡的思緒。」

他的笑容露出得意的神色，兩眼閃著淘氣的光芒。「那就別想得那麼大聲啊。不過，妳說得沒錯，我確實不該聽妳的思緒，因爲我剛剛從妳那兒感受到的情境一點都不危險。」

「臭屁王。」我說，但情不自禁地綻出笑臉。

「對，正是敝人在下我。不過，我是妳的臭屁王。」

我走到史塔克身邊時，他伸出手，我們十指交纏。他的手好溫暖，強壯而可靠。離他這麼近，我看得見他兩眼下方仍泛著黑影，但臉色已不像之前那麼慘白。「你復原了！」

「對，這可花了我好長一段時間。這陣子的睡眠有些怪異——其實我睡得不是很安穩。今天卻好像我裡面有個開關被啓動了，我忽然像充了電，精神飽滿，精力充沛。」

「那太好了。我好擔心你。」話一出口，我才察覺自己眞的好擔心他。我禁不住衝口而出：「我也好想你。」

他捏了捏我的手，將我拉近。這時，他得意、嬉鬧的表情消散無蹤。「我感覺到了。妳覺得跟我疏遠了，心裡害怕。怎麼一回事？」

我原本想告訴他，他說錯了，我只是想給他一些空間好休養。結果，我說出口的話誠實多了：「你是因爲我才傷得這麼重。」

「不，柔，不是因爲**妳**。我會受傷是因爲黑暗想傷我——它企圖摧毀我們所有爲光亮而戰的人。」

「嗯，就算是吧。我希望這會兒黑暗去找別人麻煩，不要老欺負你，讓你喘口氣。」

他用肩膀撞了撞我。「我向妳立誓時，就知道會遇上什麼麻煩。對我而言，這一點都不成問題。我向妳立誓時是這樣，現在是這樣，五十年後也依然是這樣。只是，柔，妳剛才說黑暗『欺負』我，這讓我顯得很不勇猛，不像個守護人。」

「聽著，我是認真的。你想知道我是怎麼一回事，所以我告訴你，我好擔心你這次傷得過重。」我躊躇著，努力克制突如其來的淚水。這時，我終於明白自己的感覺。「我怕你的傷勢嚴重到無法痊癒，怕你也會離開我。」

這時，西斯彷彿就站在我們之間，那麼具體，那麼實在。我幾乎可以想見，他隨時會從樹林裡走出來，說，**嗨，小柔，別哭。妳哭的時候一把鼻涕一把眼淚，真是難看**。於是，我再也壓抑不住，放聲大哭。

「聽我說，柔依，我是妳的守護人，妳是我的女王。對我來說，妳可不只是女祭司長。我們之間的連結遠比一般的戰士誓約強韌。」

我用力眨了眨眼睛。「那就好。我總覺得，壞東西老是企圖逼我硬生生地跟我所愛的人分離。」

「柔，沒有什麼可以拆散妳和我。這一點，我立過誓了。」他露出微笑，眼神充滿自信、信任和愛。見他這樣，我幾乎喘不過氣來。「你永遠甩不掉我的，**莫．邦恩．麗**，我的女王。」

「好。」我輕聲說，把頭倚在他的肩膀上。他將我拉入他的懷裡。「我受夠了分離。」他親吻我的額頭，貼著我的肌膚低聲喃喃地說：「嗯，我也是。」

「事實上，我在想，其實我是累了。應該就是這樣。我也需要休息充電。」我抬頭看著他。「如果我們在這裡待下來，你覺得呢？我—我還不想離開這裡，不想回……回……」我支吾著，不確定該怎麼把那種感覺訴諸語言。

「回到之前的一切，包括好事和壞事。我懂妳的意思。」我的守護人說：「史迦赫會同意嗎？」

「她說，只要我的良知過得去，我們愛待多久就待多久。」我說，露出有點苦澀的笑容。「而現在我的良知當然過得去。」

「我也沒問題。我一點也不急著回去演奈菲瑞特那齣肯定等著我們的大戲。」

「所以，我們在這裡待上一陣子？」

史塔克抱緊我。「直到妳說要走。」

我閉上眼睛，靠在史塔克的臂彎，覺得肩膀上的重擔全卸下了。所以，當他問我：「喂，妳願意跟我做件事嗎？」我毫不思索地立刻回答：「好，任何事都行。」

我可以感覺到他心裡在暗笑。「妳這麼回答，害我眞想改變主意，換掉原本想邀妳做的事。」他說。

「我說的任何事不包括**那種**事啦。」我輕輕推他一下，但看見史塔克又恢復原來的模樣，我眞是鬆了一大口氣。

「不包括嗎？」他的目光從我的眼睛游移到我的嘴唇。忽然間，他的神色少了幾分得意，多了幾分飢渴——而他這模樣讓我的胃顫抖了一下。他俯身，親吻我，用力且持久，吻得我無法呼吸。「妳確定妳指的不包括**那種**事？」他問，聲音比平常低沉、粗啞。

「對，不對。」

他咧開嘴笑了。「到底是對，還是不對？」

「我不曉得啦。你這樣吻我害我沒辦法思考。」我老實告訴他。

「那我得多多這樣子吻妳。」他說。

「好啊。」我說，覺得暈陶陶，膝蓋發軟。

「好啊。」他學我說話。「不過，得等一下。現在我要讓妳看看我是多麼堅定的守護人，會守住原本要妳做的事。」他將手伸入掛在身上的那只皮囊裡，取出一條長長的麥奎利思氏族方格呢布條，舉在空中，讓它隨風飄動。「柔依．紅鳥，妳願意跟我一起將妳未來的希望和夢想綁在吊夢樹上嗎？」

我只猶豫了一秒鐘——在這一秒鐘裡，我感受到沒有西斯的劇痛，感受到永遠沒有他陪伴的未來。接著，我眨了眨眼睛，眨掉淚水，回答我的守護人戰士——

「是的，史塔克，我願意跟你一起把未來的希望和夢想綁在樹上。」

4 柔依

「你說，我必須把我的喀什米爾圍巾怎麼樣？」

「割下一長條。」史塔克說。

「你確定？」

「對，這是修洛斯教我的，直接出自他的嘴巴。這一陣子，他跟我講了很多臭屁話，說我很可悲，一點知識都沒有，什麼狗屁都不懂；還說什麼我磨不開——真不曉得這是什麼鬼意思。」

「磨不開？磨什麼？跟磨劍有關嗎？」

「我想應該不是……」

史塔克和我不約而同地搖搖頭，同意修洛斯這個人夠臭屁，也夠古怪。「總之，」史塔克繼續說：「他說布條必須取自我和妳的私人物品，而且必須是我們自己覺得特別的東西。」他綻出笑臉，拉了拉我那條閃亮、昂貴的美麗圍巾。「妳很喜歡這東西，不是嗎？」

「對啊，喜歡到不想割破它。」

史塔克哈哈大笑，從腰際的劍鞘拔出短劍，遞給我，說：「很好。那麼，妳的圍巾和我的方格呢綁在一起，一定可以在我們之間綁上一個很結實的結。」

「對，那塊方格呢可沒有花去你八十歐元——我想，這超過一百美元，對吧？」我嘀咕著，伸手要接短劍。

但史塔克沒把劍交給我，反而猶豫起來，注視著我的眼睛。「妳說得沒錯，它沒花我半毛錢，只是讓我付出血的代價。」

我的肩膀垮了下來。「對不起，讓你聽我嘀咕錢的事，捨不得圍巾。唉，要命，我似乎開始變得像愛芙羅黛蒂了。」

史塔克迅速把短劍翻轉半圈，劍尖抵住自己的胸口，說：「如果妳變得像愛芙羅黛蒂，我就刺死自己。」

「如果我變得像愛芙羅黛蒂，你就先刺死我。」我伸手拿劍。這次，他把劍交給了我。

「就這麼說定。」他咧著嘴笑。

「就這麼說定。」我說，然後用劍刺穿新圍巾的流蘇邊緣，用力一扯，割下一條細長的布條。「然後呢？」

「挑一根樹枝。修洛斯說，我得握緊我的布條，妳握緊妳的，然後將它們綁在一起，這樣一來，我們替自己許下的心願就會緊密地結合在一起。」

「眞的嗎？聽起來好浪漫喔。」

「是啊，我知道。」他伸出手，以一根手指撫摸我的臉頰。「浪漫到我希望這是我捏造的，特地爲妳捏造的。」

我凝視他的眼睛，說出當下心裡的想法：「你是全世界最棒的守護人。」

史塔克搖搖頭，表情嚴肅地說：「我不是，妳別這麼說。」

我伸出一根手指撫摸他的臉頰，就跟他撫摸我一樣。「對我來說，史塔克，你是全世界最棒的守護人。」

他的表情放鬆了一些。「爲了妳，我會努力成爲最棒的守護人。」

我將視線從他的雙眼移到那兩棵老樹。「那裡。」我指著一根低垂的樹枝。那樹枝在某一節分岔開來，和周遭的枝椏、葉片構成一個完美的心形。「我們就把布條綁在那裡吧。」

史塔克和我走近老樹，遵照修洛斯的指示，將他那條麥奎利思氏族的土黃色花格呢布條和我奶油色的閃亮布條綁在一起。我們手指互相碰觸，等將布條打上最後一個結時，兩人目光相接。

「我願我們的未來堅固強韌，就像這個結一樣。」史塔克說。

「我願我們的未來緊緊相繫，就像這個結一樣。」我說。

然後，我們相吻，以一個讓我喘不過氣的深吻封印我們的心願。當我偎入史塔克懷裡，想再次親吻他時，他執起我的手，說：「我可以給妳看一樣東西嗎？」

「好啊。」我說，心想，當下史塔克要給我看任何東西我都願意。

他邁步要帶我走進林子裡時，顯然感覺到我的猶豫。於是，他捏了捏我的手，低頭對我微笑。「嘿，這裡沒有東西會傷害妳。即便有，我也會保護妳。我保證。」

「我知道，對不起。」喉嚨裡梗著一小團怪異的恐懼感，我勉強嚥了一下口水，也捏了捏他的手，然後和他一起走進樹林。

「柔，妳回來了，眞的回來了，而且妳很安全。」

「這裡難道不會讓你想起另一個世界嗎？」我悄聲問，音量低到史塔克得俯身低頭才能聽清楚我在說什麼。

「會啊，不過那是一種正面的感覺。」

「我也是，多半時間是。我覺得這裡的一切讓我想起妮克絲和她的國度。」

「我想，這是因爲這地方很古老，而且長久以來一向遠離塵囂。好，就在這裡，」他停下腳步。「這是修洛斯跟我提起的。剛才，妳還沒來之前，我覺得我從外頭已經隱約看到它了。我要給妳看的東西就是這個。」史塔克指向我們的右前方，我驚喜得倒抽一口氣。有一棵樹閃閃發亮，粗厚樹皮的嶙峋紋理透出柔和的藍光，彷彿樹木本身具有會發光的筋脈。

「太神奇了！這是怎麼回事？」

「我相信一定可以找到科學的解釋，譬如說，或許跟植物含磷之類的有關。不過，我寧可相信這是魔法，蘇格蘭人的魔法。」史塔克說。

我抬頭看著他，漾起微笑，拉了拉他的方格呢蘇格蘭裙。「我也寧願認爲這是魔法。說到蘇格蘭，我眞喜歡你穿這套衣服。」

他低頭看了一眼自己。「對，眞怪，明明只是普通呢子做成的服裝，竟也能看起來這麼雄赳赳氣昂昂。」

我忍不住咯咯笑。「我眞想聽你告訴修洛斯和其他戰士，他們穿的是普通呢子。」

「打死我都不會這樣跟他們說。我的確剛去過另一個世界，但這不代表我想找死。」然後，他似乎在重新思考我剛剛說的話，緊接著說：「妳喜歡我穿這樣？」

我雙臂交叉抱胸，繞著他走一圈，認眞地打量他，而他則直盯著我。麥奎利思氏族方格呢的色澤老讓我想起土——怪的是，尤其是奧克拉荷馬州的紅泥土。這種獨特的鏽褐色摻混了綠葉剛轉黃的淡黃色，以及樹皮般的灰黑色。史塔克穿的方式是修洛斯教他的古代穿法：將整塊布用手打褶，然後把自己裹進去，以皮帶和很酷的舊胸針固定住（只是，我想，那些戰士應該不會管這東西叫作胸針）。上半身則是用另一塊方格呢罩住，從肩膀往上拉就可以脫下。因此，除了那條十字交叉的皮帶，這衣服可說是無袖的T恤，露出他大半個胸膛。

他清了清喉嚨，似笑非笑的表情讓他看起來有點稚氣，有點緊張。「所以呢？我通過妳的鑑定了嗎，女王？」

「通過，」我笑著告訴他：「還得到一個大大的A+。」

這麼一個魁梧、強悍的守護人，這時一副鬆了一口氣的模樣。我眞喜歡他這樣的神情。「眞高興聽到妳這麼說。現在，讓妳看看這塊呢子有多方便。」他抓起我的手，領我走到那棵發光的樹旁，坐下，然後將蘇格蘭裙一側打褶的布幅拉開，鋪在苔蘚上。「請坐，柔。」

「我眞坐下了，你可別介意喔。」說著，我坐下，依偎著他。史塔克伸出手臂攏住我，並將方格呢的一角翻過來，覆蓋在我身上，幫我保暖。如此地舒服、安心，我躺了下來。

我們就這樣躺在那裡，沒有說話，只是沉浸在美好、舒服的安靜中。依偎在史塔克懷中的感覺好自在，好安全。過了不知多久，史塔克的手開始移動，撫摸我的刺青。一開始是摸我臉上的圖案，然後他的手往下游移到我的頸部。他的撫摸也好舒服。

「眞高興妳的刺青回來了。」史塔克輕聲說。

「這要歸功於你，」我喃喃回答：「歸功於你在另一個世界帶給我的感覺。」

他微笑，親吻我的額頭。「你是指害怕、驚嚇的感覺？」

「不是。」我撫摸他的臉。「是你讓我再次感覺到生命。」

他的唇從我的額頭移到我的嘴，深深地吻我，然後貼著我的嘴巴說：「聽到妳這麼說，眞是太棒了。經歷過西斯的事情，還差點失去妳，我終於眞切地明白了之前模模糊糊的感覺：柔依，我不能沒有妳。或許我終將只能是妳的守護人，妳會有另一個伴侶，甚或配偶。但不管妳生命裡還會出現哪些人，我永遠是妳的。這一點永遠都不會改變。我絕對不會再那麼自私，爲這樣的事跟妳生氣，甚至離開妳。無論如何都不會。我會去面對其他男孩子，而他們絕不會改變我們的關係。我發誓。」他吁了一口氣，額頭貼著我的額頭。

「謝謝你，」我說：「雖然聽起來好像你要把我送給其他男人。」

他身體往後傾，對我皺起眉頭，說：「鬼扯，柔。」

「喔，是你剛剛說你可以接受我跟——」

「不！」他抓著我輕輕地搖晃了一下。「我沒說我可以接受你跟別的男人在一起，我是說我不會讓這種事破壞我們原本所擁有的。」

「我們擁有什麼？」

「擁有彼此啊，永永遠遠地擁有彼此。」

「史塔克，有你這番話，我就夠了。」我舉起雙手環住他的肩膀。「你可以跟我一起做一件事嗎？」

「好，任何事都行。」他模仿我之前的回答，我們兩個不禁同時臉上漾起微笑。

「像剛剛那樣吻我，吻得我無法思考。」

「這我辦得到。」他說。

一開始，史塔克的吻既和緩又甜蜜。但沒有多久，他的吻就變得激情、深切，他的手開始探索我的身體。當他的手摸到我的T恤下襬時，他躊躇了。就在他猶豫的那一瞬間，我做了決定。我要史塔克，我要全部的他。我稍微退離他，以便凝視他的眼睛。我們兩人都氣喘吁吁，而他本能地靠向我，彷彿無法忍受和我分離片刻，非得時時緊貼著我的身體不可。

「等等。」我舉起一隻手掌平貼在他的胸口。

「對不起，」他的聲音顯得很粗啞，「我不是故意這麼粗魯。」

「不，不是爲了這個。你一點也不粗魯。我只是想……嗯……」我支吾著。我對他的渴望彷彿一團霧，籠罩住了我的腦筋，讓我無法思考。「喔，要命，我直接讓你看我想要做什麼吧。」說著，趁自己害臊或尷尬起來之前，我站起來。史塔克直盯著我看，臉上的好奇表情摻雜著激情。可是，當我褪下T恤，解開牛仔褲，兩腳跨出褲管，他的好奇表情消失了，眼神因情欲而變暗。我重新躺下，偎進他安全的臂彎。他的方格呢布料摩擦著我裸露、光滑的肌膚，那種粗糙的感覺眞舒服。

「妳好美。」史塔克說，伸手撫摸我腰部的那圈刺青。他的愛撫讓我顫抖。「妳在害怕？」他問，把我摟得更緊。

「我顫抖不是因爲害怕，」我親吻他，貼著他的唇告訴他：「我顫抖是因爲我好想要你。」

「妳確定？」

「非常確定。我愛你，史塔克。」

「我也愛妳，柔依。」

史塔克緊緊抱住我，以他的手和唇阻隔掉全世界，讓我的思緒被他占滿——讓我只想跟他在一起。他的愛撫趕走了與羅倫有關的醜陋回憶，將我把自己獻給他的那個失誤拋入過往的迷霧裡。同時，史塔克也撫平了失去西斯在我內心留下的創傷。我會永遠懷念西斯，但他終究是人類。跟史塔克親熱的當下，我明白，我終須跟西斯道別。

史塔克是我的未來、我的戰士、我的守護人、我的愛。

史塔克解開身上的麥奎利思氏族方格呢，全身赤裸地躺在我身旁。然後，他俯身貼在我身上，我感覺到他的舌頭舔舐我頸部的脈搏。接著，他的牙齒試探性地碰觸了一下那個部位。

「對，就是這樣。」我說，被自己氣喘吁吁的、陌生的聲音嚇了一跳。我調整一下身體姿勢，讓他的嘴唇更方便含住我的頸部肌膚。同時，我親吻他的二頭肌與肩膀交界的那片光滑結實的斜面，並輕輕地齧咬他的肌膚，對他發出無聲的探詢。

「喔，天哪，對，就是這樣！求妳，柔依，就是這樣。」

我再也等不及了，一口咬了下去。同時，他的牙齒也溫柔地刺進我頸部的肌膚。當他溫暖、甜美的血液淌進我的身體，我的體內充滿兩人共有的感覺。我們之間的連結熾烈如火——燃燒著，吞噬著，強烈到近乎疼痛，歡愉到令人承受不住。我們緊緊抓著對方，嘴巴含住彼此的肌膚，身體緊貼著身體。此刻，我唯一感覺到的是史塔克，唯一聽到的是我們的心臟同時躍動的怦怦聲。我分辨不出我在哪裡結束，而他從哪裡開始。我分不清哪一部分的歡愉屬於我，哪一部分屬於他。事後，我躺在他的臂彎裡，我們四腿交纏，全身汗水涔涔。我在心裡默默告訴女神：**妮克絲，感謝妳賜給我史塔克，感謝妳讓他愛我。**

＊
＊
＊

我們在樹林裡待了好幾個小時才離開。日後，我將記得，這一晚是我這輩子最快樂的時光。在混亂的未來，我將永遠珍惜被史塔克摟在懷裡，兩人分享愛撫和夢想，而我在那個片刻全然滿足的感覺。這個記憶將猶如最魆黑的夜晚裡的燭光，帶給我溫暖。

我們離開樹林後慢慢走回城堡。一路上，兩人十指交纏，身體親暱地互相碰觸。穿越石橋時，我被史塔克緊緊摟著，絲毫沒注意到那一顆顆插在木樁上的骷髏頭。事實上，我什麼都沒注意到，直到愛芙羅黛蒂的聲音闖入我的思緒。

「拜託，看在屎的分上，你們兩個不妨再高調一點啊！」

我迷迷糊糊地從史塔克的肩上抬起頭，看見愛芙羅黛蒂站在城堡入口的一叢火炬的亮光裡，腳尖不耐煩地點地。

「我的美人兒，別煩他們了，他們難得有這片刻的幸福時光。」她身旁的陰暗處冒出達瑞司的低沉聲音。

她嘲諷地揚起一道美麗的金色眉毛。「我可不認為她帶給史塔克的是幸福。」

「說眞的，現在妳再怎麼粗魯、惡毒，都干擾不了我。」我告訴她。

「不過，干擾到我了。」史塔克說：「妳不是應該忙著拔海鷗的翅膀或螃蟹的螯嗎？」

愛芙羅黛蒂當史塔克沒說話，逕自走向我。「眞的嗎？」

「什麼眞的嗎？妳是指妳是不是一個討厭鬼嗎？」我說。

史塔克哼了一聲，說：「這絕對是眞的。」

「如果是眞的，妳得自己告訴他。我可不想聽他在那裡號啕大哭。」愛芙羅黛蒂揮舞著手上的iPhone，用以加強她的語氣。

「拜託，妳這樣子很不正常欸，就連發生在妳身上都顯得太瘋狂了。」我說：「是不是需要來個購物治療法？到底‧什麼‧眞的‧嗎？」我故意慢慢地說，當她聽不太懂英語。

「斯凱島女王剛剛告訴我，妳明天不跟我們一起動身，妳要留下來——這是眞的嗎？」

「噢，這個。」我不安地移動兩腳，同時納悶自己爲何會覺得愧疚。「對，是眞的。」

「太讚了，眞是太讚了。那麼，就像我剛剛說的，**妳**得自己告訴他。」

「他？誰呀？」

「傑克啊。他一定會哭得一把鼻涕一把眼淚，把妝給哭花了。一發現妝毀了，他一定又會哭得更大聲。我可不想跟男同志的鼻涕沾上邊，一點都不想。」愛芙羅黛蒂用手指敲了敲手機螢幕，在接通的鈴聲響起時，直接把手機遞給我。

傑克的聲音依然甜美，但一開口就跟愛芙羅黛蒂爭辯。「愛芙羅黛蒂，關於儀式，如果妳還想說什麼惡毒的話，妳最好乾脆別開口。再說，我也沒空聽妳說，因爲我要忙著練唱『對抗引力』。就這樣。」

「呃，嗨，傑克。」我說。

我幾乎可以看見他的燦爛笑容從電話那頭傳送過來。「柔依！嗨！喔～，這眞是太棒了，妳沒死，甚至也不再像個死人。對了，對了，愛芙羅黛蒂跟妳提過明天的計畫了嗎？喔我的天哪，一定會酷到不行！」

「沒有，傑克，愛芙羅黛蒂還沒告訴我，因爲——」

「太好了！那就由我來說。明天啊，我們黑暗女兒和男兒將舉行特別的慶祝儀式，很特別的那種喔，因爲妳返回人間，靈魂不再粉碎，這可是大事一件。」

「傑克，我必須——」

「不，不，不，妳什麼都不用做，我會處理所有的事。我甚至還張羅了食物，嗯，當然靠戴米恩的協助啦，我的意思是……」

我只好嘆一口氣，等他自己停下來喘口氣。

傑克滔滔不絕地往下說時，愛芙羅黛蒂壓低聲音說：「瞧，我告訴過妳吧。等妳把他的粉紅色小泡泡刺破，他一定會號啕大哭。」

「……還有，我最愛的部分就是妳走進守護圈時，我會高唱『對抗引力』。妳知道的，就像影集《歡樂合唱團》裡的科特，只差我真的能飆到那個高音。所以，妳覺得如何？」

我閉上眼睛，深吸一口氣，說：「我覺得你是個很棒的好朋友。」

「喔～～！謝謝妳！」

「不過，我們把儀式往後延吧。」

「往後延？爲什麼？」他的聲音已經在顫抖。

「因爲……」我遲疑著。該死，愛芙羅黛蒂說得沒錯，他大概要哭了。

史塔克輕輕從我手中拿走手機，按下擴音鍵。

「嗨，你好，傑克。」他說。

「嗨，史塔克！」

「你可以幫我一個忙嗎？」

「喔，天哪！當然可以！」

「是這樣的，從另一個世界回來後，我一直都還昏昏沉沉的。愛芙羅黛蒂和達瑞司明天回學校，但柔依會留在斯凱島陪我，等我身體變強壯一點。所以，你可以轉告大家，我們還要再待幾個禮拜，才會回陶沙市嗎？替我把話帶給大家，搞定一切，好嗎？」

我屏住呼吸，等著傑克淚水潰堤，沒想到他以成熟的口吻說：「沒問題。別擔心，史塔克，我會告訴蕾諾比亞、戴米恩和所有人。還有，柔，沒問題，我們當然可以把儀式往後延。這樣一來，我剛好有更多時間練歌，也可以趁機再想想該怎麼摺紙劍來裝飾場地。我想，我會用釣魚線把它們吊起來。就是那種透明的釣魚線。這樣一來，紙劍看起來就像，妳知道的，**對抗引力**，浮在半空中。」

我微笑，以嘴形對史塔克道了聲謝謝，然後跟傑克說：「聽起來很棒，傑克。我想，場地布置和音樂由你負責，我根本不需要擔心。」

傑克爆出開心的笑聲。「這一定會是很棒的儀式，妳等著看吧。史塔克，你要快點恢復健康喔。對了，愛芙羅黛蒂，妳眞不該認爲我一聽到得改變派對計畫，就會號啕大哭。」

愛芙羅黛蒂對著手機皺起眉頭。「你怎麼知道我在想什麼？」

「我是同志啊，什麼都知道。」

「隨便啦。說再會，傑克，這是國際漫遊欸。」愛芙羅黛蒂說。

「再會，傑克！」傑克說著咯咯笑。愛芙羅黛蒂從史塔克手中一把搶過手機，按下結束鍵。

「事情比妳預期的還順利。」我告訴愛芙羅黛蒂。

「對，『她』處理得很不錯。眞不曉得另一個會怎麼看待這件事，因爲她顯然比傑克小姐難應付。」

「聽著，愛芙羅黛蒂，戴米恩不是容易激動的同志，雖然容易激動也沒什麼不對。不過，我眞希望妳可以對他們兩個好一點。」

「喔，拜託，我說的不是妳的同性戀朋友，我說的是奈菲瑞特。」

「奈菲瑞特！」我的聲音變尖銳。光是提到她的名字，我就覺得嫌惡。「妳聽說了她什麼消息？」

「什麼都沒聽說。就是這樣我才擔心。不過，喂，柔，可別因此失眠喔，反正我們這些區區凡人忙著應付善與惡、黑暗與光亮，劈里啪啦之類的慘烈大戰時，妳會待在斯凱島這裡，由一群人高馬大的戰士——以及史塔克——保護。」愛芙羅黛蒂轉身，昂首闊步地踏上城堡門前的階梯。

「愛芙羅黛蒂只是個凡人？我倒認爲她惹人厭的程度根本是超凡入聖。」史塔克說。

「我聽到了！」愛芙羅黛蒂轉頭大聲說：「噢，對了，柔，跟妳說一下，我有個行李箱的緊急狀況。用白話來說，就是箱子不夠裝。所以，我先徵收了妳幾天前買的那個行李箱。好，我要去打包我的厲害行頭了。回頭見，鄉巴佬。」她將城堡的厚重木門大力甩上——這可是得花一番力氣才辦得到的。

「她就是這麼讓人驚歎。」達瑞司說，露出驕傲的笑容，一躍跳上階梯，跟在愛芙羅黛蒂身後離開。

「我可以想到很多包含**驚**字的話來形容她，不過絕不包括**驚歎**。」史塔克嘟噥著。

「我腦中浮現的是令人**吃驚**和**驚嚇**。」我說。

「我想到的是**驚為天人**。」

「驚爲天人？」

「她滿嘴屁話，確實句句驚人。像我剛才說的，簡直超凡入聖。不過，這樣說得說一長串話。所以，我只好說**驚為天人**了。」他說。

我挽起他的手。「你是想轉移我的注意力，讓我不去想奈菲瑞特的事情，對吧？」

「有效嗎？」

「不完全有效。」

史塔克伸手摟著我。「那麼，我得多多琢磨轉移妳注意力的技巧了。」

我們手挽著手走向城堡入口。史塔克邊走邊說出一串包含**驚**字的辭彙來形容愛芙羅黛蒂，逗我開心，我則努力重拾剛剛短暫獲得的那種幸福、滿足的感覺。我一直告訴自己，奈菲瑞特遠在天邊，那裡的成人自會處理她。史塔克替我打開城堡的大門時，上方有個什麼東西攫住我的目光，我抬起頭，望向城堡頂端，看見那面旗幟在史迦赫的國土上方傲然飄揚。我停下腳步，欣賞旗幟上那頭威猛、美麗的黑牛圖案，以及牠軀幹上那個閃閃發亮的女神圖像。就在這時，環抱城堡的水面冉冉騰起一抹濛霧，漫過半空，那頭黑牛恍惚間全身泛白，緩緩搖曳，彷彿幽魂，而在一片白茫茫裡，女神圖像消失了。

我渾身頓時陷入驚恐之中。

「怎麼了？」史塔克立刻提高警覺，緊靠著我。

我眨了眨眼睛，濛霧消散，旗幟變回原來的樣子。

「沒什麼。」我趕緊說：「我只是太過神經質了。」

「嘿，我在這裡，妳不需要緊張，什麼都不必擔心，我會保護妳。」

史塔克將我摟入懷中，緊緊地抱住我，阻擋掉外面的世界和我的直覺想告訴我的事情。

5 史蒂薇・蕾

「妳變了，妳知道嗎？」

史蒂薇・蕾抬頭看著克拉米夏。「我只不過是坐在這裡，想我**自己**的事。」她停住，思索所謂「變了」的意涵。「妳說我變了，是什麼意思？」

「妳挑了最暗、最陰森的角落坐。妳甚至把蠟燭吹熄，讓這裡變得更陰暗。還有，妳悶悶不樂坐在這裡，想得好大聲，我幾乎可以聽見妳在想什麼。」

「妳聽不見我的思緒的。」

聽到史蒂薇・蕾的語氣如此嚴厲，克拉米夏睜大眼睛。「我當然聽不見，妳不需要發飆。我是說，**幾乎**。我又不是影集《噬血眞愛》裡能聽到別人心思的蘇琪。再說，就算我眞有那種本事，我也不會這麼做，因爲這樣很沒禮貌。我媽從小可是把我教得很好。」克拉米夏坐了下來，跟史蒂薇・蕾擠在小小的木頭長凳上。「說到這個，是不是只有我一個人認爲狼人比艾瑞克和比爾的合體還要帥？」

「克拉米夏，別毀掉我對《噬血眞愛》第三季的期待。第二季的DVD我都還沒看完呢。」

「喔，我只是讓妳準備好迎接四腳人的眞正帥勁。」

「我是說眞的，不准妳透露任何劇情給我。」

「好，好，反正我必須告訴妳的，並不是狼人野獸大帥哥這件事。」

「這張長凳是木頭做的，木頭等於土。這代表，如果妳毀掉我的《噬血眞愛》第三季，我鐵定想個辦法叫長凳痛扁妳一頓。」

「拜託妳放輕鬆一點，好嗎？我已經沒再說了啊。在我們參加那個肯定超級無聊的委員會會議之前，我有事情得跟妳討論一下。」

「那是我們的職責。我是女祭司長，而妳是桂冠詩人，所以我們必須參加委員會會議。」史蒂薇．蕾吁出長長一口氣，肩膀垮下來。「我巴不得明天趕快到。柔一回來，我就可以卸下重擔。」

「是，是，我懂。我不懂的是，到底什麼事讓妳這麼心煩意亂，整個人變得完全不像原來的妳？」

「我的男友發了瘋，從地球表面消失。我最要好的朋友差一點死在另一個世界。紅雛鬼——我是說其他的紅雛鬼——仍在外頭不知什麼地方幹些鬼才知道的勾當，而我很確定他們還在吃人。最糟糕的是，我必須當個女祭司長，即使我壓根兒不曉得這代表什麼意思。我想，這些事足以讓任何人心煩意亂吧？」

「對，沒錯。可是，照理說，這些事應該不足以讓我連續寫出兩首怪詩，而且是同一個讓人毛骨悚然的主題，談的都是妳和野獸的事。我想了解這是怎麼回事。」

「克拉米夏，我不曉得妳在說什麼。」

史蒂薇．蕾開始站起來，克拉米夏趕緊將手伸入大包包，掏出一張紫色的紙，上面有她的潦草字跡。史蒂薇．蕾重重嘆一口氣，重新坐下，對她伸出手。

「好吧，給我看看。」

「我把兩首詩寫在同一張紙上，一首是新的，另一首是舊的。因爲我的直覺告訴我，妳得複習一下舊的那首。」

史蒂薇．蕾沒再說什麼，視線移向紙上的第一首詩。她慢慢地讀，但不是因爲她需要重拾記憶。這首詩的每一行都已烙印在她的腦海裡。

血紅者步入亮光

束腰佩劍，準備把
終末戰鬥的角色擔當

黑暗隱身於不同樣貌
必得看穿形體、顏色與謊言
超越情緒風暴

與他聯手，將心付予
但不可委以信任
除非你與黑暗遠離

以靈而非眼看
因為與獸共舞，你
必得穿透牠們的裝扮

史蒂薇·蕾告訴自己別哭，但她覺得自己已經心碎，裡面傷痕累累。這首詩說得沒錯，她確實是用靈魂來看利乏音，而不是用她的眼睛。她遠離黑暗，信任並接納他——正因如此，正因她跟野獸聯手，所以她付出了她的心。而現在，她仍繼續以心來償付。

史蒂薇·蕾不情願地把視線移到紙上的第二首詩，新的那一首。她提醒自己，不要有任何反應，別讓表情洩漏任何祕密。她開始讀：

野獸可以美麗
夢境變成情欲
真實狀況有理由改變
相信你的真話
男人……怪物……神祕……魔法
以心傾聽
看而非鄙視
愛不會輸
信任他的真話

他的諾言是明證
時間得以考驗
信賴帶來解放
如果有勇氣改變

史蒂薇．蕾覺得嘴巴好乾。「對不起，我幫不了妳，我不知道這是什麼意思。」她想把紙張遞回給克拉米夏，但女詩人雙臂抱胸。

「妳真不會說謊，史蒂薇．蕾。」

「指責妳的女祭司長說謊，是不智的。」史蒂薇．蕾尖銳的語氣聽得克拉米夏直搖頭。

「妳是怎麼了？現在讓妳備受煎熬的東西正從妳的裡面蠶食妳。如果妳仍是原來的史蒂薇．蕾，妳就會跟我談，設法弄懂這首詩。」

「我沒辦法弄懂這首詩！裡頭盡是隱喻、象徵和令人滿頭霧水的古怪預言。」

「謊話！謊話！」克拉米夏說：「我們之前就曾弄懂我的詩，柔依弄懂過，妳和我弄懂過，至少我們解讀出來的信息可以跟身處於另一個世界的柔溝通。而且，據史塔克說，我們的詩真的幫上忙了。」克拉米夏指著第一首詩，繼續說：「裡頭有些句子成真了，妳確實遇到了野獸，那兩隻牛。從那時起妳就變了。現在，我又冒出一首關於野獸的詩，我知道這跟妳有關，我也曉得其實妳知道的事情比妳嘴巴承認的多。」

「聽著，別管我的事，克拉米夏。」史蒂薇·蕾起身，走出牆角，只顧著回頭大聲告訴克拉米夏「我不想再談野獸的事！」竟一頭撞上龍·藍克福特老師。

「嘿，哇，怎麼一回事？」龍老師強壯的手及時穩住因撞上他而步履踉蹌的史蒂薇·蕾。「妳剛剛說**野獸的事**？」

「對啊，她是這麼說的。」克拉米夏指著史蒂薇·蕾手上那張紙。「有兩首詩跑到了我的腦子裡，一首是史蒂薇·蕾遇上那兩隻牛那天冒出來的，第二首是剛剛出現的，但她不想理會這些詩。」

「我沒說我不理會，我只是希望能**自己**處理**自己**的事，不希望有該死的閒雜人在一旁窺探。」

「在妳心目中，我也是該死的閒雜人嗎？」龍老師問。

史蒂薇·蕾強迫自己注視他的眼睛。「不，當然不是。」

「妳跟我一樣，都認爲克拉米夏的詩很重要吧？」

「嗯，對。」

「那妳就不能輕忽它們。」龍老師將手搭在史蒂薇．蕾的肩膀上。「我知道那種想保有隱私的感覺，但就妳現在的處境而言，還有很多事比隱私重要。」

「我知道，但這事我可以自己處理。」

「妳當時就沒有處理好公牛的事。」克拉米夏說：「牠們畢竟出現了。」

「牠們離開了，不是嗎？所以我處理得還不賴。」

「我還記得妳跟其中一頭牛纏鬥之後身受重傷的模樣。妳那時如果了解克拉米夏的警告，或許就不會付出這麼大的代價。另一個事實是，這同時有隻仿人鴉出現了，而他很可能就是利乏音。這隻怪物仍在外頭，對我們所有人構成威脅。所以，妳必須明白，年輕的女祭司，妳不能把對妳的警告視為私事，因為這可能影響到其他人的性命。」

史蒂薇．蕾注視著龍老師的眼睛。他的話語很強硬，語氣卻很和善。不過，他的表情所顯露的是懷疑和憤怒嗎？或者，那只是自從他的愛妻死後便一直籠罩著他的悲傷？

她躊躇著，不知怎麼回應。龍老師繼續說道：「一頭野獸殺了安娜塔西亞。只要有能力阻止，我們絕不能讓那些黑暗的生物再殘害另一個無辜的性命。史蒂薇．蕾，妳知道我說的是實話。」

「我─我知道。」她結結巴巴地說，試圖釐清思緒。**利乏音就是在被達瑞司從空中射下**

來的那一天，殺害了安娜塔西亞。這件事，沒人會遺忘——我也永遠忘不了，尤其現在情況改變了。我已經幾個禮拜沒見到他，他一點音訊都沒有。我們的烙印仍在，我感覺得到，但我絲毫沒有感覺到他的情況。

由於完全感覺不到利乏音的情況，史蒂薇．蕾做出決定。「好，你說得對，我需要有人幫我解讀克拉米夏的詩。」她把紙張遞給龍老師時，心裡想，**或許本來就注定如此，或許龍老師會發現我的祕密。到時候，一切的一切，利乏音、我們的烙印，以及我的心，就都毀了。但至少事情就了結了。**

龍老師讀詩時，史蒂薇．蕾看見他的表情愈來愈凝重。等他終於抬起頭，注視著她的眼睛，她看見他的眼神清楚地流露出憂慮。

「妳召喚的第二頭牛，就是擊退邪惡公牛的那一頭，跟妳到底有什麼樣的連結？」

龍老師把注意力放在公牛身上，沒質問她利乏音的事，史蒂薇．蕾不覺鬆了一口氣。但她努力克制，怕洩漏自己的心情。

「我不曉得這稱不稱得上什麼連結。我只是覺得牠很美。牠一身黑，但完全沒有黑暗的感覺。牠令人驚歎，就像夜空，或者大地。」

「大地……」龍老師似乎邊想邊說出了他的思緒。「如果這頭公牛讓妳想起妳的元素，或許這就是你們之間有所連結的關鍵所在。」

「可是，我們都知道牠代表善的一方，」克拉米夏說：「這一點也沒有神祕可言。所以，這兩首詩不可能是在談牠。」

「所以呢？」史蒂薇．蕾掩飾不了自己的惱怒。克拉米夏就像一隻該死的狗，一旦咬到滋味甜美的骨頭，怎樣都不放。

「那兩首詩，特別是後來那一首，都在談什麼相信眞話。我們已經知道黑牛是正義的一方，所以，妳當然可以信任牠。那麼，爲什麼還需要透過詩來告訴妳這一點？」

「克拉米夏，我剛才就一直告訴妳，我不知道。」

「我就是不覺得這兩首詩在談黑牛。」克拉米夏說。

「不然還能談什麼？我又不認識其他野獸。」史蒂薇．蕾急急說完這句話，彷彿只要說得快一點就可以掩飾她的謊言。

「妳說過，達拉斯獲得不尋常的感應力，而且他好像發瘋了，對吧？」龍老師問。

「對，基本上可以這麼說。」史蒂薇．蕾回答。

「詩裡提到的野獸，也有可能是象徵性地指達拉斯。這首詩或許要說，妳必須相信還留在達拉斯心裡的人性。」龍老師說。

「我不曉得。」史蒂薇·蕾說：「上次我見到他時，他整個人很混亂，很瘋狂。我的意思是，他針對他看見的那隻仿人鴉，說了很多奇怪的話。」

「委員會會議就要開始了！」蕾諾比亞的聲音從會議室敞開的門傳送到走廊。

「這張紙我可以留下來嗎？」他們三人沿著走廊往前走時，龍老師揚起那張紙，說：「我影印過後會把它還給妳。我想要好好地研究、思索一下這兩首詩。」

「好，沒問題。」史蒂薇·蕾說。

「龍老師，很高興有你幫忙解讀。」克拉米夏說。

「我也是。」史蒂薇·蕾說，努力說得像是實話。

龍老師思索了一下，說：「我不會把詩隨便拿給大家看，除非是我認爲可以幫我們解讀的人。我可以體會妳希望保有隱私的心情。」

「等柔依明天回來，我會跟她談這兩首詩的事。」史蒂薇·蕾說。

龍老師微微蹙起眉頭。「我確實認爲妳應該讓柔依知道詩的事，不過，很可惜，她明天不會回夜之屋。」

「什麼？爲什麼不回來？」

「看來史塔克還沒復原到可以長途旅行，所以史迦赫同意讓他們無限期地留下來。」

「柔依親口告訴你的嗎？」史蒂薇・蕾不敢相信她最要好的朋友會打電話給龍老師，而沒有打給她。柔到底在想什麼啊？

「不是，她和史塔克告訴傑克的。」

「噢，慶祝儀式。」史蒂薇・蕾恍然大悟。柔沒對她隱瞞任何事。傑克對舉行儀式的事雀躍不已，主動要負責音樂、食物和場地布置。他大概打電話給柔依問了一堆問題：**妳最喜歡什麼顏色**？**洋芋片喜歡吃多力多滋的，還是Ruffles的**？

「同性戀小子一頭栽了進去。我敢說，他得知柔明天不能回來時，肯定情緒失控了。」

「相反，他說這正好讓他有更多時間練歌。這會兒，他正在忙布置的事。」龍老師說。克拉米夏說。

「老天幫幫忙，」克拉米夏說：「如果他想把場地吊滿彩虹和獨角獸，又要我們披上羽毛圍巾，我只能說『啊，要命』。」

「紙摺的劍。」龍老師說。

「什麼？」史蒂薇・蕾相信自己一定聽錯了。

龍老師呵呵大笑。「傑克來體育館借了一把雙刃大劍，以便有個眞的東西可以參考。爲了向史塔克致敬，他打算用紙摺一堆劍，再用釣魚線吊掛在場地裡。他說，這樣看起來就像那首歌。」

「因爲這樣它們看起來就像在對抗引力。」史蒂薇．蕾忍不住咯咯笑。她確實喜歡傑克，他就是可愛到沒話說。

「我只希望他不會用粉紅色的紙。粉紅色感覺起來就是不對。」克拉米夏說。

他們來到會議室門口，走進已經坐滿人的房間之前，史蒂薇．蕾聽見龍老師說：「不是粉紅色，是紫色的紙。我看見他抱著一大疊紫色的紙。」

蕾諾比亞大聲宣布會議開始時，史蒂薇．蕾仍一臉笑吟吟。在往後的日子裡，史蒂薇．蕾將會記得自己的笑容，並希望自己能牢記傑克一邊用紫色紙摺劍，一邊唱著「對抗引力」的畫面，祈求傑克永遠只看到生命的光明面，永遠甜蜜、快樂——更重要地，永遠安全。

6 傑克

「女爵，小美女，怎麼了？妳今天怎麼這麼神經兮兮？」傑克用力把壓在拉布拉多犬身體底下的一疊紫色紙抽出來，放在木凳上，離狗屁股遠遠的。他搬來這張凳子，一方面是爲了在室外當桌子用，另一方面也用來架大劍。大狗輕吠幾聲，尾巴上下拍打地面，並挪動身子，貼近傑克。他嘆了一口氣，投給她一個疼愛但故作惱怒的目光。「妳不必一直跟在我身邊。一切都很好，我只是要布置這地方。」

「她今天很黏人。」戴米恩說，盤腿坐在傑克旁邊的草地上。

傑克停下原本正在摺紙劍的手，轉而撫摸女爵柔軟的腦袋。「你想，她是不是感應到S還沒有完全康復？你想，她是不是知道他明天不會回來？」

「嗯，或許，她超級聰明。不過，我認爲，她比較擔心的是你要爬那麼高，而不是史塔克身體虛弱。」

傑克伸手比了比不遠處一座張開立在那裡的八呎高馬椅梯，說：「喔，這沒什麼，你和女爵不需要擔心。這座梯子很穩，甚至多了一只彈簧鎖把張開的腳架撐住，牢固得很。」

「我不曉得啦，我總覺得高得可怕。」戴米恩憂心地望了望最上頭的那幾級踏板。

「不會啦，沒那麼可怕。再說，我又不會爬到最上面——起碼爬那麼高的機會不多。這棵可憐的樹有好些枝椏現在垂得夠低了，你知道的，自從**他**從樹底下迸出來以後。」傑克壓低聲音說出最後一句話。

跟傑克一起坐在大橡樹底下的戴米恩清清喉嚨，同樣憂心忡忡地朝這棵樹瞥一眼。「好，別怪我多慮，但你挑這裡來舉行慶祝儀式的決定，我真的必須再跟你談一談。」

傑克舉起手，掌心朝外，做出全世界共通的**阻止**手勢。「我知道大家對這個地點有意見，但我很確定，我的理由勝過反對者的理由。」

「親愛的，你的出發點永遠都很好。」戴米恩牽起傑克的手，用自己的兩隻手握住。「可是，我認爲這次你必須考慮到，你可能是唯一對這地點持正面看法的人。諾蘭老師和羅倫．布雷克都在這裡被殺害，而卡羅納就從這棵樹底下竄出來，逃離大地的囚禁，迸裂了這棵樹。對我來說，這裡實在沒有開心慶祝的氣氛。」

傑克用另一隻手覆住戴米恩的手。「這裡也是能量之地，對吧？」

「對。」戴米恩說。

「在沒有使用的狀況下，能量既不具正面，也不具負面意涵。只有當外在力量占用它，影響它時，它才可能是正面或負面的，對吧？」

戴米恩思索了一下，不情願地點點頭。「對，我想你又說對了。」

「嗯，我覺得，這個地方——這棵斷裂的樹和東牆邊這附近——的能量，先前都被人做了不當的運用。它在等待一個機會，希望有人再次爲了光亮和良善的目的來使用。我要給它這個機會。我**必須**這麼做。我的內心有個聲音告訴我，我必須在這裡舉行慶祝儀式，迎接柔依回來，即使她和史塔克將回來的時間往後延。」

戴米恩嘆一口氣。「你知道，我絕不會要求你懷疑你自己的感覺。」

「那麼，在這件事情上頭你會支持我嘍？即使大家都說你的男友腦袋不正常？」

戴米恩對他微笑，說：「沒人說你腦袋不正常。他們只說你渴望籌備、布置這個慶祝儀式的熱情遮蔽了你的判斷力。」

傑克咯咯笑。「我打賭他們不是使用『遮蔽』這個詞。」

「反正意思差不多，只不過他們的遣詞用字沒那麼有水準。」

「果然是我的戴米恩——工於詞藻。」

「而你果然是我的傑克——正面樂觀。」戴米恩靠向傑克，溫柔地親吻他的唇。「你就去做你該做的事吧。我知道柔依回來後一定會感激你的用心。」他停頓一下，苦笑地看著傑克那雙充滿信任的眼睛，接著說：「親愛的，你明白柔依有可能好一陣子不會回來，對吧？我知道史塔克跟你說了什麼。我自己還沒跟柔本人說上話，但愛芙羅黛蒂說柔依變了，她說柔留在斯凱島並不眞的是爲了史塔克，她留在那裡是因爲她想要遠離這個世界。」

「我不相信，戴米恩。」傑克堅定地說。

「我也不想相信啊，但事實是柔依不會跟愛芙羅黛蒂和達瑞司一起回來，而她也沒告訴任何人她打算什麼時候回來。此外，還有西斯的事情。你知道，等柔依回到陶沙市，她就得面對西斯已經不在這裡，而且永遠不可能再回來這裡的事實。」

「這很可怕，對吧？」傑克說。

兩人四目交會，完全了解對方在想什麼。「失去摯愛一定很可怕。這件事一定會讓柔依變得不一樣。」

「當然，但她還是我們的柔。我可以強烈感覺到，她回家的時間會比你猜想的早。」傑克說。

戴米恩嘆了一口氣。「我希望你是對的。」

「嘿，你已經承認我老是說對。等著看吧，我說柔依很快就會回來，也一定又說對了。

我就是知道。」

「好，我相信你──但是，這主要是因爲我喜歡你的正面態度。」

傑克咧嘴微笑，給戴米恩一個吻。「謝謝你！」

「不過，不管柔是一個禮拜內或一個月內回來，我不確定你這會兒就把紙劍吊在外頭的樹上是個好主意，畢竟你不曉得到底何時才會用上這些裝飾。萬一明天下雨呢？」

「噢，傻瓜，我不會把它們全吊起來的。我只是要吊幾個來測試一下，以便確定我摺得好不好，吊起來的樣子對不對。」

「就爲了這個，你把那把雙刃大劍擺在這裡？它看起來好利，利得可怕，而且，沒插在劍鞘裡，就這樣子赤裸裸地靠在木凳邊，感覺起來好像隨時會傷到人。是不是應該劍尖朝下擺呢？」

順著戴米恩的視線，傑克把目光移向那把銀亮的大劍。它劍柄在下，劍刃在上，倚著木凳立在地上，被夜間照耀校園的煤氣燈映射得熠熠發亮。

「嗯，在這一點上，龍老師很愼重地交代過我。雖然他說話時我老是只注意他悲傷的神情，但我還是得照他的指示做。你知道的，我覺得他狀況很不好。」傑克壓低聲音說出最後一句，彷彿不想被女爵聽到。

戴米恩嘆一口氣，跟傑克十指交纏。「我也覺得他狀況很不好。」

「是啊。他告訴我不要把劍尖插進土裡，免得鈍掉之類的。但那時我滿腦子想的，都是他的黑眼圈好嚴重啊。」傑克說。

「親愛的，我想他大概都沒睡覺。」戴米恩難過地說。

「我眞不該爲了借劍去打擾他。不過，我眞的很想拿眞劍做範本來摺紙劍，而不是只看圖片。」

「我想，你這不算打擾龍老師。他終究得面對安娜塔西亞的死，設法捱過去。我很不想這麼說，但我眞的認爲，我們沒有能力改變這種狀況。總之，不管怎樣，你這個點子很棒，你的紙劍看起來像是眞的。」

傑克興奮地扭動身體。「喔！你眞的這麼認爲？」

戴米恩伸手摟住他的肩膀。「當然啊。傑克，你有製作裝飾品的天賦欸。」

傑克依偎著他。「謝謝你，你是最棒的男友。」

戴米恩哈哈大笑。「跟你相處並不難啊。嘿，要不要我幫你摺紙劍？」

這回換傑克大笑。「不用啦，你連包個禮物都包不好，我看摺紙不是你的強項。不過，我倒有別的事想請你幫忙。」傑克瞥女爵一眼，然後貼近戴米恩，附在他的耳邊悄聲說：

「你帶女爵去散個步吧。她整天黏著我，還老是弄壞我的紙。」

「好，沒問題。我這就去慢跑。你知道他們是怎麼說的：胖胖的同志不會是快樂的同志。女爵可以跟我去跑個幾圈，到時候她就會累到無法煩你了。」

「你跑步的樣子好可愛。」

「等我跑完後滿頭大汗，全身熱呼呼時，你就不會這麼說了。」戴米恩邊說邊起身，從冬天枯黃的草地上拾起女爵的狗鍊。

「喂，有時候我就喜歡你滿頭大汗，全身熱呼呼的樣子。」傑克說，仰頭對他微笑。

「既然這樣，那我跑完就不洗澡嘍。」戴米恩說。

「或許這是個好主意。」傑克說。

「或者，你應該跟我一起洗。」

傑克的笑容綻放得更燦爛。「**這個**主意鐵定是個好主意，不只是**或許**。」

「小甜心。」戴米恩說，彎腰給傑克深深一吻。

「語言大師。」傑克說，然後回吻他。

女爵在兩人之間扭來扭去，不斷輕聲吠叫，搖著尾巴，舔著他們兩個。

「喔，小美人！我們也愛妳。」傑克說，親吻女爵柔嫩的鼻頭。

「來，我們去運動。爲了傑克，我們要保持苗條的迷人身材。」戴米恩說著拉起狗鍊。女爵跟著戴米恩走，但顯然還是有些猶豫。

「沒關係的，他很快就會帶妳回來。」傑克告訴她。

「是啊，女爵，我們很快又會見到傑克的。」

「嘿，」傑克在他們身後喊道：「我愛你們兩個！」

戴米恩轉身，抓起女爵的腳掌，對著傑克揮了揮，大聲喊道：「我們也愛你唷！」然後，他們這才小跑步離開。戴米恩假裝要追女爵，把她逗得興奮地汪汪叫。

傑克看著他們離去，輕聲說：「他們永遠都是最棒的。」

剛剛摺下最後一摺的這把紙劍，是他完成的第五把。**每一把代表一個元素**，傑克心想，**我就把這五把吊起來測試吧**。

傑克剪下一截釣魚線，穿過最後完成的這把紙劍，然後雙眼往上瞄，尋找適合吊掛這些裝飾品的最佳位置。其實毋需花什麼時間尋找，這棵樹似乎已向他顯示最適合的地方。老橡樹的粗大樹幹已幾乎裂成兩半，以至於兩側的枝椏嚴重傾斜，樹枝的末梢離地面非常近。在卡羅納從地底竄出之前，即便爬上二十呎高的梯子也搆不著最低矮的枝椏，但現在傑克用八呎高的馬椅梯已綽綽有餘。

「就上面那裡吧。第一把紙劍應該掛在那上面。」傑克坐在木凳旁的草地上，仰頭直直望向上方，看著一根像手臂一般橫在他頭頂的大樹枝。「那個位置應該很不錯，因爲這些紙劍就是在它正下方摺好的。」傑克將梯子拖到木凳旁，拉起綁在劍柄的長條釣魚線。「啊，糟糕，差點忘了。得練習一下了。」他自言自語，按下那個連同木凳一起搬到外頭的可攜式iPhone喇叭基座的按鈕。

有東西改變了我的內在
有東西不一樣了
我受夠了遵守遊戲規則
別人的遊戲……

一開始響起的是瑞秋的歌聲，洪亮而清晰。傑克停住爬梯的腳步，一隻腳踩在梯子最底部的那一級踏板上。等科特開始接下去唱，他便開口跟著唱，一個音符接一個音符地跟著科特甜美的男高音。

來不及臆測

來不及回去睡……

傑克一邊跟著科特唱，一邊爬上梯子，假裝自己正在爬紐約無線電城音樂廳的樓梯。《歡樂合唱團》演員去年春天巡迴演唱會的最一場表演，就是在那裡舉行的。

該信任我的直覺了

閉上我的眼睛：縱身一躍！

他爬到最上面那級踏板時，停頓一下，然後開始唱科特和瑞秋的第一段合唱。同時，他伸長手，把釣魚線繞過冬天光禿禿的枝椏。

他哼著帶過接下來瑞秋唱的樂句，等著輪到科特的部分。就在這時，他注意到樹幹裂開的部位好像有什麼動靜，於是將目光轉移到樹幹底部。傑克倒抽一口氣。他確信自己沒有看走眼，那裡出現一個美麗女子的影像。那影像很暗，很模糊，但就在科特唱著心想自己已失去所愛時，女人的影像變得更大、更清晰、更具體了。

「妮克絲？」傑克驚愕地低聲說。

彷彿面紗揭開，那女人忽然完整現形。她舉起一隻手指向傑克，並抬頭對他微笑，美麗無比，但也邪惡無比。

「是的，小傑克，你可以叫我妮克絲。」

「奈菲瑞特！妳在這裡做什麼？」他還來不及思索，嘴巴就迸出這個問題。

「其實，我這時候會出現在這裡，就是爲了來找你。」

「找—找我？」

「對。是這樣的，我需要你幫忙。傑克，我知道你非常樂於助人，所以，我才來找你。你願意爲我做一件事嗎？我保證會回報你。」

「回報我？什麼意思？」傑克眞恨自己的聲音聽起來是如此尖銳。

「我的意思是，如果你幫我一點小忙，我也會幫你一點小忙。我離開夜之屋的雛鬼太久，恐怕已經不曉得怎麼觸動他們的心了。如果你可以幫我——引導我，告訴我該怎麼做，我就會回報你。想想你的夢想吧。在你蛻變之後的漫長人生裡，你想做什麼？我可以讓你的願望成眞。」

傑克不禁露出微笑，張開手臂，說：「可是，我的夢想已經成眞了呀。我住在這個美麗的地方，擁有如家人般的好朋友，哪還有其他奢求呢？」

奈菲瑞特收起笑容，語氣變得如石頭般堅硬、冰冷。「你還有什麼奢求？統治這個『美麗的地方』如何？美麗並不持久，朋友和家人都會變，唯有權力才是永恆的。」

傑克直覺地回答她：「不，愛才是永恆的。」

奈菲瑞特發出奚落的冷笑。「別幼稚了，我能給你的東西是愛遠遠比不上的。」

傑克看著奈菲瑞特——眞正地仔細打量她。她變了，而他心裡明白這是怎麼回事。她接受了邪惡，徹徹底底、完完全全地接受了邪惡。其實，在還未眞正知道之前，他就已明白了。**在她的心中，根本沒有光亮或我的存在**。在他心裡響起的這個聲音是如此溫柔、慈愛，讓他有勇氣清了清乾澀的喉嚨，直直盯著她那雙冰冷的綠眸。「我沒有不好的意思，但是，奈菲瑞特，我不想拿妳什麼好處。我無法幫妳，因爲，妳和我，呃，不是站在同一邊。」他開始爬下梯子。

「停住！」

不知爲何，他的身體竟聽命於奈菲瑞特的指揮。他覺得自己好像忽然被一個無形的冰籠困住，動彈不得。

「你這個放肆的小子！你眞以爲你可以違抗我？」

跟我吻別

我要對抗引力……

「是的，」就在科特的歌聲響起時，他告訴奈菲瑞特：「因爲我站在妮克絲這一邊，不是妳那一邊。所以，放我走吧，奈菲瑞特，我眞的不想幫妳。」

「你錯了，你這個無法玷污的純潔生命。其實，你剛剛恰好證明，你會幫我一個大忙。」奈菲瑞特舉起兩手，在空中繞圈。「如我所承諾的，他人就在這裡。」

傑克不曉得奈菲瑞特在跟誰說話，但她的話語令他毛骨悚然。他無助地看著她走出樹蔭，似乎是要遠離他，前去通往夜之屋主校舍的人行道。這時，他有一種抽離現實的怪異感覺，彷彿自己置身事外，像個第三者那樣看著眼前的一切。就這樣，他發現，奈菲瑞特的動作更像是爬蟲而非人類。

有那麼一瞬間，他以爲她眞的要離開，以爲自己安全了。但當她滑移到人行道，她轉身看著他，搖搖頭，輕笑一聲。「小子，你這麼高尙地拒絕了我的提議，結果反倒讓我輕而易舉地達成目的。」她朝雙刃大劍做出一個拋擲的動作，傑克睜大雙眼，確信自己看見了某種黑色的東西纏繞住劍柄。接著，那把劍轉呀轉地，直轉到朝上的劍尖直直地對準他。

「這就是你們的祭品。我從來就無法玷污他。拿走吧，我欠你們主人的債就此償付了。不過，你們得等到十二點鐘聲響起時才能行動。在此之前，先抓牢他吧。」奈菲瑞特連看都沒再看傑克一眼，逕自滑出他的視線範圍，進入校舍。

似乎等了很久，午夜十二點才來到，校鐘開始響。但傑克關上心扉，不去感覺那捆綁他的隱形冰冷鎖鏈。他很高興他把「對抗引力」這首歌設定成反覆播放。聽著科特和瑞秋高唱要如何克服恐懼的歌詞，他的心獲得撫慰。

當鐘聲響起，傑克知道將會發生什麼事。他知道自己無法阻止事情發生，知道自己無法扭轉命運。所以，他決定不做無謂的掙扎，不在最後一分鐘悔恨任何事情，也不流無意義的淚水，而是閉上眼睛，深吸一口氣，然後——歡喜地——加入瑞秋和科特的合唱：

我寧可相信
對抗引力
跟我吻別
我要對抗引力

我想我會努力
對抗引力
你可別讓我沮喪

傑克甜美的男高音迴盪在橡樹的枝椏間，在一旁等待、流連的黑暗魔法一把捲起傑克，將他從梯子頂端往下拋擲。那把大劍在等他，他的墜落是如此令人驚惶害怕。然而，當劍刃刺穿他的頸部，在痛苦、死亡和黑暗碰觸到他之前，他的靈魂已迸出他的身體。

他睜開眼睛，發現自己置身於一片美麗的草原，站在一棵樹下。這棵樹看起來跟被卡羅納迸裂的那棵橡樹一模一樣，只差這棵樹是完整的，綠意盎然，而且樹旁站著一位身穿閃亮銀袍的女子。她好美，美到傑克覺得他可以永永遠遠地凝視著她。

他立刻認出她。他早已認識她。

「哈囉，妮克絲。」他輕聲說。

女神對他微笑。「哈囉，傑克。」

「我死了，對吧？」

妮克絲繼續微笑。「對，我無比美好、滿心是愛、純潔無瑕的孩子。」

傑克遲疑了一下，然後說：「死亡這件事，似乎沒那麼糟嘛。」

「你會發現，確實如此。」

「我會想念戴米恩。」

「你還會再度跟他在一起的。有些靈魂會不停地找到彼此。你們的靈魂就是這樣，我跟你保證。」

「我在那邊的表現還可以嗎？」

「孩子，你表現得很棒。」夜之女神妮克絲張開手臂，擁抱傑克。被她一碰觸，人世殘存的最後一絲痛楚、悲傷和失落，便隨即從他的靈魂溶解、消失，留下愛——只留下愛，永遠的愛。這時，傑克體會到了最完美的幸福。

7 利乏音

他父親出現之前，空氣的密度起了變化。

父親一從另一個世界返回人間，他立刻知曉。他怎麼可能不知道？畢竟，那時他跟史蒂薇．蕾在一起。正如同她清楚感應到柔依復原，他也察覺父親要回來找他了。

史蒂薇．蕾……不到兩個禮拜前，他才和她在一起，跟她說話，碰觸她。此刻，感覺起來這一切竟像是亙古以前的事。

父親返回人間之前，他和她之間發生的事情，利乏音如果再活一個世紀，也不會忘記。噴泉裡的那個人類男孩就是他——這似乎毫無道理，卻那麼眞實，那麼無可置疑。他碰觸過史蒂薇．蕾，並在那頃刻幻想著可能的未來。

他可能可以愛她。

他可能可以保護她。

他可能可以選擇光亮，摒棄黑暗。

但這一切可能畢竟不是事實——也不可能成為事實。

他是仇恨和情欲、痛苦和黑暗的產物。他是怪物。不是人類，不是不死生物，但也不是野獸。

就只是怪物。

怪物不做夢。怪物什麼都不渴望，除了血和破壞。怪物不會——也無法——認識愛或幸福，他們天生就不具有這種能力。

但是，若是如此，他怎麼會思念她？

怎麼會在史蒂薇．蕾離開後，覺得靈魂好空洞？怎麼會因為她不在身旁，而覺得自己半死不活？

怎麼會想要為了她而變得更好、更強壯、更聰明，甚至更**善良，真的善良**？

他會不會是發瘋了？

這裡是廢棄的吉爾克瑞思老宅子，利乏音在屋頂露台上來回踱步。這時已過了午夜，博物館園區一片靜寂，但冰風暴肆虐過後，人們已開始如火如荼地清理路面，白天這地方變得愈來愈熱鬧。

我得趕快離開這裡，另外找個地方，一個更安全的地方。我應該離開陶沙市，在這幅員

廣袤的國家，找片荒野棲身。他知道，這樣做才是明智之舉，才合乎理性。但別的什麼因素讓他走不開。

利乏音告訴自己，這個因素很單純。既然父親已返回人間，他期待父親也會回來陶沙市。他留在這裡，是爲了等待父親，等待父親給他一個人生的目的和方向。但在心底最深處，他知道眞相並非如此。他不想離開這個地方，是因爲史蒂薇．蕾在這裡。只要他跟她待在同一個地方，即使他不允許自己跟她聯繫，她仍近在咫尺。只要他鼓起勇氣，她便觸手可及。

就在這時，就在他不安地來回踱步，反覆質疑自己之際，四周的空氣變沉重，瀰漫著濃濃的不死力量。對這股力量，利乏音太熟悉了。他察覺心裡有東西在拉扯，彷彿這股飄浮在黑夜裡的力量依附著他，將他當成黑暗海洋中的錨，好把自己往他拉近。

利乏音做好心理準備，繃緊身體，將心思專注在如夢似幻的不死魔法上，心甘情願地接受他跟它之間的連結，無視於它帶給他痛苦，耗損他的元氣，將他籠罩在令人窒息的幽閉恐懼裡。

他頭頂上方的夜空變得更加黝黑。風勢增強，猛烈吹打著利乏音。仿人鴉立穩腳跟。

當長翅膀的不死生物，他雄偉威猛的父親，卡羅納，被放黜的妮克絲戰士，倏地從天而降，落在利乏音的面前，利乏音本能地雙膝跪地，俯首表示效忠。

「我感覺到你仍留在這裡時，非常驚訝。」卡羅納說，沒示意兒子可以起身。「你怎麼沒追隨我到義大利？」

利乏音仍低著頭，回答道：「我受了重傷，差點喪命，才剛復原。我心想，留在這裡等父親應該比較明智。」

「受了傷？對，我想起來了。你被槍擊中，從半空中墜落。你可以起身了，利乏音。」

「謝謝父親。」利乏音站起來，面向父親，很高興自己的臉不容易洩漏情緒。卡羅納看起來似乎病了！他的古銅色肌膚變得灰黃，那雙奇特的琥珀色眼眸蒙上黑眼圈，甚至整個人好像瘦了一圈。「你還好嗎，父親？」

「我當然很好，我是不死生物！」長翅膀的不死生物不悅地說。接著，他嘆一口氣，虛弱地伸手抹一把臉。「她把我困在地下。我已經受傷了，又被土元素困住，所以在被釋放之前，我幾乎不可能復原——被釋放以後，恢復速度也很慢。」

「所以，奈菲瑞特真的把你困住了。」利乏音小心翼翼地不讓語氣吐露任何情緒。

「對。不過，要不是柔依．紅鳥傷到我的靈，我可沒那麼容易被禁錮。」他忿恨地說。

「那個雛鬼還活著。」利乏音說。

「對，她還活著！」卡羅納咆哮道，高聳的身影籠罩著他的兒子，仿人鴉不禁踉蹌後退。但他的盛怒瞬間消散，就像爆發時一樣迅速，只留下滿面倦容。他吁出長長一口氣，以比較平和的語氣重複道：「對，柔依還活著。但我相信，走過這麼一趟另一個世界，她一定變了，變得永遠跟以前不一樣了。」卡羅納撇開視線，凝望著黑夜。「凡是去過妮克絲國度的人，都會被它改變。」

「所以，妮克絲眞的讓你進入另一個世界？」利乏音忍不住發問。他繃緊神經，準備好接受父親的喝斥，但卡羅納再開口時聲音出奇地柔和，彷彿在回想、反芻什麼事。

「對，而且我見到她了。就那麼一次，很短暫。就是因爲女神介入，那個該死的史塔克現在還繼續在呼吸，在人間行走。」

「史塔克跟隨柔依到另一個世界去，而且還活著？」

「他確實還活著，雖然他應該已經死了才對。」卡羅納一邊說話，一邊不自覺地伸手搓著胸口的心臟位置。「我懷疑，他之所以能活著到另一個世界，可能跟那兩頭愛管閒事的公牛有關。」

「黑牛和白牛？黑暗和光亮？」利乏音想起白牛那一身令人毛骨悚然的光滑毛皮、那對瞳孔裡無止境的邪惡眼神，以及那生物帶給他的熾熱的痛苦，喉底不能自已地冒出恐懼的膽汁。

「怎麼了？」卡羅納銳利的目光彷彿可以刺穿他兒子。「你怎麼會有這種表情？」

「牠們在這裡現身過，就在陶沙市，大約兩個禮拜前。」

「牠們怎麼會出現？」

利乏音猶豫著，心臟在胸口劇烈跳動。他該承認些什麼？他能說些什麼？

「利乏音，說！」

「是血紅者，那個小女祭司長。她召喚了那兩頭公牛。白牛讓她知道如何幫助史塔克到另一個世界。」

「你怎麼會知道這事？」卡羅納的聲音冷峻如死亡。

「我目睹了部分的召喚過程。那時我傷得很重，以爲自己不可能復原，無法再飛翔了。但白牛居然現身，給了我力量，還把我吸引到牠的守護圈裡。我就是在那裡看見血紅者從牠那裡獲得幫助史塔克的線索。」

「你痊癒了，卻沒捉拿血紅者？沒阻止她返回夜之屋幫助史塔克？」

「我阻止不了她，因爲黑牛緊接著現身，光亮擊退黑暗，保護血紅者。」他盡可能誠實地說。「那以後，我便一直待在這裡，休養身體。當我感覺到你已經回到人間，我就一直在等你。」

卡羅納直瞅著他的兒子，利乏音鎮定地迎視他的目光。

卡羅納緩緩地點了點頭。「你能留在這裡等我，很好。陶沙市還有很多事沒解決。這所夜之屋很快就又會歸特西思基利掌控了。」

「奈菲瑞特也回來了？最高委員會沒拘捕她？」

卡羅納哈哈大笑。「最高委員會不過是一群天眞的笨蛋。特西思基利之后把最近的事件都歸咎於我，對我處以鞭刑，作爲懲戒，並放逐我，將我趕離她的身邊。委員會就這樣輕易被擺平了。」

利乏音大吃一驚，忍不住猛搖頭。父親的語氣是如此輕快，甚至帶著詼諧，但他的表情晦暗，身體既孱弱又受了傷。「父親，我不明白。鞭刑？你讓奈菲瑞特——」

才一眨眼的工夫，卡羅納已伸手掐住兒子的喉嚨。高大的仿人鴉被高高舉起，雙腳離地，彷彿他碩大的身材一點重量都沒有，輕如他身上一根纖細的黑色羽毛。

「別以爲我受了傷就變得軟弱了！」

「我沒有。」利乏音被掐住的喉嚨只發得出微弱的嘶嘶聲。

卡羅納湊近他的臉，琥珀色的眼眸燃燒著熊熊怒火。

「父親，」利乏音喘著氣說：「我無意對你不敬。」

卡羅納放手拋下他，利乏音癱倒在他腳邊。不死生物仰起頭，張開手臂，彷彿要擁抱天空。「然而，她迄今依舊拘禁著我！」他咆哮道。

利乏音喘著氣，伸手搓了搓喉嚨。父親的話語穿透他困惑的頭腦，他抬頭望著父親。不死生物的臉扭曲變形，彷彿正在承受莫大的痛苦，而眼神則像著了魔。利乏音慢慢地站起來，小心翼翼地靠近父親。「她做了什麼？」

卡羅納的雙手垂放下來，但臉依舊仰望著天空。「我對她立了誓，一定會摧毀柔依·紅鳥。但現在那雛鬼仍活著，我違背了誓言。」

利乏音感覺到自己的血液瞬間變冰冷。「沒達成誓言將會遭受懲罰。」

他的措詞並不是問句，但卡羅納點點頭，說：「沒錯。」

「那麼，你欠奈菲瑞特什麼？」

「只要我仍是不死生物，她就永遠掌管我的靈。」

「天哪，這樣一來，我們兩個都輸了。」利乏音衝口而出。

卡羅納轉頭面向他。利乏音發現，父親眼中的怒火已經消褪，此時閃爍著狡獪的眼神。

然後，他聽到卡羅納說：「在這個世界的時間裡，奈菲瑞特成爲不死生物才一會兒工夫，而我不死的生命已經活了數不清的歲月。若說這無數歲月以來我學到了什麼，那就是沒有什麼是不能打破的。即便是最堅強的心、最純潔的靈魂，甚至最牢固的誓約，都可以打破。什麼都可能打破。」

「你知道如何掙脫她的控制？」

「不，但我知道，如果我滿足她最強烈的欲望，她就會分心，而我就可以趁機想辦法打破我對她立下的誓約。」

「父親，」利乏音支吾著：「打破誓約是要付出代價的。如果你打破這個誓約，會不會又招致另一個誓約？」

「只要能擺脫奈菲瑞特的控制，任何代價我都樂意接受。」

卡羅納冰冷忿恨的語氣，聽得利乏音的喉嚨直發乾。他知道，一旦父親變成這樣，他唯一能做的就是附和他，安靜地守在他身邊，順從他的心意，幫他達成任何他追求的目標。他已經習慣卡羅納暴烈的情緒了。

利乏音所不習慣的，是他居然對父親這種情緒感到厭惡。

利乏音可以察覺到，不死生物的目光正打量著他。仿人鴉清了清喉嚨，說出父親期望聽到的話。「奈菲瑞特最強烈的欲望是什麼？我們該如何滿足她的欲望？」

卡羅納的表情放鬆了一些。「特西思基利之后最想要的，就是統治人類。我們可以幫助她發動吸血鬼和人類之間的戰爭，來滿足她的欲望。一旦戰爭爆發，她就有藉口剷除最高委員會。一旦除去最高委員會，吸血鬼世界就會陷入一團混亂，而奈菲瑞特就可以以妮克絲化身的頭銜，順勢接管吸血鬼的世界。」

「可是吸血鬼已經變得很理性、很文明，不可能對人類發動戰爭。我想，與其打仗，他們寧可離群索居，遠離人類。」

「多數吸血鬼確實如此。但你忘了特西思基利創造的那群新品種的嗜血生物。他們可是肆無忌憚呀。」

「紅雛鬼。」利乏音說。

「對。不過他們並非都是雛鬼，對吧？我聽說有另一個男孩也蛻變了。此外，還有那位年輕的女祭司長——血紅者。我不相信她對光亮像她的朋友柔依那樣忠誠。」

利乏音覺得彷彿有隻巨掌揪住他的心臟。「血紅者召喚了黑牛，光亮的化身。我不認爲我們有辦法動搖她，讓她偏離女神的道路。」

「你剛才說她也召喚了黑暗的白牛，不是嗎？」

「對，但根據我的觀察，她並非有意召喚黑暗。」

卡羅納哈哈大笑。「奈菲瑞特告訴過我，史蒂薇・蕾剛復活時可不是這個樣子。那時，血紅者沉醉於黑暗！」

「但後來她蛻變了，就跟史塔克一樣。現在他們兩人都效忠於妮克絲。」

「不，史塔克效忠的是柔依・紅鳥。我不相信血紅者跟誰形成了這種緊密的連結。」

利乏音知道自己必須小心。他保持緘默。

「我愈想就愈喜歡這個主意。如果我們利用血紅者幫奈菲瑞特奪得權力，柔依就會失去一個如此親近的人。對，這點子很好，我喜歡，非常喜歡。」

利乏音的心思陷入驚惶、恐懼和混亂之中。他努力釐清思緒，希望想出一個回應的方式、一個說法，促使卡羅納放棄將史蒂薇・蕾當作目標。這時，四周的空氣再度出現變化，泛起一波波漣漪。黑夜裡層層疊疊的暗影霎時顫動著，為時很短，但很興奮。利乏音疑惑的目光從潛伏在屋頂角落的暗影移向父親。

卡羅納點點頭，冷笑道：「特西思基利之后償還她欠黑暗的債了。她把一個無法玷污的純潔性命當祭品，獻給了黑暗。」

利乏音體內的血液劇烈奔流，耳際怦怦作響。霎時，他陷入恐慌，擔心起史蒂薇・蕾的安危。接著，他明白過來：**不，被奈菲瑞特拿來獻祭的不可能是史蒂薇．蕾。她曾被黑暗玷污，所以，她一定可以免除這次危害。她不會有事的。**

「奈菲瑞特殺了誰？」利乏音鬆了一口氣，一時失去注意，不假思索地發出這個問題。

「特西思基利拿誰當犧牲，對你來說有何差異？」

利乏音迅即重新集中注意力。「我只是好奇。」

「我覺得你變了，兒子。」

利乏音鎮定地迎視父親的目光。「我曾瀕臨死亡，父親。這樣的經驗令我震撼。你應當記得，我只分得你一點點的不死力量。我的其他部分屬於人類，終有一死。」

卡羅納只稍微點個頭，表示認同。「我確實忘了你會因內在的人性而變脆弱。」

「不是人性，而是終有一死。我不是人類。」他忿忿地說。

卡羅納再度端詳他。「你是怎麼捱過你的傷勢，活了下來？」

利乏音別開臉，不看父親，但盡可能地據實回答。「我不是很清楚自己是如何活下來，或爲何能活下來。」**我永遠也不會明白，為什麼史蒂薇．蕾要救我**——他在心裡默默地補上這麼一句。「對我來說，那段時間多半模糊一片。」

「如何活下來並不重要。至於爲何會活下來，這點再明顯不過了——你活下來是爲了替我效命，就像你有生以來那樣子。」

「是的，父親。」他不由自主地答道，但他察覺自己的語氣裡帶著一絲無奈。爲了掩飾，他趕緊接著說：「正因爲效命於你，我必須告訴你，我們兩個不能留在這裡。」

卡羅納疑惑地揚起眉毛。「你在說什麼？」

「這個地方，」利乏音伸手一揮，掃過整片吉爾克瑞思博物館的園區，「自從冰風暴結束，有太多人類出入了。我們不能留在這裡。」利乏音深吸一口氣，繼續說：「或許最明智的做法是暫時離開陶沙市。」

「我們當然不能離開陶沙市。我已經跟你解釋過了，我必須分散特西思基利的注意力，才能掙脫她的掌控。而在這裡最適合這麼做，可以利用血紅者和她的雛鬼。不過，你注意到這地方不適合我們，倒是沒錯。」

「既然如此，我們不是應該先離開這座城市，去尋找更好的地點嗎？」

「你爲什麼堅持我們應該離開這裡？我明明已經說得很清楚了，我們必須留下來。」

利乏音深吸一口氣，只說：「我受夠了這個城市。」

「那就憑藉你從我的血脈裡取得的力量，振作起來吧！」卡羅納喝令道，語氣中帶著不耐。「我們要留在陶沙市，直到我達成我的目的。至於我應該待在陶沙市的什麼地方，奈菲瑞特已經考慮過。她要求我必須離她很近，但不能被人撞見——至少現在還不行。」卡羅納停頓一下，面容因憤怒而扭曲，顯然很氣自己竟如此徹底地被特西思基利控制。「奈菲瑞特買下了一個地方，今晚我們就過去。然後，我們要盡快追查那些紅雛鬼，捕捉他們的女祭司長。」卡羅納的目光移向兒子的翅膀。「你又能飛了，對吧？」

「是的，父親。」

「好，那就別再廢話了。我們這就飛向天空，飛向我們的未來和自由。」

不死生物展開巨翅，從廢棄的吉爾克瑞思宅邸的屋頂一躍騰空而去。利乏音遲疑著，試著思考，並努力呼吸——試圖弄懂自己該怎麼做。屋頂角落閃過一個影子。是那個金髮小女孩的幽靈，他當初翅膀斷裂，渾身是傷地來到這裡之後，就一直糾纏他的那個小女孩。

「你不能讓你父親傷害她。你知道的，對吧？」

「這是我最後一次警告妳，幽靈，走開。」利乏音說，同時張開翅膀，準備跟上父親。

「你必須幫史蒂薇．蕾。」

利乏音憤怒地質問她：「爲什麼我必須幫她？我是怪物——對我來說，她無足輕重。」

小女孩綻開笑容。**「太遲了，她對你已經具有重大意義。再說，你之所以必須幫她，還有另一個原因。」**

「什麼原因？」利乏音不耐煩地說。

「因為你不完全是怪物。有部分的你是人類男孩，這代表終有一天你會死。你死去時，只有一個東西能帶入永恆。」

「什麼東西？」

她的笑容好燦爛。「愛啊，傻瓜！死去時唯一能帶走的就只有愛。所以，你瞧，你必須救她，否則你會永遠悔恨。」

利乏音凝視著小女孩。「謝謝妳。」他輕聲說，然後躍入漆黑中。

8 史蒂薇・蕾

「我想，你們應該讓柔依喘口氣。經歷過那些事情，她應當好好休息一下。」史蒂薇・蕾說。

「如果只是這樣，那當然沒問題。」艾瑞克說。

「你這是什麼意思？」

「聽說她根本不打算回來。」

「這種說法不值一哂。」

「妳跟她談過話嗎？」艾瑞克問。

「沒有，那你呢？」她反問。

「沒有。」

「其實，艾瑞克點出了一個重點——」蕾諾比亞說：「沒人跟柔依談過話。她暫時不回來是傑克說的。我跟愛芙羅黛蒂談過，她和達瑞司很快就會抵達。但柔依既沒有打電話來，也不接電話。」

「柔依累了，史塔克還很虛弱。傑克不就是這麼說的嗎？」史蒂薇．蕾說。

「沒錯，」龍．藍克福特說：「但打從柔依從另一個世界返回人間，我們幾乎沒人跟她說上話。這也是事實。」

「好，說眞的，這有什麼好大驚小怪的呢？你們說得好像柔是逃學的壞小孩，而不是一個威風的女祭司長。」

「這麼說吧，首先，我們在意這事，是因爲她擁有高強的法力，而伴隨法力而來的就是責任。這點，妳應該知道。」蕾諾比亞說：「此外，還有奈菲瑞特和卡羅納的問題。」

「說到這個，我就必須發言。」潘特西莉亞老師說：「我想，我應該不是唯一收到最高委員會最新消息的人。現在，沒有奈菲瑞特和卡羅納的問題了。卡羅納的靈返回肉體，恢復意識後，她就切斷了跟他的關係。奈菲瑞特對他處以鞭刑，然後放黜他，將他驅離她的身邊，要他遠離吸血鬼社會一個世紀。奈菲瑞特這樣對待她的伴侶，就是爲了懲罰他殺害人類男孩。最高委員會已經裁定，該爲這樁罪行負責的人是卡羅納，而非奈菲瑞特。」

「對，這件事我們都知道，可是——」蕾諾比亞開始說話。

「你們在說些什麼？」史蒂薇．蕾插嘴，覺得自己的腦袋快要爆炸了。

「看來我們沒在電子郵件的寄送名單中。」克拉米夏說，跟史蒂薇·蕾一樣，看起來快抓狂了。

這時，外頭的時鐘開始敲起午夜十二點的鐘聲，奈菲瑞特從一道隱藏的門後方走出來。這道門是女祭司長進入委員會會議室專用的門。當大家吃驚地望著她，她刻意繞著大圓桌走一圈，並開口講話，聲音響亮如鞭子抽動，充滿自信和權威。

「看來我回來得有點遲。有誰能告訴我，打從什麼時候開始雛鬼可以參與我們的委員會會議？」

「克拉米夏不只是雛鬼，她也是桂冠詩人暨女先知。此外，我本身**是**女祭司長，是我邀請她出席的。所以，她當然有權參與這個委員會會議。」史蒂薇·蕾努力壓抑住面對奈菲瑞特而生起的恐懼。當她發現自己終於說出話來，而且聲音平穩、從容，不由得鬆了一大口氣。「還有，妳怎麼沒因殺害西斯而入獄？」

「入獄？」奈菲瑞特的笑聲是如此冷酷。「放肆！別忘了，我是女祭司長。而且這個頭銜是我掙來的，不是平白得到的。」

「妳規避了妳涉嫌謀殺人類的問題。」龍老師說：「同時，我也沒有收到吸血鬼最高委員會的通訊。所以，我也想要知道，爲什麼妳會出現在這裡，還有，妳伴侶所做的事情，爲什麼妳毋需負責。」

史蒂薇・蕾以爲奈菲瑞特會對龍老師的質問大發雷霆，沒想到她的表情變柔和，一雙綠眸流露出憐憫。當她開口回答劍術老師，她的聲音是那麼溫暖，充滿同情。「我想，最高委員會沒發通訊給你，是因爲她們體諒你仍因失去配偶而深感哀慟。」

龍老師臉色發白，但一對藍色眼眸變得更堅毅。「不，不是我失去安娜塔西亞，是有人奪去她的性命。妳的伴侶所創造的生物殺害了她，而下令的人就是妳的伴侶。」

「我了解你的哀傷會影響判斷力，不過你必須知道，利乏音和其他仿人鴉並未奉命傷害任何人。相反地，他們奉命執行**保護**任務。柔依和她的朋友放火燒馬廄，偷走我們的馬匹時，他們認定夜之屋遭到了攻擊。因此，他們不過是在反擊。」

史蒂薇・蕾和蕾諾比亞迅速交換了個眼神，默默地相互叮嚀，**別讓他們知道有誰參與了那件事**。當然，史蒂薇・蕾閉緊了嘴巴，沒洩漏蕾諾比亞在柔依「脫逃」事件中所扮演的角色。

「他們殺害了我的配偶。」龍老師說，把所有人的注意力拉回到他身上。

「關於這一點，我一輩子都無法釋懷。」奈菲瑞特說：「安娜塔西亞是我的好朋友。」

「妳追殺柔依、達瑞司和其他人。」史蒂薇・蕾說：「妳威脅我們，還命令史塔克射殺柔依。關於這些，妳怎麼解釋？」

奈菲瑞特美麗的臉龐黯淡下來，身體倚著桌子，開始輕聲啜泣。「我知道……我知道，都是我太脆弱了。我讓那長翅膀的不死生物蒙蔽我的心智。他說，必須摧毀柔依，而我以爲他是冥神俄瑞波斯的化身，所以我信了他的話。」

「呸，這些話根本狗屁不通。」史蒂薇．蕾說。

奈菲瑞特翠綠色的眼眸移向她。「妳不曾在乎一個人，後來卻發現他其實是怪物僞裝的嗎？」

史蒂薇．蕾覺得自己被她說得面紅耳赤，只能以自己所知道的唯一方式回答——說實話。「在我的生命中，我所知道的怪物不會僞裝自己。」

「妳沒回答我的問題，小女祭司長。」

史蒂薇．蕾抬起下巴。「我這就回答妳的問題。沒有，我不曾在乎一個人，卻自始就不知道他究竟是怎樣的人。如果你說的是達拉斯，我知道他可能有些問題，但我未曾想到他後來會投向黑暗，整個人發狂。」

奈菲瑞特露出狡獪的笑容。「喔，是的，我聽說了達拉斯的事。眞不幸……不幸啊。」

「奈菲瑞特，我還是必須了解最高委員會的裁決。身爲劍術老師和這所夜之屋的冥界之子領導人，我有權了解任何可能危及本校安全的事情，不管我是否在服喪。」龍老師說，臉色蒼白但表情堅定。

「你說得沒錯，劍術老師。其實事情很簡單：不死生物的靈魂返回肉體後，跟我招認，他殺害了人類男孩，因爲他認爲西斯對我的仇視已對我構成威脅。」奈菲瑞特邊說邊搖頭，一副深感難過、遺憾的模樣。「不知爲何，這可憐的孩子堅信我要爲諾蘭老師和羅倫．布雷克的死負責，而卡羅納相信，爲了保護我，非得除掉西斯不可。」她搖搖頭，繼續說：「卡羅納脫離人間太久了，他眞的不了解人類對我根本構成不了威脅。他殺害西斯的行徑純粹只是一個被誤導的戰士想保護他的女祭司長，所以，最高委員會和我才會對他手下留情。如同你們有些人所知，卡羅納被處以一百下鞭刑，並被逐出吸血鬼社會，驅離我的身邊，一百年後才能回來。」

眾人一陣沉默，接著潘特西莉亞說：「看來，整起災難是一樁接著一樁不幸的誤會所造成的。但過去所發生的事情，我們已經付出太大的代價了。現在，最重要的是學校要重新凝聚起來，我們全都要繼續過正常的生活。」

「妳的智慧讓我佩服，潘特西莉亞老師。」奈菲瑞特說著，恭敬地對她微微鞠躬。接著，她面向龍老師。「對我們許多人來說，這段期間都很難捱。但是，劍術老師，你爲此付出了最慘重的代價。所以，無論於公於私，我都必須爲自己所犯下的錯誤，請求你的寬宥。我可以請求你帶領夜之屋走入新紀元，讓我們在心痛之餘仍能像浴火鳳凰般重生嗎？」

史蒂薇．蕾眞想對龍老師大聲吼叫，提醒他奈菲瑞特在愚弄大家——發生在夜之屋的一切並不是誤會造成的悲劇，而是奈菲瑞特和卡羅納濫用權力和法力所造成的結果。但她的心隨即往下沉，因爲她看到龍老師低頭對奈菲瑞特致意，並以心碎、沮喪的聲音說：「我希望大家能繼續往前走。因爲，若不能這樣，我怕我會捱不過喪妻之慟。」

蕾諾比亞似乎想開口說些什麼，但當龍老師開始抽泣，她闔上嘴巴，走到他的身邊安慰他。

這樣一來，就只剩下我了。我必須站出來駁斥奈菲瑞特，史蒂薇．蕾心想。她目光瞥向克拉米夏，發現她正狠狠地盯著奈菲瑞特瞧，那表情擺明了是在說「見鬼啊」。**好，看來就剩下我和克拉米夏會站出來駁斥奈菲瑞特了**，史蒂薇．蕾在心裡糾正自己。她挺起肩膀，繃緊神經，準備破口大罵，迎接勢必發生的激烈衝突場面。

就在這時，爲了迎入沁涼夜風而敞開的窗戶傳來一陣奇怪的聲音。那是一種可怕的哀號，聽得史蒂薇．蕾手臂上寒毛直豎。

「怎麼一回事？」史蒂薇．蕾說，跟著其他人將頭轉向敞開的窗戶。

「我從沒聽過這種聲音。」克拉米夏說：「讓我毛骨悚然。」

「是動物，而且很痛苦。」龍老師立刻恢復鎮定，表情猝然改變，又成了一名英勇的戰士，不再是心碎的丈夫。他站起身來，橫過會議室，走到窗邊。

「是貓嗎？」潘特西莉亞問，滿臉憂懼。

「從這裡看不清楚，聲音是從校園東側傳來的。」龍老師說著，斷然轉身離開窗戶，走向門口。

「噢，天哪，我想我知道這是什麼聲音。」奈菲瑞特以難過的聲音說，所有人的目光都移回她的身上。「這是狗的哀號，而校園裡唯一的一隻狗是史塔克那隻拉布拉多犬，女爵。史塔克是不是發生了什麼事？」

史蒂薇．蕾看見奈菲瑞特舉起柔細美麗的手撫住胸口，彷彿她想到史塔克可能遭遇不測，必須這樣才能勉強壓抑劇烈的心跳。

史蒂薇．蕾眞想給她一巴掌。奈菲瑞特絕對可以獲頒奧斯卡最虛僞悲劇演技類的最佳賤人獎。**夠了，我絕不會讓她唬弄過去**。

但史蒂薇．蕾沒有機會站出來跟奈菲瑞特對峙，因爲就在龍老師打開門的那一刹那，一陣嘈雜聲席捲而來，淹沒了所有人。許多雛鬼在走廊上往會議室這邊衝來，又哭又喊。但在所有這些雜音之上——甚至在那可怕的號叫聲之上——有一個聲音清楚可辨。那是某人心碎的哭號。

史蒂薇·蕾立刻認出那悲痛的聲音。

「噢，不，」她沿著走廊往前衝，「是戴米恩。」

史蒂薇·蕾甚至跑在龍老師的前面。當她猛地拉開主校舍的大門，恰好與德魯·帕頓撞個正著，兩人頓時都跌倒在地上。「啊，要命，德魯，你別擋我的——」

「傑克死了！」德魯大叫道，邊慌慌張張地爬起來，邊伸手拉她起身。「在那裡，東牆邊那棵斷樹那裡。好慘，眞的好慘。快——戴米恩需要妳！」

史蒂薇·蕾聽懂德魯所說的話時，只覺得天旋地轉。接著，大批成鬼和雛鬼掩至，她和德魯在人群的推擠下橫越校園。

史蒂薇·蕾抵達樹旁的那一剎那，心頭隨即出現似曾相識的可怕景象。血，好多的血，流得到處都是！她腦海裡閃現那晚史塔克一箭射穿她胸膛，她全身血液幾乎流盡的景象。就在這裡，同一個地點！

只不過，這一次流血的人不是她。是善良、甜美的傑克，而且他眞的死了。因此，眼前的景象比上一次可怕十倍。有那麼片刻，她覺得這情景似乎很不眞實——沒有人移動，也沒有人說話，一切靜止，一片死寂，只除了女爵的號叫和戴米恩的慟哭。這一人一狗蹲伏在傑克身旁，傑克則面朝下，倒臥在浴血的草地上，只見一把長劍的劍鋒從他的頸背穿出，露出數呎長的劍身。大劍刺穿他脖子的力道是如此猛烈，他幾乎身首分離。

「喔，天哪，這裡發生了什麼事？」奈菲瑞特的聲音讓大家猛然回過神來。她疾步走向傑克，俯身，伸手溫柔地探他的身體。「這個雛鬼死了。」她語氣凝重地說。

戴米恩抬起頭，史蒂薇·蕾看見他那雙眼睛充滿痛苦和驚恐，或許還帶著一絲瘋狂。或許。當他直直盯著奈菲瑞特，他原本蒼白的臉瞬間變得慘白，幾無血色。這時，史蒂薇·蕾才似乎眞的驚醒過來。

「我想，妳最好走開點，別在這裡打擾他。」史蒂薇·蕾說著擠了過去，擋在奈菲瑞特和傑克與戴米恩之間。

「我是本校的女祭司長，有責任處理這樁悲劇。如果要對戴米恩好，倒是妳應該走開，讓大人來處理這件事。」奈菲瑞特語氣平和，但史蒂薇·蕾凝視她那雙翠綠眼眸，看見她眼裡有什麼東西在蠕動著，令她不寒而慄。

史蒂薇·蕾可以感覺到，所有人正看著她。她知道，奈菲瑞特的話說得入情入理——畢竟，她自己成爲女祭司長的時間太短，還不曉得該如何處理今晚發生的這種駭人事件。要命，她之所以成爲女祭司長，其實純粹是因爲完成蛻變的紅雛鬼只有她一個。她有權利宣稱自己是戴米恩的「女祭司長」嗎？

史蒂薇·蕾佇立在原地，沉默地跟心中的猶豫拔河。奈菲瑞特不理會她，逕自蹲在戴米恩身邊，抓起他的手，強迫他看著她。「戴米恩，我曉得你受到驚嚇，但你必須冷靜下來，告訴我們傑克發生了什麼事。」

戴米恩茫然地眨眼看著奈菲瑞特。接著，史蒂薇·蕾發現他的眼神逐漸轉清澈，聚焦在奈菲瑞特臉上。然後，他用力將自己的手從她的手中抽出來，開始前後甩頭，不停地甩頭，而且開始啜泣。「不！不！不。」

夠了。史蒂薇·蕾受夠了。即便全天下人都無法看穿奈菲瑞特的把戲，她也管不了了。她絕不能讓可憐的戴米恩再因爲奈菲瑞特而驚恐不安。

「發生什麼事？**妳**問發生了什麼事？說得好像傑克被謀殺時妳正好回到學校，只是巧合？」史蒂薇·蕾重新挨到戴米恩的身邊，握住他的手。「妳可以玩弄跟蝙蝠一樣瞎的最高委員會，甚至可以說服一些好人，讓他們以爲妳仍然站在我們這一邊，但戴米恩、柔依，還有——」她頓了一下，因爲她聽見兩個幾乎一模一樣的驚愕喘息聲傳來，接著看見孿生的跑過來——「還有簫妮和依琳，以及史塔克和我，我們打死都不會相信妳是好人。所以，**妳**何不說說這裡到底發生了什麼事？」

奈菲瑞特搖搖頭，面露哀傷，卻也該死地美麗無比。「我真替妳感到難過，史蒂薇·蕾。妳曾經是個很窩心、很可愛的雛鬼，眞不曉得妳怎麼會變成這樣。」

史蒂薇·蕾怒火中燒，氣得全身發抖。「在這世上，妳比任何人都清楚我發生了什麼事。」她克制不住，火冒三丈，開始逼向奈菲瑞特。這一刻，她什麼都顧不得，只想用雙手掐住這個吸血鬼的脖子，不停地用力掐緊，再掐緊，直到她無法呼吸，直到她再不能危害任何人。

但戴米恩握住她的手不放。這樣溫暖的碰觸、他們之間的信任，以及戴米恩含帶著啜泣的低語，制止了她。「不是她幹的。我親眼見到事情發生，跟她無關。」

史蒂薇·蕾楞住，低頭看著戴米恩。「什麼意思，親愛的？」

「我在那裡，就在體育館的門外。女爵不讓我慢跑，一直要把我拉回這裡。最後我決定聽她的。」戴米恩聲音沙啞，急促地往下說：「她的樣子讓我擔心，所以我就往這個方向望，結果，我看見了。」他又開始哭泣。「我看見傑克從梯子頂端摔下來，撲在雙刃大劍上。那時他周圍沒人，一個人都沒有。」

史蒂薇·蕾看著戴米恩，將他摟入懷中。這時她察覺有兩雙手環抱住他們。是孿生的，她們已經湊了過來，將他們倆緊緊抱住。

「這件可怕的意外發生時，奈菲瑞特跟我們在會議室裡。」龍老師凝重地說，輕輕地撫摸傑克的頭髮。「他的死不該歸咎於她。」

史蒂薇・蕾無法注視傑克殘破的身軀，所以，龍老師說話時，她將目光集中在奈菲瑞特身上。只有她看見，奈菲瑞特臉上閃過一絲得意的勝利表情，但迅即又端出那種演技嫻熟的哀傷和關心。

她當下立刻知道，**是她殺了傑克。我不曉得她是怎麼辦到的，我現在也無法證明，但確實是她幹的**。緊接著，她腦海中馬上浮現另一個念頭：**柔依會相信我，她會幫我想出辦法揭露奈菲瑞特的真面目。**

柔依必須回學校。

9 柔依

所以，史塔克和我做了**那件事**。

「但我不覺得有什麼不同。」我跟身旁的一棵樹說話。「我的意思是，除了覺得跟史塔克更親密，身體有些難以啓齒的部位有點痛，其他似乎就沒什麼不同了。」我走到潺潺流過樹林的那條小溪，低頭看著溪水。此刻太陽正要西沉，但今天島上的天氣罕見地清朗、沁寒，天空仍是一片繽紛的橘紅和金黃，所以我可以看見自己的倒影。我端詳自己。我看起來——嗯，就像原來的**我**。「好吧，嚴格說來，我之前做過一次，但那次跟這次截然不同。」我嘆了一口氣，跟羅倫·布雷克那次是個嚴重的錯誤。和詹姆士·史塔克的這次則完全不一樣，我們彼此互相的付出也不一樣。「既然我現在眞的在談戀愛，我看起來不是應該不一樣嗎？」我瞇起眼睛覷著自己的倒影。我有沒有看起來更成熟？更有經驗？更有智慧？

然而，完全不是那麼一回事。瞇眼只是讓我看起來像有近視眼。「而且愛芙羅黛蒂大概會說，瞇著眼睛會害我長魚尾紋。」

想起昨晚跟愛芙羅黛蒂和達瑞司道別的情景，我心裡一陣難過。她照例說話譏諷我，甚至惡毒地數落我不跟她回陶沙市，但我們還是真摯地緊緊互相擁抱，我知道我會想念她。其實我已經開始想念她了。我也想念史蒂薇．蕾、戴米恩、傑克和孿生的。

「還有娜拉。」我告訴自己在水中的倒影。

可是，我對他們的思念強烈到足以促使我返回眞實世界嗎？足以讓我鼓起勇氣面對一切，包括回到學校，甚至對抗黑暗和奈菲瑞特嗎？

「不，不，妳做不到。」一旦說出口，心裡的想法似乎變得更眞實了。我可以感覺到，史迦赫島嶼的寧靜沖淡了我對他們的思念。「這眞是一個神奇的地方。如果可以把我的貓咪送來這裡，我發誓，我可以永遠待下來。」

史迦赫的笑聲好溫柔，好悅耳。「爲什麼我們對寵物的懷念往往多於對人的思念？」她滿臉笑容，走到溪畔，在我身旁站定。

「我想，這是因爲我們無法跟他們用Skype通話。我的意思是，我知道，只要我想，我可以馬上回城堡跟史蒂薇．蕾通話。可是，上次我試圖透過電腦視訊跟娜拉說話，她卻一臉茫然，甚至比平常更會鬧脾氣。嘿，我說她會鬧脾氣可不是隨便說說的。」

「如果貓咪懂科技，手指跟我們一樣靈活，世界大概就會由他們統治了。」女王說。

我大笑。「可別讓娜拉聽到妳這麼說。她現在已經統治了她的世界。」

「妳說得對，瑪柏也認爲她統治了她的世界。」

瑪柏是史迦赫的賓士貓，體型碩大，毛很長，黑白相間，我這幾天才開始和她熟悉起來。我想，她搞不好有上千歲了，平常幾乎都處於半睡半醒的狀態，總是待在女王的床尾，一動也不動。史塔克和我後來乾脆叫她死貓——不過，當然，我們一定避開史迦赫的耳目，私底下這麼叫她。

「妳說的世界，是指妳的臥房吧？」

「完全正確。」史迦赫說。

我們兩人哈哈大笑，然後女王走向離小溪不遠處的一塊圓形磐石，石上布滿青苔。她優雅地在石頭上坐下，並伸手拍了拍旁邊的空位。我走過去，在她旁邊坐下時，心裡不禁納悶，我的動作是否跟她一般優雅、莊重——我看，這是絕無可能的。

「妳可以把妳的娜拉送來。吸血鬼的貓咪可以像人類的寵物那樣搭機運送。只要出示檢疫證明，就可以進入斯凱島。」

「哇，眞的嗎？」

「當然是眞的。不過，前提是妳已經決定在這裡待上至少幾個月。貓咪不怎麼適合旅行

——把他們從一個時區送到另一個時區，然後又在短期間內送回去，對他們很不好。」

我凝視史迦赫的眼睛，誠實地說出心裡的想法。「我在這裡待得愈久，就愈確定我不想離開。但我知道，躲在這裡，避開眞實世界，恐怕不是負責任的行爲。我的意思是——」我看見她眼睛開始流露關注的神情，趕緊解釋——「我不是說斯凱島這裡不眞實。我知道我最近經歷了很多不好的事情，應該可以休息一下，喘口氣。但我畢竟還在讀書。我想，我終究還是得回去。」

「如果不是妳去學校，而是學校來找妳，妳還會這樣想嗎？」

「什麼意思？」

「自從妳進入我的生活，我就開始重新思考這個世界——或者該說，重新思考我脫離這個世界有多遠。對，我有網際網路。對，我有衛星電視。但我沒有新的追隨者，沒有戰士學生和年輕的守護人。至少在妳和史塔克來這裡之前，我都沒有。我發現我很想念年輕人所帶來的活力和貢獻。」史迦赫別開頭，望入樹林深處。「你們來到這裡，已經喚醒了島上一些沉睡的東西。我感覺到世界即將發生重大改變，比現代科學或科技更重大的改變。我可以忽視這種改變，讓我的島嶼繼續沉睡，或許就此徹底與世隔絕，也與這個世界的問題隔絕，甚至消失在時間的迷霧裡，就像亞瑟王傳說中的精靈島嶼阿瓦隆（Avalon）或亞馬遜族那樣。

但是，我也可以對世界敞開大門，迎接隨之而來的各種挑戰。」女王再次凝視我的眼睛。「我決定讓我的島嶼甦醒。現在該是斯凱島夜之屋重新接受新血的時候了。」

「妳打算撤除防護圈的咒語？」

她苦笑了一下。「不，只要我活著的一天，我希望斯凱島都能置於防護圈內，隔離於現代世界。如果有幸，我希望，只要我的繼承人，乃至於我的繼承人的繼承人還活著，這個島嶼都能保持這個樣子。但我確實考慮發出戰士的召喚，重新培養戰士的新血。畢竟斯凱島曾經訓練出最優秀、最傑出的冥界之子。」

「可是後來妳跟吸血鬼最高委員會決裂了，對吧？」

「沒錯。或許我可以開始慢慢地修補我們之間的裂痕，尤其如果有個年輕的女祭司長接受我的培訓的話。」

我心裡不禁興奮起來。「我？妳是指我？」

「對，我確實是指妳。妳和妳的守護人跟這座島嶼有特殊的連結，我想看看這種關聯會如何發展。」

「哇，我眞是太榮幸了。謝謝妳。」我的心怦然躍動！如果斯凱島夜之屋恢復運作，我就不能算是躲在這裡，遠離任何人。那樣一來，我就像是轉學，不過是轉到另一所學校就讀。我想到戴米恩和其他朋友，不曉得他們會不會也想轉學到斯凱島。

「不具受訓戰士身分的雛鬼也能來這裡嗎？」我問。

「這點我們可以商量。」史迦赫頓住，若有所思，然後彷彿做成決定似地接著說：「妳應該知道吧，這座島嶼擁有豐富的神奇傳統——我指的不只是戰士培訓和我的守護人這方面的事情？」

「不知道。喔，我的意思是，對，我知道。比方說，**妳**顯然就很神奇，而妳基本上就等同於這座島嶼。」

「我在這裡的時間太久了，久到許多人都把我等同於這座島嶼。其實，我只是它的魔法的看顧人，而不是持有人。」

「什麼意思？」

「妳自己去發現呀，小女王。妳對每個元素都有感應力。所以，妳自己去探索吧，看這座島嶼有什麼東西可以教妳。」

見我因為困惑而躊躇起來，史迦赫鼓勵我，說：「先試試第一個元素吧。妳召喚風，看看會發生什麼事。」

「喔，好，那我開始嘍。」我站起來，跨出兩步，拉開和史迦赫的距離，站在覆滿苔蘚，但沒有石塊的地方。我深深吸入三口滌淨思慮的空氣，集中意念，進入我所熟悉的狀態，然後憑著直覺轉向東方，呼喊道：「風，請降臨我。」

風元素的回應我太熟悉了。它會像隻興奮的小狗狗，在我身邊奔竄，攪起陣陣微風。但接下來發生的事，是我料想不到的，是我之前的經驗所不曾見過的。這一次，風不只回應我——它根本是吞沒了我。它在我的四周捲起猛烈的強風，那感覺很怪異，彷彿我可以觸摸到風。這太瘋狂了，因爲風壓根兒是摸不到的。它不可見，卻無處不在。接著，我倒抽一口氣，因爲我發現它眞的變成具體可見的東西了，還在我的身邊飄移！在回應我的召喚而對著我呼嘯的狂風中，我看見一些美麗的形體。它們明亮靈幻，有點透明。就在我瞠目結舌地望著它們時，它們的形體開始變幻——有時看起來像美麗的女人，有時像蝴蝶，然後它們變得像是繽紛落葉，隨著自己的風款款飄舞。

「它們是什麼啊？」我壓低聲音問，同時不由自主地抬高手。然後，我看見落葉變成一隻隻色彩斑斕的蜂鳥，棲在我伸出的手掌上。

「他們是風精靈。他們以前無所不在，但後來離開了現代世界。他們喜歡古老的樹林和古老之道，而在這座島嶼，這兩樣都有。」史迦赫面露微笑，朝一個精靈張開手掌。這個精靈像是一個纖細的女人，長著蜻蜓的翅膀，在史迦赫的指縫鑽進鑽出。「見到他們來找妳，我眞高興。他們很少這麼多個同時出現在一個地方，即便在這片樹林裡也很少見。現在，試試另一個元素吧。」

這次，不需要她鼓勵，我主動轉向南方，開始召喚。「火，請降臨我！」

彷彿燦爛的煙火，火精靈一個個在我四周迸現，以他們火焰的適切溫度猛往我身上爬搔，惹得我咯咯笑。

史迦赫笑得跟我一樣開心。「我很少見到火精靈。我跟水和風比較親近——火精靈幾乎不曾在我的面前出現過。」

「眞是的，」我責備他們，「你們眞該讓史迦赫看看你們——她可是個大好人欸！」

霎時間，圍繞在我身邊的精靈開始激烈地顫動，我可以感覺到他們很苦惱。

「噢，不！快告訴他們，妳是逗他們玩的。火精靈特別敏感、急躁，我可不想見到他們釀出意外。」史迦赫說。

「喂，各位，對不起啦！我剛剛是開玩笑的。沒事，眞的沒事。」見到火精靈冷靜下來，不再激動地彈跳顫動，我吁了一口氣，這才望向史迦赫。「再把其他元素召喚出來，會不會有危險？」

「當然不會。只是妳說話得謹愼一點。即使妳所在的地方不像這片樹林，充滿古老的神奇魔力，妳的感應力就已經很強烈了。」

「好，我會小心說話。」我再次深深吸入三口滌淨思慮的空氣，集中念力，然後依照順時針方向轉向西方。「水，請降臨我。」語畢，我發現自己浸浴在水元素之中。沁涼、光滑的精靈溜過我的肌膚，閃閃發亮，彷彿水氣虹彩。他們四處跳躍嬉鬧，讓我想起美人魚和海豚，以及水母和海馬。「這實在太酷了！」

「在斯凱島，水精靈的活動力特別旺盛。」史迦赫說，輕輕撫摸著在她身邊游動的一個海星狀小生物。

我轉向北方，說：「土，請降臨我！」樹林應聲甦醒過來，樹木發出歡欣的光澤，遍體節瘤的古老樹幹上冒出許多林中生物，令我想起托爾金小說《魔戒》中的精靈據點瑞文戴爾（Rivendell），甚至想起3D電影《阿凡達》裡的叢林。

我把注意力轉到這個臨時設立的守護圈的中央，召喚最後一個元素。「靈，請降臨我。」

這次，史迦赫倒抽一口氣。「我從未見過五種精靈像這樣同時出現，眞是太神奇了。」

「我的天哪！太不可思議了！」

我周遭的空氣原本已因這些靈幻的生物而變得生氣勃勃，此刻竟充盈著晶瑩的光彩，讓我忽然想起妮克絲，以及她明亮的笑容。

「妳想體驗更多神奇的魔法嗎？」史迦赫問我。

「當然。」我毫不遲疑地說。

「那麼，來吧，把妳的手給我。」在古老的元素精靈圍繞下，我走向史迦赫，朝她伸出手。

她用左手抓起我的右手，翻轉過來，讓我的掌心朝上。「妳信任我嗎？」

「當然，我信任妳。」我說。

「很好。只會痛一下。」

她以迅雷不及掩耳的速度，用她右手食指堅硬、銳利的指甲劃過我的掌丘。我沒有畏縮，也沒有移動，但我確實痛得倒抽一口氣。不過，她說得沒錯，我只痛那麼一下下。

史迦赫再次翻轉我的手掌。血開始從我的手掌往下滴，但在落到我們腳下的苔蘚地面之前，女王伸手接住猩紅的血滴。她把血滴捧在掌心，讓它們匯聚起來，然後喃喃說了一些我聽不懂的話——其實，與其說我聽見她說話，不如說我感覺到她說了一些話。接著，她沿著我們四周，繞圈將血潑灑出去。這時，我發現我手上的血已經止住。

同時，神奇的事情發生了。

被我的血滴碰到的精靈，霎時間變得有血有肉，不再只是空靈飄緲的元素，不再只是一縷縷風、火、水、土和靈的薄絮。凡被我的血液碰觸到的，全都變成眞實的生物——活生生，會呼吸的鳥兒和小妖精、人魚和林中仙子。

他們跳舞、歡慶，逐漸暗下來的天空盈滿歡樂、神奇的笑聲。

「這是古老的神奇魔力。妳觸動了這裡已沉睡幾個世紀的東西。之前，沒有人喚醒過這些靈精，沒有人具備這種能力。」史迦赫說著，緩緩地、莊嚴地對我鞠躬，表達敬意。

我沉醉在五元素的神奇魔法裡，激動地牽起斯凱島女王的手。「我可以跟其他雛鬼分享這種驚奇嗎？如果妳同意他們來，我可以教新一代的雛鬼學習接觸古老的魔法嗎？」

女王淚眼婆娑，對我微笑。我希望那是她喜極而泣的淚水。「當然可以，柔依。因爲，如果妳不能成爲聯繫古代和現代世界的橋梁，我不曉得還有誰能。不過，現在，好好享受這一刻吧。妳的血液所創造的美妙實境，很快就會消失。小女王，去，去跟著他們一起跳舞，讓他們知道，仍然還有希望，今天的世界並沒有全然遺忘往昔。」

她的話彷彿指揮棒，我忽然聽見鈴聲、笛聲和鐃鈸聲，於是我隨即伴著樂音起舞，跟因爲我的血液而成形的靈妙生物一起跳舞。

事後回想，當我和靈精手牽手旋轉舞躍，我應該更留意那時我恍惚瞥見的銳利牛角。我應該注意那頭公牛毛皮的顏色，以及牠眼裡閃爍的光芒。我應該告訴史迦赫我看到了牠。如果我早就知道，很多事說不定可以避開，或至少可以預期得到。

然而，那晚，我天眞無邪地陶醉在古老魔法帶給我的全新感受中，除了覺得累，覺得精疲力盡，好想吃頓大餐，睡上八小時的覺，我渾然沒有察覺任何悲慘的後果。

「妳說得沒錯，持續不了多久。」我氣喘吁吁地說，在那塊布滿苔蘚的圓磐石上坐下。「我們不能讓他們逗留久一點嗎？他們變眞實以後，好像很快樂。」

「靈精很難捉摸。他們只聽從所屬的元素，或能指使這些元素的人。」

我驚訝地眨著眼睛。「妳是說，他們會服從我？」

「我相信他們會，但我不敢百分之百確定。因爲，雖然我身爲這座島嶼的保護者和女王，對水和風特別親近，但我對任何元素都沒有感應力。」

「哈，這麼說來，就算我離開了斯凱島，也能召喚他們嘍？」

史迦赫微笑著說：「妳怎麼會想這麼做？」

我跟著她一起大笑。在那一刻，我也不明白自己怎麼會想到可能離開這座奇幻、神祕的島嶼。

「果然。我就知道，只要循著女人嘰嘰喳喳的聲音，一定可以找到妳們兩個。」

史迦赫的笑容變得更加燦爛、溫暖。修洛斯走進樹林，來到女王身邊。她只輕輕碰觸一下他強壯的手臂，但那碰觸充滿了好幾輩子的愛、信任和親暱。

「嗨，我的守護人，你替她帶來弓箭了嗎？」

修洛斯揚起嘴角說：「帶來了，我當然帶來了。」老戰士轉了個身，我看見他手中拿著一把由深色木頭精雕細琢而成的弓，而他的肩上斜背著皮囊，裡頭裝滿了紅色尾羽的箭矢。

「很好。」她滿意地對他微笑，然後將目光轉向我。「柔依，妳今天已經學了很多。妳的守護人也需要上一課，學習相信魔法和女神賜予的天賦。」史迦赫從修洛斯手中接過弓箭，將它們遞給我。「拿去給史塔克。他已經太久沒有接觸它們了。」

「妳眞的認爲這是個好主意？」我問史迦赫，滿心懷疑地看著弓和箭。

「我認爲，妳的史塔克唯有接受女神賜予的天賦，才能變完整。」

「他在另一個世界有一把雙刃大劍。他在這裡不能也拿它當武器嗎？」

史迦赫不發一語，只是凝視著我。我們剛剛一起經歷的魔法，還殘留了一些影子映現在她的綠色眼眸裡。

我嘆一口氣。

然後，我不情願地伸出手，從她的手中接過弓和箭囊。

「這東西會讓他不安。」我說。

「對，可是他仍必須接觸它們。」修洛斯說。

「如果你知道弓箭讓他發生什麼事情，你就不會這麼說了。」我說。

「如果妳是指他射箭百發百中，絕不可能錯失目標，那麼，我早就知道了。而且我知道他對他導師的死很愧疚。」修洛斯說。

「他把一切都告訴你了。」

「對。」

「而你依舊認爲他應該回頭使用弓箭？」

「修洛斯不只是這麼**認為**。由於好幾個世紀的經驗，他清楚**知道**，守護人如果輕忽女神賜予的天賦，將會導致什麼後果。」史迦赫說。

「會有什麼後果？」

「後果就跟一個女祭司長偏離女神替她鋪設的道路一樣。」修洛斯說。

「就像奈菲瑞特。」我喃喃地說。

「對，」他說：「就像那個墮落的女祭司長，那個玷污你們的夜之屋，害死妳的伴侶的女祭司長。」

「儘管如此，我還是應該說清楚，倘若一個守護人或戰士輕忽女神賜予的天賦，背離她指定的道路，後果不必然像善與惡之間的抉擇那樣嚴重。有時候，這只代表這名吸血鬼將白白度過一生，極盡空虛、平凡。」史迦赫解釋道。

「然而，如果這名戰士的天賦非常厲害，或者曾經面對黑暗，對抗過邪惡，嗯，那麼，他要沒沒無聞，平凡過一生，恐怕也不是那麼容易。」修洛斯說。

「而史塔克符合你說的這兩種狀況。」我說。

「的確。請繼續信任我吧，柔依，妳的守護人最好還是遵循他該走的路，不要逃避，以免說不定陷入暗影之中。」史迦赫說。

「我了解了。不過，要他重拾弓箭，恐怕不是那麼容易。」

「唉呀，只要待在我們這座島嶼，妳就可以召喚古代魔法的力量，不是嗎？」

我看了看修洛斯，又看了看史迦赫。他們說得對。我打從內心深處清楚知道，他們說得沒錯。史塔克再也不能逃避妮克絲賜給他的天賦了，正如同我不能否認我跟五元素之間的連結。「好，我會說服他。他人在哪裡呢？」

「這小夥子心煩意亂，」修洛斯說：「我看見他在城堡面海那一側的岸邊散步。」

我的心揪緊。我們前一天才決定要無限期地留在斯凱島，而我剛剛才和史迦赫一起沉醉於靈精帶來的喜樂，我很難想像要離開這裡。「但是，他似乎覺得留下來是不錯的。」我不小心又說出了我的思緒。

「他的問題不在於他在哪裡，而在於他是誰。」修洛斯說。

「啊？」我腦筋還眞靈光啊。

「柔依，修洛斯的意思是，如果妳的守護人能再次成爲完整的戰士，他就不會那麼心煩意亂了。」史迦赫說。

「而完整的戰士會利用他的所有天賦。」修洛斯接腔，做出結論。

「去找他吧，幫助他恢復完整。」史迦赫說。

「怎麼幫他？」我問。

「唉呀，女人，利用妳那顆女神賜予的腦袋，自己想吧。」

在女王和她的守護人催促下，我走出樹林。我嘆了一口氣，邊在心裡搔頭，邊往海邊走去，同時納悶著，修洛斯口頭上那些個「唉呀」到底是什麼意思。

10 柔依

我一邊想著史塔克，一邊走在環繞城堡底部的滑溜的石階上。史迦赫這座雄偉的城堡是直接在礁岸上建造起來的，所以城堡看起來彷彿座落於懸崖之上，顯得特別巍峨高聳。

太陽正逐漸西沉，天空仍有幾抹餘光雲彩，但我很高興石頭砌造的城堡底部有一排排的火炬提供照明。

史塔克獨自一人，背對著我。我沿著海岸走向他時，可以一路凝視著他的背影。他一手拿著大皮盾，另一手握著長長的雙刃大劍，正在練習長刺和撥擋，那模樣彷彿他面前眞的有個危險的看不見的敵人。我慢慢地、靜靜地走過去，邊走邊欣賞他的動作。

他忽然長高了嗎？變得更結實了嗎？他汗水淋漓，氣喘吁吁，看起來既強壯，又非常、非常有男子氣概。穿著那條蘇格蘭裙，他活脫是個駭人的古代戰士。我想起前一晚他的身體緊貼著我的感覺，以及我們兩人相擁入睡的情景，頓時胃部小小地抽搐一下，有一種奇怪的感受。

他讓我覺得好安全。我愛他。

我可以跟他留在這裡，遠離外面的世界，永永遠遠。

這念頭忽然讓我全身發冷，開始打起寒顫。就在這時，史塔克似乎練習告一段落，轉過身來，眼神帶著警覺和擔憂。等見到我露出笑容，跟他揮手，他才放鬆下來。接著，他的目光游移到我揮動的手，看到我手上握著的東西，原本迎接我的微笑瞬間褪去。不過，他還是張開手臂擁抱我，給我一個深情纏綿的吻。

「喂，你耍劍時看起來好帥。」我說。

「柔，這是在練劍，我不應該看起來很帥。我應該要看起來很嚇人才對。」

「噢，你看起來確實很嚇人，把我嚇得半死。」我用模仿得很爛的南方口音說，並故意將手背貼在前額，假裝快昏倒。

「妳眞的很不擅長模仿口音，小姐。」他的南方口音學得眞像。接著，他抓起我的手，擱在他胸口的心臟位置，身體往我貼近。「不過，如果妳想學，柔依小姐，我可以教妳。」

好，我知道這很蠢，不過他南方紳士的口音眞的讓我聽得雙膝軟酥酥，神魂顛倒。不過，他的話我倒眞的聽進去了，頓時我明白該怎麼讓他願意再次拿起弓箭。

「口音我是學不來了，但有個東西你可以教我。」

「是的，女人，我可以教妳的東西可多著呢。」他挑逗地斜睨著我，說話的口氣跟修洛斯一模一樣。

我打他一下。「正經一點，我說的是這個。」我舉起弓。「我一直都覺得射箭很酷，但我不知道怎麼射箭。你可以教我嗎？拜託啦？」

史塔克往後退一步，戒愼恐懼地覷了弓一眼。「柔依，妳明知我不該再射箭。」

「不，你只是不該瞄準活的東西。呃，除非那活的東西必須變成不是活的。再說，我不是要你射箭，我是要你教**我**射箭。」

「妳怎麼會忽然想學射箭？」

「因爲這樣才對勁呀。我們打算留在這裡，對吧？」

「對。」

「而戰士在這裡受訓已有好幾百萬年了，對吧？」

「也對。」

我綻開笑臉看著他，試圖讓氣氛變輕鬆。「每次聽到你說我說得對，我就很歡喜。總之，你是戰士，而我們要待在這裡，所以我想學一點戰士的技能。不過，那東西對我來說太重了。」我指著雙刃大劍。「再說，這東西很美。」我舉起造型優美的弓。

「不管它有多美，妳都必須記住，這是武器，可以殺人，尤其若是由我來發射的話。」

「若是由你來發射，而且瞄準目標，準備射殺。」我糾正他。

「有時會發生失誤。」他說。往日的回憶仍深深地困擾著他。

我將手搭在他的手臂上。「你現在年紀更大了，也更聰明、成熟了。你不會再犯同樣的錯誤。」他凝視著我，沉默不語。於是我再次舉起弓說：「好，那麼，現在教我射箭吧。」

「我們沒有靶子。」

「當然有。」我踢了踢他剛剛放在地上的那面皮盾。「把這個架在兩塊礁岩之間，我來射射看——當然是你把它架好，回到這裡，離開我射箭的方向之後，我才射。」

「噢，好。」他說，表情無奈、憂心。

他走到幾步外，搬動幾塊石頭，堆成兩堆，把皮盾大致架好後，才折回我的身邊。他不情願地拿起弓，把箭囊放在我們腳邊。

「妳要這樣握。」他示範如何握住弓，我在一旁看著。「而箭要從這一側放。」他把箭拿到弓的一側，箭頭始終維持朝下或朝外。「像這樣把箭搭在弓上。這些箭著色的方式可以讓妳很容易就知道怎麼搭箭。黑色的地方要這樣轉過來，而紅色的地方要朝上。」史塔克一邊解說，一邊整個人也慢慢放鬆。他的手太熟悉這些弓和箭了。很顯然，就算他閉著眼睛，也能正確地做出他正在教我的這些動作，而且做得又快又漂亮。「雙腿站穩，兩腳距離大約與臀部同寬。就像這樣。」他示範給我看時，我忍不住盯著他那雙美麗的腿。這正是我愛看他穿蘇格蘭裙的原因之一。

「然後舉起弓，以食指和中指夾住箭，將弦往後拉，要拉緊。」他對我說明該怎麼做，但不再繼續示範。「視線沿著箭身瞄，但瞄得稍微低一點，以便因應距離和風的變化。準備好之後就放開弓弦。要小心，記得左手臂往外拱，免得被弓彈到，否則妳手臂內側會留下一大片瘀青。」他伸手把弓拿過來，打算遞給我。「試試看。」

「射給我看。」我只簡單地這樣回答他。

「柔依，我不認爲我該這麼做。」

「史塔克，箭靶是皮盾，它不是活的生物，而且上面也沒有半點活的東西。你只須瞄準皮盾的正中心，讓我看看該怎麼射出箭。」他躊躇著，我舉起手貼住他的胸膛，整個人往前傾，他也靠了過來，抱緊我。我們的吻依然甜美，但我可以感覺到他身體緊繃。「嘿，」我輕聲說，手依舊貼著他的胸膛，「試著信任你自己吧，就像我信任你那樣。你是我的戰士、我的守護人，你必須使用弓箭，因爲這是女神賜予你的天賦。我知道你會睿智地使用它。我知道，因爲我了解你。你很善良，努力棄惡向善，而且你辦到了。」

「可是，柔，我並不全然善良。」他說，一臉沮喪。「我見過自己邪惡的一面。它就在那裡，眞眞實實，在另一個世界。」

「你打敗它了。」我說。

「永遠嗎?我不這麼認爲。我不覺得我可以永遠打敗它。」

「嘿，沒有人完全善良，連我都不是這樣。我的意思是，如果有個聰明的學生把幾何學考試的答案留在桌上，我告訴你，我一定會偷看。」

他笑了一下，臉上又馬上恢復緊張神情。「妳可以拿這種事開玩笑，但對我來說不一樣。我想，對所有紅雛鬼，甚至對史蒂薇・蕾來說，都不一樣。一旦你碰觸過黑暗，眞正的黑暗，你的靈魂就會永遠留下陰影。」

「不，」我堅定地說：「不是陰影，那只是不同的經驗。你和別的紅雛鬼只是經歷了我們其他人不曾經歷的事情。這不代表你們就此成爲黑暗的一部分，只代表你們經歷過黑暗。如果你善用你對黑暗的認識，爲良善而戰，那就是好事一樁。而你的確是這樣在做。」

「有時我擔心事實不只如此。」他緩緩地說，凝視我的眼眸，彷彿要尋找隱藏在我眼底的眞相。

「什麼意思?」

「黑暗彷彿是領域性和占有欲強烈的動物，一旦曾經擁有你，就不會輕易放手。」

「如果你選擇走女神之道，黑暗就莫可奈何，非放手不可。而你確實選擇了女神的路。它敵不過光亮的。」

「但我不確定光亮眞的永遠可以戰勝黑暗。凡事都會趨於平衡啊，柔。」

「這不代表你不可以選邊站，再說你也做出選擇了。相信你自己。我相信你，完全相信。」我重複地說。

史塔克始終凝視著我的眼睛，彷彿想抓住一條救生索。「只要妳認爲我善良，只要妳相信我，柔依，我就能相信自己，因爲我相信妳。而且我愛妳。」

「我也愛你，守護人。」我說。

他吻我，然後優雅、迅速地舉起弓，以致命的動作拉弓、射箭。箭矢不偏不倚地射中箭靶的中心。

「哇，」我說：「太精彩了。你眞是太棒了。」

他吁出長長一口氣，似乎也把肢體上原本很明顯的緊張釋放了出去。史塔克露出他那可愛、得意的笑容。「靶心，柔，我正中紅心。」

「當然啊，傻瓜，你不可能失手的。」

「對，沒錯，而那不過是一個靶子。」

「那你到底要不要教我？這次出手別那麼快，放慢速度，讓我看清楚。」

「好，好，當然好。來。」他瞄準目標，慢慢射出去，讓我有時間跟上他的動作。

他射出的第二支箭，直直刺進插在靶心上的第一支箭，把它裂成兩半。

「啊，糟糕，我忘了，以前我常常因此浪費掉很多箭。」

「好，換我了。我打賭我絕不會有這個問題。」

我努力做出史塔克剛剛做的動作，結果射的距離太短，我眼睜睜看著它從一塊平滑、溼潤的石頭彈跳到一旁。

「啊，真慘，做起來要比看起來難。」我說。

「來，我教妳。妳這樣站不對。」他走到我身後，雙手搭在我的手上，前胸緊靠著我的背部。「想像妳是古代的戰士女王，站得既堅定又驕傲。肩膀往後！下巴抬起！」我照著他的話做。在他有力的雙臂環抱下，我覺得自己也變成了一個強壯、威武的人。他的手引導我將弓拉緊。「穩住，用力——專注。」他低聲說。我們一起瞄準靶心。放開箭的那一刹那，我可以感覺到我們兩人身體同時掣動，引導箭奔向靶心，劈裂之前的那兩支箭。

我轉身，仰頭對著我的守護人微笑。「你所擁有的是神奇的魔法，非常特別。你必須使用它，史塔克，你非使用它不可。」

「我想念弓箭。」他說，聲音很低，我得拉長了耳朵才聽得見。「不接觸弓箭，的確讓我覺得很不對勁。」

「這是因爲你是透過弓箭跟妮克絲連結的。她給了你這項天賦。」

「或許我可以在這裡重新開始。這地方給我不一樣的感覺。不知怎地，我覺得彷彿我屬於這裡，彷彿**我們**屬於這裡。」

「我也有這種感覺，而且我好像已經好久不曾像現在這樣快樂，這樣有安全感。」我走入他的懷裡。「史迦赫剛剛告訴我，她打算開放島嶼，再次接納戰士，也接納其他有天賦的雛鬼。」我仰頭對史塔克微笑。「你知道吧，譬如那些有特殊感應力的雛鬼。」

「喔，妳是說對元素有感應力？」

「對，我就是這個意思。」我擁抱他，頭埋進他的胸膛，說：「我想留在這裡，眞的好想。」

史塔克撫摸我的頭髮，親吻我的頭頂。「我知道妳想，柔，我會跟妳一起留在這裡，永遠陪著妳。」

「或許我們留在這裡，就可以擺脫奈菲瑞特和卡羅納企圖帶給我們的黑暗。」我說。

史塔克緊緊抱住我。「希望如此，柔，我眞的希望如此。」

「你想，在這個世界上，只擁有一個不受黑暗干擾的角落，是不是就足夠了呢？如果我只在這裡行女神的道，是不是仍然算走在女神的道路上呢？」

「嗯，我不是專家。不過，我想應該算。我覺得，重要的是妳盡其所能地遵循妮克絲的道路。至於在哪裡行女神的道，似乎不是那麼重要。」

「我能體會爲何史迦赫不離開這個地方。」我說。

「我也是，柔。」

史塔克摟著我，我覺得內心那些瘀青、殘破的地方開始溫暖起來，而且，慢慢地，我開始痊癒。

史塔克

依偎在他懷裡，柔依感覺好極了。史塔克回想起他差點失去她，仍覺得驚嚇，胃不舒服起來。**我辦到了。我在另一個世界找到她，讓她回到我的身邊。現在，她安全了。我一定要確保她永遠平安。**

「喂，你想得好大聲喔。」柔依說。她跟他蜷縮在大床上，磨蹭著他的頸部，親吻他的臉頰。「我幾乎可以聽見你腦袋裡的輪子在轉動。」

「嘿，擁有超級心電感應能力的人應該是我才對。」他以開玩笑的口吻說道，卻同時在心裡稍微用力往前推進，悄悄地溜到柔依的心靈外圍——沒近到可以眞的偷聽到她的思緒，惹她不高興，但近到足以確定她眞的覺得平安、快樂。

「想知道一件事嗎？」她問，語氣略帶遲疑。

史塔克以手肘撐起身體，俯看著她微笑。「柔，妳在開玩笑嗎？不論妳的什麼事，我全都想知道。」

「別這樣，我是認眞的。」

「我也是！」他說。她瞪他一眼。於是，他親吻她的額頭，繼續說：「好，沒問題。我現在很認眞。妳要我知道什麼事？」

「我，呃，眞的很喜歡你撫摸我。」

史塔克揚起眉毛，得費力克制才沒哈哈大笑。「喔，那很好。」看到她雙頰酡紅，他嘴角不禁還是漾起微笑。「我想，那**真的**很棒。」

柔依咬著嘴唇，問：「那，你喜歡嗎？」

史塔克終於忍不住笑了出來。「妳這是在開玩笑，對吧？」

「不，我．很．認眞。我的意思是，我怎麼可能會知道？我又不是很有經驗——像你那麼有經驗。」

她的臉頰紅通通。他發現她一臉超級尷尬，趕緊打住笑聲。他最不希望的，就是讓她覺得困窘，或讓她因爲兩人發生關係而覺得不自在。

「嗨，」他捧住她羞紅的臉頰，「跟妳在一起的感覺豈只是棒？還有，柔依，妳錯了。關於愛，妳比我**更有**經驗。」當她準備開口說話，他伸出一根手指壓在她的唇上。「不，讓我把話說完。對，我以前有過性經驗，但從沒眞正愛過，直到遇見妳。妳是我的初戀，也會是我最後的戀人。」

她對他微笑，流露出濃濃的愛和信任，讓他覺得自己的心臟快要跳出胸口了。只有柔依——對他而言，永遠只有柔依。

「你願意再跟我做愛嗎？」她細聲說。

史塔克的答覆，是將她摟得更緊，開始深情地、慢慢地吻她。在事情出錯之前，他最後的一個念頭是：**我這輩子從沒這麼快樂過……**

11 卡羅納

他可以感覺到奈菲瑞特正逐漸接近。於是，他打起精神，重整表情，小心翼翼地擺出期待和歡迎的姿態，來掩飾他開始對她生起的憎恨。

卡羅納決定耐心等待時機。耐心的力量，不死生物最了解。

「奈菲瑞特來了。」他告訴他的兒子。這裡是特西思基利稍早買下的頂樓豪宅，數扇玻璃大門外的偌大露台正是它最搶眼的特色。頂樓意味著奈菲瑞特擁有她所渴求的財力，而對卡羅納來說，則可以滿足他所需要的隱密性和自由從空中出入的方便性。此時，利乏音就站在其中一扇玻璃門前，透過玻璃看著外面陶沙市中心的景致。

「她是不是跟你烙印了？」

利乏音的問題讓卡羅納愕然。「烙印？奈菲瑞特和我？你怎麼會問這種奇怪的問題？」

利乏音轉過身來，面向他的父親。「你可以感覺到她要來了，所以我不禁猜想，會不會她吸了你的血，你們烙印了。」

「沒人嘗過不死生物的血。」

電梯門響了一聲，隨即開啓。卡羅納一轉身，就看到奈菲瑞特昂首闊步走過閃閃發亮的大理石地板。她舉止優雅，那悄然滑行的動作在不知情的人看來，準以爲是吸血鬼的特色。但卡羅納知道並非如此。他了解，她的舉止不一樣了，改變了，演化了——正猶如她這個人不一樣了，改變了，終於演化成爲另一種生物了，不再只是吸血鬼。

「我的女王。」他說，恭敬地對她鞠躬。

奈菲瑞特的笑容美麗卻駭人。她的手臂像蛇一般攀上卡羅納的肩膀，並故意施加過度的力道。卡羅納順從地俯下身子，好讓她將唇貼在他的嘴上。他放空自己，只以肉體回應。他吻得更深，任她的舌頭竄入他的嘴裡。

一如她突如其來地摟住卡羅納，奈菲瑞特倏地放開他。她越過卡羅納的肩頭望過去，說：「利乏音，我以爲你死了。」

「受了傷，沒死。我痊癒後，便一直等父親回來。」利乏音說。

卡羅納心想，兒子的話語雖然適當而恭謹，語氣卻不太對勁。不過，要解讀利乏音的內心一向不容易，他野獸的容貌總是遮掩了他的人類情緒——如果他眞有任何人類情緒的話。

「聽說你讓陶沙市夜之屋的雛鬼見到了你。」

「黑暗呼喚我，我回應它。我壓根兒不在乎有沒有雛鬼在場。」利乏音說。

「不只是雛鬼，史蒂薇．蕾也在那裡。她看到了你。」

「正如我方才所言，對我來說，那些生物無足輕重。」

「話雖如此，你讓其他人知道你在陶沙市，就是不對，而我不能容忍任何失誤。」奈菲瑞特說。

卡羅納看見她的雙眼開始出現赭紅色。憤怒在他的心裡翻攪。他受奈菲瑞特奴役已經夠可惡，眼見愛子也要被她責難、訓斥，他更難忍受。

「我的女王，其實讓他們知道利乏音仍在陶沙市對我們有好處。在他們的認知裡，我已從妳的身邊被驅離，所以不應該會出現在這裡。如果有人看到長翅膀的生物，夜之屋的那些劣等動物勢必以為，那是在夜裡潛行的仿人鴉，不會想到是我。」

奈菲瑞特揚起一道琥珀色的蛾眉。「說得好，我長翅膀的愛人。不過，更重要的是你們兩個要把那些紅雛鬼惡棍找回我的身邊。」

「謹遵吩咐，我的女王。」卡羅納立刻順著她的話回應。

「另外，我要柔依回陶沙市來。」奈菲瑞特忽然改變話題。「夜之屋那些笨蛋告訴我，她不想離開斯凱島。她人在那裡，我對她莫可奈何——我要她重回我的掌心。」

「那倒楣鬼的死應該足以讓她回來。」利乏音說。

奈菲瑞特瞇起她的綠色眼睛。「你怎麼會知道這件事？」

「我們感覺到了。」卡羅納說：「黑暗很是興奮。」

奈菲瑞特的冷笑像爬蟲。「很好，你們都感覺到了。那個蠢小子的死，讓我覺得很愉快。不過，我擔心這件事會對柔依造成反效果，使得她不僅不想趕回來陪伴她那群哭哭啼啼的夥伴，反而更加決心躲藏在那座島嶼。」

「或許妳應該傷害與柔依更親近的人。血紅者跟她情同姊妹。」卡羅納說。

「的確。此外，那個可惡的愛芙羅黛蒂現在也跟她很親。」奈菲瑞特說，若有所思地以手指點著下巴。

利乏音突然發出奇怪的聲音，讓卡羅納將注意力轉向愛子。「你有話想說嗎，兒子？」

「柔依躲在斯凱島上，她以為躲在那裡你就碰不到她，對不對？」利乏音問。

「我們是碰不到她。」奈菲瑞特說，聲音因惱怒而變得嚴厲、冰冷。「沒人可以侵入史迦赫的王國。」

「妳的意思是，就像沒人可以闖入妮克絲的國度？」利乏音說。

奈菲瑞特那雙綠色眸子緊盯著他。「你膽敢放肆！」

「你到底要說什麼，利乏音？」卡羅納說。

「父親，即使女神親自驅逐了你，你還是突破了看似無法逾越的界限，進入妮克絲的國度。所以，你可以利用你和柔依之間的連結，透過夢境找她，讓她明白她無法躲著你。朋友猝死，以及奈菲瑞特返回她的夜之屋，應該足以誘使年輕的女祭司長重返這個世界。」

「她**不是**女祭司長，她只是一個雛鬼！而陶沙市夜之屋是**我的**，不是她的！」奈菲瑞特幾乎是在嘶吼。「還有，我受夠了你父親和她的**連結**。這種連結沒能殺死她，現在我要他們切斷這種連結。如果要誘使柔依離開史迦赫的國度，我會利用史蒂薇·蕾或愛芙羅黛蒂，或者同時利用她們兩個。我非好好教訓她們不可，否則她們不懂得怎麼尊重我。」

「如妳所願，我的女王。」卡羅納說，對兒子使了個眼色。利乏音迎視父親的目光，躊躇了一下，也跟著低下頭，輕聲說：「如妳所願……」

「很好，那就這樣。利乏音，本地的新聞報導指出，威爾·羅傑思中學附近出現幫派暴力行爲。有一夥人到處割人的喉嚨，放人的血。我相信，只要追查**這夥人**，一定能找到那群惡棍紅雛鬼。這事交給你，要愼重地進行。」

利乏音不發一語，但他點頭表示聽見了。

「現在，我要去享受一下隔壁房間那個豪華大理石浴缸。卡羅納，我的愛人，我很快會到我們的床上找你。」

「我的女王，你不要我跟利乏音一起去找紅雛鬼嗎？」

「今晚不要。今晚我更需要你提供私人服務。我們分離太久了。」她伸出一根手指，用塗了紅蔻丹的指甲由上往下劃過卡羅納的胸膛。他得努力克制，才不至於退縮。

然而，她一定已經察覺他心裡想要閃躲，因為她接下來的話語嚴厲而冰冷。「我惹得你不高興嗎？」

「當然沒有。妳怎麼可能讓我不高興？如同往常，我隨時樂意取悅妳。」

「那就到我的床上，等著帶給我歡愉。」她說著露出冷笑，轉身走進寢室。這層豪宅富麗堂皇如同宮殿，而那個大臥房占了大半面積。

接著，奈菲瑞特誇張地用力關上浴室的門。卡羅納在外頭聽來，覺得那聲音更像獄卒甩上牢房的門。

他和利乏音佇立在原地，靜默了整整一分鐘之久。不死生物終於開口時，聲音粗啞，難掩他極力壓抑的怒氣。

「不論付出多昂貴的代價，我都要打破她的控制。」卡羅納伸手用力拍拂胸膛，彷彿這樣可以抹去她碰觸後留下的感覺。

「她待你如同你是她的僕人。」

「不會永遠這樣，她不可能永遠這樣對待我。」卡羅納忿忿地說。

「可是，現在她就是這樣對待你。她甚至命令你遠離柔依。你跟這個切羅基族少女的靈魂連結，已經長達好幾個世紀了啊！」

兒子充滿嫌惡的語氣，正好呼應了卡羅納自己的思緒。「不，」他低聲說，更像是自言自語，而非對兒子說話，「特西思基利或許以為她可以支配我的一舉一動，但就算她以為自己是女神，她也並非無所不知，無所不能。她不可能什麼都知道，不可能見到一切。」卡羅納焦躁地拍動巨翅，反映出他內心的煩亂。「我相信你說得沒錯，兒子。如果柔依明白即使躲在那座古老的島嶼，她也躲不開與我的連結，或許她就會離開斯凱島。」

「應該是這樣。」利乏音說：「那女孩躲在那裡是為了躲開你。你得讓她見識你的能耐，不管特西思基利是否同意。」

「我不需要那生物的同意。」

「沒錯。」利乏音說。

「兒子，飛上夜空，去追查那群惡棍雛鬼吧。這樣可以安撫奈菲瑞特。不過，我真正希望你做的，是去找史蒂薇·蕾，看著她，仔細觀察她的一舉一動，留意她去哪些地方，做了些什麼事情。但暫時別捉她。我相信她的法力與黑暗有關，我相信我們可以利用她。不過，首先我們必須破壞她和柔依及夜之屋的情誼。她一定有弱點，如果我們觀察得夠久，一定能發現。」卡羅納打住話語，發出咯咯笑聲，只是那笑聲絲毫也不快樂。「人的弱點是可以這麼誘人呀。」

「誘人？」

卡羅納看著兒子，納悶他的表情竟如此怪異。「對，誘人。或許你脫離這個世界太久了，不記得人類的弱點具有何等的力量。」

「我……我不是人類，父親。對我來說，他們的弱點很難理解。」

「當然……當然，你只管去找血紅者，並密切觀察她的舉動吧。然後，我會想想該怎麼利用她。」卡羅納不屑地繼續說：「在等待奈菲瑞特的下一道**命令**之際──」他以譏諷的口吻吐出「命令」兩字，彷彿光是說出口就令人作嘔──「我會搜尋夢境，讓柔依──以及奈菲瑞特──從捉迷藏中學到點教訓。」

「是的，父親。」利乏音說。

卡羅納看著他開啓雙扇玻璃門，闊步橫過屋頂露台，走到環繞屋頂的欄杆牆邊，一躍跳上狹窄平坦的牆頭，然後展開烏黑的巨翅，優雅、無聲地跳入夜空，黝黑的身軀沿著陶沙市的天際線滑行，幾乎看不見。

有那麼一會兒，卡羅納好羨慕利乏音，希望自己也能從這棟馬佑大樓的屋頂躍向黑夜，翱翔在掠奪者的漆黑夜空，狩獵、搜索、尋找。

可是，不行。今晚他有別的狩獵任務要執行。這項任務無法讓他遨遊天際，但也能以另一種方式讓他得到滿足。

驚恐會帶來滿足。

霎時他想起上次見到柔依的情景。就是在那一刻，他的靈匆遽脫離另一個世界，返回肉體。那時，驚恐的人是他，因爲他失敗了，無法將柔依的靈魂留在另一個世界，從而毀滅她——這樣一來，依照奈菲瑞特以血和他的應允所締結的誓約，黑暗得以控制他，得以攫取他的靈魂。

卡羅納打了個寒噤。他跟黑暗交往已久，但從未讓它宰制他不死的靈魂。

這種經驗實在不舒服。當時的那種疼痛並不是那麼難以忍受，雖然確實很痛。然而，即便是黑暗的卷鬚捆綁他的時候，他也沒這麼絕望。他的驚恐源於妮克絲的拒絕。

「**妳會原諒我嗎？**」那時，他這麼問她。

較諸史塔克的守護人大劍，女神的回答傷他更深。「**除非你値得原諒，否則不要開口求**

我原諒。」但是，最恐怖的打擊來自她接下來說的話。**「你必須償還欠我女兒的債，然後回到人間，承受在那兒等著你的後果。聽清楚了，我的墮落戰士，你的靈和你的身軀都禁止進入我的國度。」**

接著，她丟下他，任憑他被黑暗劫持，連看都沒看他一眼地再度驅逐他。這種情況比第一次還糟糕。當時，他墮落是出於自己的選擇，而且那次妮克絲沒這麼殘忍、冷漠。第二次不一樣。這次，放逐成爲定局，令他驚恐，而這種恐懼將永遠糾纏著他。當時他悲喜交加，百感交集，他最後一眼所看到的女神也將永遠縈繞他的心頭。

「不，我不要再去想。我走上這條道路已經很久了。好幾個世紀以來，妮克絲就已不再是我的女神。我也不想回到那種人生，只是當她的戰士，在她的眼裡永遠比不上冥神俄瑞波斯。」卡羅納凝視著兒子的背影，對著夜空喃喃自語。接著，他當著一月的寒冷夜空關上玻璃門，同時也再次對妮克絲關上心扉。

帶著重新燃起的決心，不死生物穿越室內的空間，經過彩繪玻璃窗、閃閃發亮的木製吧檯、懸掛的燈具、絲絨家飾，走入豪華的寢室。他瞥向緊閉的浴室雙扇門，門後傳來放水注入大浴缸的聲音。在大浴缸裡泡澡，是奈菲瑞特很愛的享受。她總會在蒸氣騰騰的熱水裡加入精油——混合了夜間綻放的茉莉和丁香，由巴黎的夜之屋特地爲她調製的精油。那氣味從門底下滲出來，瀰漫在他四周的空氣中，宛如一條厚重的毯子，包覆得他喘不過氣來。

滿心嫌惡，卡羅納轉身，再次穿越室內的空間，毫不遲疑地走到通往屋頂露台的最近一扇玻璃門。他打開門，大口吸進夜晚潔淨、沁涼的空氣。

她曾經卑躬屈膝地仰望他，如果想找他，就必須自己走過來，到露天之下找他。然而，現在，他沒有乖乖待在她的床上，像個牛郎般等著取悅她，或許就會遭到她的懲罰。

卡羅納低吼一聲。

她被他的法力所吸引，爲他神魂顚倒，不過是不久以前的事。

有那麼一剎那，他不禁揣想著，一旦他擺脫她對他靈魂的桎梏，他會不會想要羈縻她，以她爲奴。

這樣子揣想，帶給了他些許快感。晚點兒吧，晚點兒再來考慮這個問題。現在，時間短促，在他必須再次撫慰奈菲瑞特之前，有重要的事必須先完成。

石頭打造的欄杆牆，雕飾華麗但堅固。卡羅納走到牆邊，展開巨大的黑翅。只是，不死生物並沒有從屋頂躍向夜空，去品嘗夜風的滋味，而是躺了下來，用翅膀覆蓋自己的身體，宛如石頭地板上一粒長長的繭。

身體底下石頭透出的冰冷，他無暇理會。他只顧著感受上方無垠夜空的浩瀚威力，以及在黑夜裡悠游穿梭，誘引人心的古代魔法。由於他不死的血，他得以駕馭充塞黑夜的無形力量。

卡羅納闔上眼睛，緩緩地……緩緩地吸氣，吐氣。當氣從口中吐出，卡羅納也釋出了涉及奈菲瑞特的一切思緒。當他再度吸氣，他將黑夜的力量吸進他的肺、他的身體，也吸進他的靈。接著，他將思緒集中在柔依的身上。

她的眼睛——那縞瑪瑙般的顏色。

她豐腴的唇。

她的五官顯露她切羅基族女祖先的鮮明特徵，讓他想起另一位少女，那位和柔依擁有同一個靈魂，曾經用身體俘虜他、撫慰他的古代少女。

「去找柔依．紅鳥。」卡羅納的聲音很低，但絲毫不減損這道命令的威力。他從黑夜和自己的血所召喚的力量是如此古老，這個世界相形之下似乎便顯得異常年輕、稚嫩。「循著我們之間的連結，帶我的靈去找她。只要她在夢境，她就無法躲避我。我們的靈太熟悉彼此了。現在，去！」

靈這次離去，完全不同於上次黑暗聽從奈菲瑞特的吩咐竊走他的靈魂。這次，靈輕柔地飄起，帶給他飛翔的感覺，既熟悉又舒服。這次，他所跟隨的不是黏稠的黑暗卷鬚，而是隱藏在天空氣流縐褶之間，不斷旋舞的能量。

卡羅納釋出的靈迅速移動，往東方的目的地飄去，速度之快非凡人的心智所能想像。抵達斯凱島時，他躊躇了一下，驚訝於史迦赫許久之前在島上設立防護圈的咒語竟然讓他止步。她果然是法力高強的吸血鬼。他心想，實在是太可惜了，當初應允他呼求的人不是她，而是奈菲瑞特。

盤桓於無益的思緒只是浪費時間，他的靈使勁穿越史迦赫設下的屏障，然後往下飄，緩慢但堅定地朝吸血鬼女王的城堡移動。

距離偉大獵首者和她的守護人的城堡已經不遠，他的靈經過濃密的聖樹林時，再次停頓了一下。

這片林子到處都是女神的影子，所有的草木苔蘚正是妮克絲護佑別人的明證。看著樹林，他的靈魂痛苦地顫抖，那痛苦遠遠超越了肉體的層次。這座樹林並沒有阻擋他，也沒有禁止他經過。它只是喚起他痛苦的回憶。

多像妮克絲那座我永遠無法再見到的樹林啊……

卡羅納別開頭，揮別聖樹林和回憶，讓靈飄向史迦赫的城堡。在那裡，他將可以找到柔依。只要她睡著了，他就能循著他們之間的連結，進入神祕的夢境。

來到城堡邊緣，看到那一顆顆人頭，以及這個古代場域所呈現的備戰氛圍，他不禁讚許地點了點頭。城堡的灰岩點綴著斯凱島的閃亮白色大理石。穿越厚實的城牆時，他心想，如果可以選擇，他眞想住在這裡，而不是住在陶沙市馬佑大樓頂樓金碧輝煌的牢籠。

他必須完成任務，逼柔依返回夜之屋。猶如一盤複雜的棋局，爲了重獲自由，他必須奪下的不過就是另一個女王。

他的靈往下沉，再往下沉。透過他的靈魂之眼，由於他不朽的血，他得以見到圍繞著凡間不停飄移、變換、翻攪、奔湧的一層層眞實。他將注意力集中在夢境——那薄薄一層神奇的眞實，既不完全是物質，也不只是精神。他拉緊一路跟隨的那條連結之線，知道眞實世界引發的雜遝色彩一旦沉澱、褪去，他就能在夢境裡與柔依會合。

卡羅納怡然自得，充滿自信，因此對接下來發生的事情毫無心理準備。他感覺到一種陌生的拉扯，彷彿他的靈已變成沙粒，被迫流經沙漏的細頸。

最先穩定下來的感官是視覺。他看到的景象令他震驚，差一點全然失去這趟靈魂之旅所依循的線索，遽然返回肉體。柔依仰望著他，面露微笑，表情溫暖，流露著信任。

環顧四周層層疊疊的眞實，卡羅納立刻知道，他並未進入夢境。他朝下看著柔依，幾乎不敢呼吸。

接著，觸覺恢復過來。她依偎在他的懷抱裡，赤裸的身體柔軟且溫暖，緊貼著他。她撫摸他的臉，手指流連在他的唇上。他不假思索地抬起臀部，移到她身上。她發出喃喃的愉悅呻吟，眼皮顫動著閉上，雙唇朝上迎向他的嘴。

就在她親吻他，而他深深地進入她的身體之前，卡羅納的聽覺回來了。

「我也愛你，史塔克。」她說，開始跟他做愛。

歡愉來得如此突然，震驚撼動得如此強烈，靈的連結戛然斷裂。卡羅納喘著氣，費力起身，倚著屋頂露台的欄杆牆。火熱的血液在他體內急速奔流，他搖搖頭，不敢相信。

「史塔克。」卡羅納對著黑夜吐出這個名字，說出他的推想。「我一路依循的連結壓根兒不是通往柔依，而是通往史塔克。」他明白了，覺得自己好蠢，居然沒想到會發生這種事。「在另一個世界時，我把我不死靈魂的氣呼入他裡面，有些靈氣顯然還留在他裡面。」笑容在不死生物的臉上爆開，強烈一如他奔騰的血。「現在，我能進入柔依·紅鳥的守護人暨誓約戰士了。」卡羅納展開翅膀，頭往後仰，讓勝利的笑聲迴盪在夜空。

「什麼事情這麼有趣？你怎麼沒在床上等我？」

卡羅納轉身，看見奈菲瑞特全身赤裸地站在露台門邊，妄自尊大的臉龐帶著惱怒的神情。但一見到他亢奮堅挺的身體，她的表情立刻改變。

「我不是覺得什麼事情有趣，我是很開心。而我之所以在這裡，是因為我希望能帶妳到露台，我們可以徜徉在無垠的夜空底下。」他闊步走向奈菲瑞特，抱起她，走回欄杆牆邊。他讓她一次又一次因為興奮愉悅而喊叫，但他閉上眼睛，想像著另一個女人的深色秀髮和眼眸。

史塔克

事情第一次發生時，發生得太快，史塔克無法確定，無法完完全全確定，真的有這麼一件事情發生過。

但他應該傾聽自己的直覺。他的直覺告訴他，事情不對勁，非常非常不對勁，即使事情只持續了幾分鐘。

一開始，他跟柔依窩在床上，兩人聊天說笑，基本上只是在享受獨處的美好時光。城堡很讚，史迦赫、修洛斯及其他戰士都很棒，但史塔克是個喜歡獨來獨往的人。不管斯凱島有多酷，在這裡，他的身邊總是有人。這個地方是遺世獨立沒錯，但不代表這裡就沒那麼熱鬧，就沒有一些瑣碎的事。跟任何地方一樣，狗皮倒灶的事總是免不了的——訓練、城堡的維修、跟當地人交易買賣，等等。這還不包括他得常常跟在修洛斯身邊，而這表示他經常成為這位老兄的雜役、跑腿，兼取笑的對象。

此外，還有矮種馬的事。他一向不是愛馬的人，但蘇格蘭高地的載重馬實在令人驚異。然而，這些馬拉出來的屎，分量多到跟牠們矮小的身材不成比例。史塔克早應該知道的，因為到了那天傍晚，他幾乎所有的時間都耗在鏟馬糞。他不過是隨口嘀咕兩句，聽起來大概像是在抱怨，結果修洛斯和另一個帶著愛爾蘭口音、留著薑黃色鬍鬚的禿頭老戰士就開始說，**唉呀呀，可憐的小瑪麗，瞧這小姑娘那雙手多光滑、柔嫩呢。**

所以，想也知道，能跟柔獨處真的讓他很開心。她的氣味眞是香得要命，摸起來的感覺眞是舒服得要命，害他得不斷提醒自己，這不是做夢，他們不是在另一個世界，這是眞實的人間，而且柔依是他的。

當他們兩人正在熱吻，他快樂得覺得自己快要爆炸了，那件事就發生了。那時，他剛告訴她，他愛她，而柔仰望著他，對他微笑。忽然，他內在有什麼東西變了。他覺得自己變重，但也變得出奇地強壯。有一種怪異的震驚的感覺，撼動他全身，一直傳達到神經末梢。她正在吻他，而如同往常，每當柔吻他，他就幾乎無法思考，但他還是察覺到，有什麼事情不對勁——

他感到震驚。

這眞是怪透了。他和柔這樣子熱吻、親熱，已經好一陣子了。他沒有理由爲此感到震驚。那種感覺像是出現在他裡面，但又像是發生在外面，彷彿有個別的什麼人見到他和柔這樣親熱，竟大驚失色。

然後，當他開始跟柔做愛，那種驚慌失措的感覺是熾熱的。這已經夠奇怪了，他碰觸柔依時，他所有的感受竟都變得加倍強烈。接著，那種感覺戛然消失，一如一開始它倏地出現，當下只剩柔在他的懷裡，融化到他裡面。唯一盈滿他的心、他的腦袋、他的身體，以及他的靈魂的，是她……只有她。

事後，史塔克試圖回想，那時到底發生了什麼事，他怎麼會有這麼奇怪的感覺，是什麼事情讓他這麼心煩。但是，那時太陽已開始升起，他筋疲力竭地、快樂地睡著了。那件事似乎變得不那麼重要了。

說到底，他爲什麼需要擔心呢？柔依正安全地依偎在他懷裡。

12 利乏音

仿人鴉讓自己從馬佑大樓十七層樓高的屋頂墜下，然後張開翅膀，翺翔在市中心的上空。他一身烏黑的羽毛，不用擔心被人看見。

難不成人類會抬頭看？那些離不開地面的可憐生物哪！怪的是，即便史蒂薇・蕾也侷限在地面，他卻從不覺得她是其中一個沒有翅膀的可憐蟲。

史蒂薇・蕾……他的動作遲疑了一下，身體開始搖晃，速度慢了下來。**不，現在別想她，我必須先盡速離開這裡，確保我的思緒只屬於我自己。絕不能讓父親察覺有什麼事情出了差錯。絕不能讓奈菲瑞特知道。絕對不能。**

利乏音緊閉心扉，除了夜空，什麼都不想。他慢慢地飛，刻意繞一個大圈。他在心裡琢磨了一下，知道卡羅納還沒改變心意，違逆奈菲瑞特的意思，飛來與他共同翺翔。等他確定這個黑夜只屬於他一人，他調整方向，朝東北方飛去。這條飛行路徑，將會先帶他抵達陶沙市的舊火車站，然後到威爾・羅傑思中學——最近城裡陸續發生幫派暴力事件的現場。

他同意奈菲瑞特的研判，那些攻擊事件最可能是紅雛鬼惡棍所為。不過，他和奈菲瑞特意見相同的地方僅止於此。

利乏音無聲而迅速地飛抵廢棄的火車站。他繞著它飛行，用他敏銳的視覺搜尋任何可能的動靜，任何足以洩漏成鬼或雛鬼、藍鬼或紅鬼行蹤的跡象。他盯著偌大的建築，仔細觀察，心裡既期待又害怕。如果史蒂薇．蕾已經回來這裡，重新入住地下室和地底迷宮般的坑道，那他該怎麼辦？

他能夠繼續隱匿在夜空，保持沉默嗎？或者他應該讓她曉得他來了？

在想出答案之前，他已明白一項事實：他不必做任何決定，因為史蒂薇．蕾根本不在火車站裡。如果她在附近，他一定會知道。無論何時何地，他都知道他永遠可以察覺她在或不在。利乏音吁出長長一口氣，降落在火車站的屋頂。

終於完全獨自一人了，他放任自己回想那一天以後發生的一連串事件。利乏音將翅膀收起來，緊貼在背部，開始來回踱步。

特西思基利正在編織的命運之網，將會摧毀利乏音的世界。父親打算利用史蒂薇．蕾來對抗奈菲瑞特，奪回對自己靈魂的主控權。**為了贏得這場鬥爭，父親什麼人都會利用**。這個念頭一出現，利乏音立即予以否認。在史蒂薇．蕾進入他的生命之前，他一向就是這種反應。他始終都忠於父親，不可能質疑父親。

「進入我的生命？」利乏音苦笑一聲。「她簡直是進入了我的靈魂和身體。」他停下腳步，想起土元素美麗、純淨的能量流入他體內，療癒他時，那種奇妙的感受。他搖搖頭。「我沒有這個命。」他告訴黑夜：「我不會跟她在一起。這是不可能的。我的命運就跟過往一樣，跟父親一起待在黑暗裡。」

利乏音低頭凝視自己的手。他那隻手這時扶著一張鐵格柵生鏽的邊緣。他不是人類，不是吸血鬼，也不是不死生物。他是怪物。

然而，這代表他可以冷眼旁觀，看著史蒂薇．蕾被他父親利用，被特西思基利蹂躪嗎？或者，更糟糕，這代表他就可以跟著他們一起獵捕她嗎？

她不會背叛我。就算我獵捕她，史蒂薇．蕾也不會背叛我們之間的連結。

利乏音繼續盯著自己的手，驀然明白自己站在什麼地方，手扶著什麼格柵，吃驚得往後退。這是紅雛鬼惡棍困住他們的地方。在這裡，史蒂薇．蕾差點喪命。也是在這裡，他讓身受重傷的她吸吮他的血……跟他烙印……

「天哪，如果能讓一切回到原點就好了！」他對著天空吶喊。回音在他的四周迴盪，重複他的話，嘲弄著他。他的肩膀垮下來，頭垂下來，手撫著粗糙的鐵格柵。「我到底該怎麼辦？」利乏音喃喃地問。

沒有答案。但他也不期待會有答案。他將手從冰冷的鐵格柵縮回，重新冷靜下來。

「我將一如以往那樣去做，繼續服從父親的命令。如果在這種情況下，我能夠採取一點小小的動作，保護史蒂薇．蕾，那很好。如果我保護不了她，那也罷。我的命運打從娘胎就已經注定，我現在無法背離這樣的宿命。」他的話語冰冷一如一月的黑夜，但他的心是火熱的，彷彿因爲他說了這些話，他的血在他體內最核心的地方沸騰。

利乏音不再遲疑，從火車站的屋頂躍起，繼續向東飛。不一會兒，他已經從市中心飛抵威爾．羅傑思中學。在空曠的田徑場旁邊，主校舍就座落在一個小丘上。校舍建築呈長方形，淺色的磚塊在月光照耀下宛若細沙。他的注意力投向主校舍的最中央，那兒矗立著兩座雕飾精美的方塔。他在其中一座方塔上降落。一降落，他立刻蹲伏下來，採取防衛的姿勢。

他可以聞到他們。到處都是惡棍雛鬼的氣味。利乏音靜悄悄地移動，找定藏身的位置，俯瞰這棟建築前方的校園。他看到幾棵樹，有大樹，也有小樹，還有一片長條狀的草坪，此外別無他物。

利乏音等著。不會等太久的，他知道。天就快亮了。沒錯，他知道自己很快就會看到那些雛鬼——只不過，他沒想到，他們竟會這麼大膽，直接從學校正門走進來，渾身散發著新鮮血液的氣味，一行人由不久前蛻變的達拉斯帶頭。

妮可被達拉斯摟著，而大塊頭柯帝斯顯然當自己是貼身保鏢，因為達拉斯抬手拉住其中一扇鏽蝕色的鐵門時，這個傻呼呼的雛鬼站在水泥階梯的邊緣，面朝外，手持槍，一副自以為知道該做什麼的模樣。

利乏音厭惡地搖搖頭。柯帝斯沒抬頭看。這些雛鬼沒人抬起頭，連達拉斯也沒有。他不再是那個身受重傷，被他們拘禁、凌虐的生物。他們一點兒都不曉得，一旦他發動攻擊，他們將會是多麼脆弱、可悲。

但利乏音不會攻擊他們。他在等待和觀察。

鐵門發出彷彿熱鐵浸入冷水的嘶嘶聲。妮可緊貼著達拉斯，磨蹭一下。「喔，對，寶貝！施展你的魔力吧。」她的聲音在黑夜裡揚起，達拉斯哈哈大笑，拉開被他卸除了電鎖和警鈴作用的鐵門。

「我們進去吧。」達拉斯告訴妮可，聲音比利乏音印象中老氣、冰冷。「天快亮了。太陽升起前妳還有活要幹呢。」

妮可伸手摸了一下他的褲襠，其他紅雛鬼見狀哈哈大笑。「那我們就趕快回地下室的坑道吧，這樣我才能幹活兒。」

她領著眾雛鬼走進校舍。達拉斯等在外頭，待大家全都進去後，才跟著進入，然後關上大門。不久，利乏音再度聽見那嘶嘶聲，然後一切歸於靜寂。又一會兒，安全警衛慵懶地開車經過，四周依然靜悄悄。警衛也沒有抬頭。沒有人知道，有一個體型碩大的仿人鴉正蹲踞在學校塔樓頂端。

警衛的車離開後，利乏音躍入夜空，思緒隨著翅膀的撲動不停翻轉。

惡棍紅雛鬼現在由達拉斯帶領。

他能控制這個世界的現代魔法，可以輕易地進入今日的建築。

威爾．羅傑思中學成了他們窩藏的地方。

史蒂薇．蕾一定想知道這些事。她需要知道。即使他們曾經試圖殺害她，她仍覺得對他們有責任。至於達拉斯，她現在對他是什麼感覺？

光是想到她依偎在達拉斯的懷裡，他就怒火中燒。但她選擇了**他**，沒有選擇達拉斯。她的選擇清清楚楚，明明白白。

只是，現在這些都沒有差別了。

就在這時，利乏音才發現他飛行的方向是南方，而不是朝向市中心的馬佑大樓。他在陶沙市中城區的上空滑翔，飛經燈光昏暗的本篤會修道院，穿越尤帝卡廣場，悄悄地趨近石牆環繞的夜之屋校園。他開始遲疑，身體搖晃了一下。

吸血鬼會抬頭看。

利乏音開始乘著夜風，撲著翅膀，不斷攀升，直到下方的人不容易看見他。他繞著校園外圍，在空中盤旋一會兒，然後倏地無聲無息地降落在東牆外的街上，躲進街燈與街燈之間的一團陰影裡。他在陰影中迅速移動，烏黑的羽翅融入黑夜。

他還沒抵達圍牆，便聽見詭異的哀號。那聲音是如此絕望，如此悲痛，連他都聽得心痛。**是什麼東西發出如此淒厲的哀號**？

他心裡才發出這個疑問，立刻就知道答案了。是狗。史塔克的狗。有一次，史蒂薇·蕾如常喋喋不休時，曾談到她的一位朋友，那個名叫傑克的男孩。她說，史塔克變成紅雛鬼時，傑克接手照顧那隻狗。她還說，傑克跟那隻狗的感情很好，她覺得這對他們倆來說是好事，因爲那隻狗很聰明，而傑克很窩心。當他想起史蒂薇·蕾的這些話，一切就都明白了。他抵達學校圍牆時，聽見淒厲的號叫伴隨著人的哭聲。當他小心翼翼地悄悄爬上圍牆，覷著眼前駭人的景象，他知道他看見的是怎麼一回事。

他盯著前方。他無法叫自己不看。他想看史蒂薇·蕾——只是看她。畢竟，除了看，他什麼都沒辦法做。利乏音絕不允許自己被任何吸血鬼發現。

他想得沒錯。血液被奈菲瑞特拿來償付黑暗的那個純潔的生命，正是史蒂薇．蕾的朋友，傑克。

由於卡羅納從地底竄出而碎裂的那棵樹底下，在那片染血的草地中央，有個男孩跪在地上，一遍又一遍地哭喊著「傑克！」他身旁，那隻狗仍不停地哀號。屍體已經不在那裡，但血跡還在。利乏音心裡納悶著，夜之屋是否有人察覺，地上的血不應該這麼少。黑暗顯然已經很徹底地享用過奈菲瑞特的祭品。

站在男孩旁邊的，是這所學校的劍術老師，龍．藍克福特。他默默站在一旁，手搭在男孩肩上。現場只有那隻狗和這兩個人，不見史蒂薇．蕾。利乏音試圖說服自己，這樣最好。她不在這裡——沒見到他——這樣真的很好。這時，忽然有一股強烈的情緒襲向他：難過、擔憂，最主要的還是傷痛。接著，他看見史蒂薇．蕾手裡抱著一隻小麥顏色的貓，跑向那隻狗和那兩個人。看到她的感覺真好，利乏音差點忘了呼吸。

「女爵，妳不能再這樣。」她腔調特殊的聲音，就像沙漠裡降下的春雨，澆淋在他的身上。他看著她在大狗身旁蹲下，把貓咪放在腳邊。貓咪立刻開始磨蹭著狗，彷彿試圖抹去她的哀痛。當那隻狗居然真的稍微安靜下來，開始舔舐貓咪，利乏音驚訝地眨了眨眼睛。「好女孩，就讓坎咪來幫妳吧。」史蒂薇．蕾仰頭看著劍術老師，利乏音看見他幾乎動也不動，只微微地對她點了一下頭。她將注意力轉向哭泣的男孩，並從牛仔褲口袋裡掏出一疊面紙，遞給他。「戴米恩，親愛的，你也不能再哭了。這樣會生病的。」

戴米恩接過面紙，快速地抹了抹臉，以顫抖的聲音說：「我—我不在乎。」

史蒂薇．蕾伸手撫摸他的臉頰。「我知道你不在乎，但你的貓咪需要你，女爵也需要你。再說，親愛的，傑克如果看到你這個樣子，一定會非常難過。」

「傑克永遠看不到我了。」戴米恩停止哭泣，但聲音依舊哽咽得厲害。利乏音覺得，他可以聽見男孩的心碎了。

「我一點也不相信會這樣。」史蒂薇．蕾語氣堅定地說：「如果你認眞地思考一下，也一定不會相信那是實情。」

戴米恩一雙哀痛的眼睛望著史蒂薇．蕾。「我現在沒辦法思考，史蒂薇．蕾。我現在只能感覺。」

「哀傷多少會過去的。」龍老師的聲音跟戴米恩一樣悲傷。「到時你就又能思考了。」

「沒錯。聽龍老師的話。等你又能思考，你就會在心裡找到女神給我們的那條線。只要循著那條線，我們都會在另一個世界相聚。傑克現在就在那裡。終有一天你會再見到他。」

戴米恩看了看史蒂薇．蕾，又看了看劍術老師。「你有辦法做到這樣嗎？這樣會讓失去安娜塔西亞的痛苦變得比較容易承受嗎？」

「不管怎樣，失去她的痛苦都不可能變得比較容易承受。現在，我仍在尋找通往女神的那條線。」

利乏音心頭一震，萬分難受，因爲他知道，是**他**造成劍術老師的痛苦。他殺害了龍老師的配偶，教授咒語和儀式的老師，安娜塔西亞·藍克福特。他下手時是那麼殘酷，絲毫沒有感覺，只除了當時心頭稍微覺得有點惱怒——爲了壓制、摧毀她，他的行動不免受到牽制，也因而有那麼片刻的不悅。

我殺害她時，沒有想到任何事，也沒有顧及任何人，只知服從父親，執行他的命令。我是怪物。

利乏音情不自禁地看著劍術老師。他的哀痛就像斗篷，覆蓋在他身上。他的配偶去世之後在他生命中留下的那個空虛的洞，利乏音彷彿眞的可以看見。活了好幾個世紀，這是利乏音第一次爲自己的行爲感到懊悔。

他不認爲自己發出了任何聲響，但他知道，這時史蒂薇·蕾突然發現了他。緩緩地，他將視線從龍老師移到跟他烙印的紅吸血鬼身上。兩人眼神交會，目光緊緊鎖住對方。她的情緒淹沒他，彷彿她故意把情緒往他身上宣泄。首先，他感覺到她看見他時的震驚。這讓他臉紅，幾乎覺得困窘。接著，他感受到哀傷，深切、苦澀、痛苦的哀傷。他試圖透過心電感應，把自己的悲傷傳遞給她，希望她可以了解他有多想念她，又有多愧疚——因爲造成她如此哀傷的原因，他多少有份。但這時，憤怒的情緒猛地撲來，力道強勁，致使利乏音差點抓不住石牆。他忍不住搖頭，不停地搖頭，不確定自己是在否認她的憤怒，或她憤怒的原因。

「戴米恩，我要你和女爵跟我來。你們必須離開這地方。這是壞事情發生的地點。我可以感覺到，壞東西依舊在這附近流連不去。我們走吧，現在就走。」她對著跪在地上的男孩講話，但目光始終盯著利乏音。

劍術老師立即反應，舉目環顧，視線橫掃過周邊的每個角落。利乏音僵住，不敢動彈，希望陰影和黑夜能遮掩他。

「怎麼了？這附近有什麼東西？」龍老師問。

「黑暗。」史蒂薇．蕾仍盯著利乏音，她說出的話像飛刀，射向他的心臟。「邪惡的、無可救藥的黑暗。」然後，她似乎不屑一顧地轉身背對利乏音。「我的直覺告訴我，這附近沒有什麼東西需要你拔劍相向。不過，我們最好還是離開這裡。」

「同意。」龍老師說，但利乏音聽得出他同意得有點勉強。

將來，他會是不容輕忽的力量。利乏音告訴自己。那史蒂薇．蕾呢？**他的**史蒂薇．蕾。

她會怎麼樣？**她真的恨我嗎？她真的會完全拒絕我嗎**？利乏音一邊看著她拉起戴米恩的手，扶他站起來，然後帶著他、貓、狗和龍老師離開，走向宿舍，一邊努力地感受她的情緒。他當然感覺到她的憤怒和哀傷。這些情緒他懂。然而，憎恨呢？她真的恨他嗎？利乏音沒有把握，但他相信，打從內心深處相信，他活該被她憎恨。不，傑克不是他殺的，但他跟殺害傑克的力量站在同一邊。

我是我父親的兒子。我只知道這麼做。我別無選擇。

史蒂薇·蕾離開後，利乏音翻上牆頭，起身快跑，然後躍向夜空。巨翅拍擊著夜風，他在業已升高警戒的校園上方盤旋，然後轉向，朝馬佑大樓的屋頂飛去。

她理應恨我……她理應恨我……她理應恨我……

隨著他翅膀一陣陣拍動，這句話也一陣陣反覆衝擊他的心。他的絕望和悲傷，應和著史蒂薇·蕾的難過和憤怒，在他腦海裡迴盪。利乏音淒切悲酸的臉龐浸浴在月光中，他再也分不清什麼是沁涼夜空的溼氣，什麼是他的淚水。

13 史蒂薇．蕾

「喔，拜託！妳是說還沒有人告訴柔依？」愛芙羅黛蒂說。

原本不需這麼用力的，但史蒂薇．蕾狠狠抓住愛芙羅黛蒂的手肘，一把將她拽向戴米恩的房門口。到了門邊，她停下腳步，兩人同時回頭望向床鋪。戴米恩、他的貓坎咪，以及女爵，一起蜷縮在床上。才幾分鐘前，男孩、貓和狗終於在悲傷的折騰下，疲憊地睡著。

史蒂薇．蕾默不作聲，只是伸出一根手指，先指了指愛芙羅黛蒂，再指了指外頭的走廊。愛芙羅黛蒂譏諷地哼了一聲。史蒂薇．蕾雙臂交叉抱胸，立定不動。「**外頭，**」她以嘴形示意，「**現在。**」她跟在愛芙羅黛蒂後面走出房間，然後輕輕地關上房門。「在外頭這裡，請妳還是得把妳那該死的聲音壓低一點。」史蒂薇．蕾嚴厲地悄聲說道。

「好，我會把音量放低。傑克死了，竟然沒人打電話給柔？」她重複她的問題，但這次小聲多了。

「沒有，我沒時間。戴米恩一直很激動，女爵也是，學校一片混亂，而另一個**所謂**女祭司長把自己鎖在房間裡祈禱或**搞什麼鬼**，我便成了唯一一個還在外頭走動的女祭司長。所以，我一直忙著處理亂七八糟的事情。還有，別忘了，我們有一個好男孩死了。」

「對，我了解，我也很難過，可是柔依必須回來，現在就回來。如果妳太忙，沒時間通知她，也應該找個老師打電話給她。她愈早知道這件事，就可以愈早上路。」

達瑞司匆匆走過來，握住愛芙羅黛蒂的手。

「是奈菲瑞特，對不對？那賤人殺了傑克。」愛芙羅黛蒂問他。

「不可能。」達瑞司和史蒂薇·蕾同時說。史蒂薇·蕾悻悻地瞪愛芙羅黛蒂一眼，意思是說**我就是這樣跟妳說的呀**。達瑞司繼續解釋：「傑克從梯子上摔下來時，奈菲瑞特的確是在參與委員會的會議。不只戴米恩看見傑克自己摔下來，另一名證人也證實了事情發生的時間。德魯·帕頓在穿越校園時，聽見傑克跟著哼唱的音樂聲。他說，他只聽見一部分，因爲那時正好是午夜十二點，妮克絲神殿的掛鐘恰好響起。至少他認爲，他之所以沒有再聽見傑克的歌聲，就是因爲那時出事了。」

「而那確實是傑克死去的時間。」史蒂薇·蕾說，語氣變得又冷又硬，因爲她的心在顫抖，唯有這樣她才能不讓自己的聲音跟著顫抖。

「對，時間點相符。」達瑞司說。

「你確定那時奈菲瑞特在會議室裡？」愛芙羅黛蒂問。

「我聽到鐘響時，她正在發言。」史蒂薇·蕾說。

「我還是不相信她跟傑克的死無關。」愛芙羅黛蒂說。

「我不是反對妳的看法，愛芙羅黛蒂。奈菲瑞特比鐵皮屋頂上的雞屎還臭，但事實就是事實。傑克從梯子上摔下來時，她確實就站在我們大家的面前。」

「說眞的，妳這個鄉下人做的比喻有夠噁。好，那麼那把劍又是怎麼一回事？那把劍幾乎整個切下了他的頭，怎麼會這麼『剛好』？」她用手指在空中比出引號。

「龍老師跟傑克解釋過，放劍時，劍柄必須放在地上，劍尖朝上。當他摔在劍刃上，劍身受到撞擊，劍柄被壓入土裡，而劍刃就刺穿他的脖子。嚴格說來，確實有可能是意外。」

愛芙羅黛蒂舉起顫抖的手，抹了抹臉。「太可怕了，眞的可怕，但絕不會是意外。」

「我想，我們沒有人會相信奈菲瑞特跟傑克的死無關。但我們相不相信是一回事，要證明它又是另一回事。上一次，最高委員會的裁決對奈菲瑞特有利，也就是說，基本上駁斥了我們的質疑。所以，如果我們再次訴諸最高委員會，卻還是只能提出一堆揣測，而沒辦法證明是奈菲瑞特在背後搞鬼，到時候我們只會自取其辱。」達瑞司說。

「我懂，可是我很氣。」愛芙羅黛蒂說。

「我們都很氣，」史蒂薇・蕾說：「氣到半死。」

聽到史蒂薇・蕾講話難得透出這麼強硬的語氣，愛芙羅黛蒂不由得對她揚起一道眉毛。

「好，就讓我們用**怒氣**好好對付那頭母牛，一勞永逸地叫她滾蛋。」

「妳有什麼主意？」史蒂薇・蕾說。

「首先，不准柔依繼續在海外偷閒渡假，我們叫她馬上滾回來。奈菲瑞特討厭柔，一定會想辦法整她——從來就是這樣。只不過，這次我們要嚴陣以待，密切注意，找出證據，抓住她的把柄，讓偏袒奈菲瑞特的最高委員會沒辦法視而不見。」不等其他人回應，愛芙羅黛蒂便逕自從她的金屬色Coach無肩帶提包掏出iPhone，按下號碼，說：「我這就打給柔依。」

「我本來就要打的。」史蒂薇・蕾說。

愛芙羅黛蒂翻翻白眼。「隨便啦。妳・該死的・動作・太慢了。還有，妳也太溫了。現在柔需要的是一帖高劑量的『給我振作起來，做該做的事』，而我就是負責餵她這帖藥的人。」她打住話語，聆聽手機，再次翻了翻白眼。「是她的語音信箱，幼稚得要死，活像迪士尼頻道——**嗨，各位！留話給我唷，祝你有美好的一天。**」愛芙羅黛蒂裝腔作勢，以超級熱情洋溢的語氣引用柔依的話，然後深吸一口氣，等著嗶聲響。

史蒂薇．蕾一把從她手中奪下手機，迅速對著手機說：「柔，是我，不是愛芙羅黛蒂。我要妳一聽到留言就立刻打電話給我。事情很重要。」她按下結束鍵，作勢擺出凶悍的樣子，盯著愛芙羅黛蒂。「好，我們把話說清楚。我想當個像樣的好人，並不代表我**太溫**。發生在傑克身上的事已經夠讓人難受了，若是從留言裡得知消息，那就眞的更難受了，超級難受。再說，我認爲，像這樣子驚嚇柔依並不是好主意，尤其她的靈魂不久前才剛粉碎過。」

愛芙羅黛蒂從史蒂薇．蕾手中抓回iPhone。「聽好，我們沒有時間好言好語，輕聲細語，處處顧慮柔依的情緒。她必須當個大女孩，扮演起女祭司長的角色，好好出來處理事情。」

「不，妳才給我聽好。」史蒂薇．蕾往前一步，逼近愛芙羅黛蒂，達瑞司見狀本能地靠向她。「柔不需要扮演女祭司長，她本來就是女祭司長。可是，她才剛失去所愛的人。那種感覺妳顯然不懂。這種時候顧慮她的感受不是要寵她，而是作爲朋友就該這麼做。」她瞥向達瑞司，搖搖頭，說：「不，你不用保護愛芙羅黛蒂，我不會傷害她。唉，達瑞司，你是哪裡不對勁？」

達瑞司迎視她的目光。「剛剛妳的眼睛閃過一抹紅光。」

史蒂薇．蕾極力保持鎭定，不讓表情洩漏內心的感受。「喔，嗯，這我不驚訝。眼睜睜看著傑克慘死，奈菲瑞特卻不用付出任何代價，我實在很難接受。如果出事時你人在這裡，看著事情發生，你也會有相同的感覺。」

「我可以想見，但我的眼睛不會發出紅光。」達瑞司說。

「你先去死，然後又活過來，再來跟我談這件事。」史蒂薇・蕾說，然後轉向愛芙羅黛蒂。「趁戴米恩睡著，我有一些事情得去處理。妳和達瑞司會留在這裡看著他嗎？打死我也不相信奈菲瑞特會一整晚把自己關在房裡，向妮克絲祈禱——雖然她要大家這麼以為。」

「好，我們留在這裡。」愛芙羅黛蒂說。

「如果他醒來，對他和善一點。」史蒂薇・蕾說。

「說什麼混帳話？我當然會對他很和善。」

「很好。我很快就回來。你們需要休息時，就打電話給孿生的，讓她們來接替你們。」

「隨便啦，再會。」

「掰。」史蒂薇・蕾沿著走廊疾步往前走，覺得達瑞司狐疑的目光一直尾隨著她。那強烈的眼神彷彿有重量，壓得她喘不過氣來。**我不能再因為達瑞司這樣就覺得自己有罪！**她嚴詞厲色地告訴自己，**我又沒做錯什麼。如果我生起氣來，眼睛發出紅光，那又怎樣？這跟我與利乏音烙印應該沒關係吧？我離開他了，而且今晚我沒理他。不過，我是必須找他，問問**

他曉不曉得到底傑克發生了什麼事。這可不是因為我想見他，而是因為我必須這麼做。她對自己扯了一個大謊。由於忙著想心事，她差點一頭撞上艾瑞克。

「嘿，呃，史蒂薇．蕾，戴米恩還好嗎？」

「你說呢，艾瑞克？他深愛的男友才剛死去，而且死狀淒慘。不好，他很不好。不過他終於睡著了。」

「妳知道嗎，妳不必這樣對我。我是真的關心他，而且我也喜歡傑克。」

史蒂薇．蕾認真地打量了艾瑞克一眼。他確實看起來很憔悴。對這位帥哥來說，這的確很罕見。而且看樣子他顯然剛哭過。她想起他曾是傑克的室友，之前那個混蛋索爾取笑傑克是同志時，艾瑞克還很窩心地站出來挺傑克。「對不起，」她說，伸手碰了碰艾瑞克的手臂。「這件事搞得我心煩意亂，我確實不該對你這麼壞。來，我重新回答你。」她深吸一口氣，露出苦澀的笑容，說：「戴米恩剛剛睡著，但他很不好。他醒來時一定會需要像你這樣的朋友陪伴。謝謝你關心他，也謝謝你來看他。」

艾瑞克點點頭，捏了一下她的手。「也謝謝妳。我知道，由於我和柔依之間發生的事，妳不怎麼喜歡我。可是我真的是戴米恩的朋友。如果有什麼我幫得上忙的地方，請務必讓我知道。」艾瑞克停頓一下，轉頭看了看走廊兩頭，彷彿要確定這裡只有他們兩人。然後，他往史蒂薇．蕾靠近一步，壓低聲音說：「奈菲瑞特跟這件事有關，對不對？」

史蒂薇．蕾驚訝地睜大眼睛。「為什麼你會這麼說？」

「我知道她不是她表面上裝出來的樣子。我看過她的眞面目，實在很不漂亮。」

「對，你說得對，奈菲瑞特的眞面目很不漂亮。不過，傑克死掉的那個時間點，你跟我一樣，親眼見到她就在我們面前。」

「對，但妳依舊認為她跟這事有關。」

他不是在發問，但史蒂薇．蕾還是默默地點了個頭，給予肯定的答案。

「我就知道。這所夜之屋爛透了。看來我答應洛杉磯夜之屋是對的。」

史蒂薇．蕾不禁搖頭。「就這樣？你知道有醜惡的事情發生，而這就是你的反應？一走了之？」

「哪一個吸血鬼對抗得了奈菲瑞特？最高委員會恢復了她的職位，她們站在她那邊。」

「**一個**吸血鬼的確成不了事，但大家同心協力就可以。」

「就憑零零星星幾個雛鬼和成鬼？要對抗法力高強的女祭司長和最高委員會？這太扯了。」

「不，眞正扯的是一走了之，讓壞蛋稱心如意。」

「喂，我有日子要過欸——有美好的人生等著我，超炫的演藝事業、名利、榮華富貴等等。妳怎能怪我不想蹚奈菲瑞特攪出來的渾水？」

「你知道嗎，艾瑞克？我只想告訴你：如果好人什麼都不做，邪惡就會占上風。」史蒂薇．蕾說。

「嗯，嚴格說來我並非什麼都不做。至少我選擇離開。嘿，妳想過嗎——如果好人都離開，搞不好壞蛋沒對手，自己玩膩了就會乖乖回家。」

「我曾經認爲你是我見過最酷的人。」她難過地說。

艾瑞克的湛藍眼眸閃爍著光芒，想展現幽默，對她綻開一百瓦特的超級迷人笑容。「而妳現在**見識**到了？」

「不，現在我見識到你是個懦弱、自私的傢伙，只知憑著長相獲取想要的東西。這種人一點都不酷。」她看著他驚愕的表情，搖搖頭，舉步走開。然後，她轉頭告訴他：「或許有一天你會找到什麼東西，讓你很在乎，願意爲它挺身而出。」

「對，或許有一天妳和柔依會明白，拯救世界並不是妳們的職責！」他對著她的背影喊道。

史蒂薇．蕾懶得再回頭看他。艾瑞克不過是個渾球。陶沙市夜之屋少了他這種軟腳蝦，說不定比較好，省得被他拖累。未來情勢的發展一定會變得非常艱險，這代表硬漢得出動了，而那些娘娘腔的傢伙最好滾得遠遠的。就像銀幕上牛仔精神的象徵約翰．韋恩說的，該是集結人馬的時候了。

「噢，不，不行。我的人馬如果包括仿人鴉，可一點都不酷。」史蒂薇．蕾喃喃自語，匆匆忙忙地走向停車場和柔那輛金龜車。「不過，我又不是真的要叫他加入。我只是要去找他問事情。」她毅然決然地緊閉心扉，不去想上次她「只是去找他問事情」時，兩人之間所發生的事。

「嗨，史蒂薇．蕾，妳和我得——」

史蒂薇．蕾沒停下腳步，而是舉起一隻手，打斷克拉米夏的話。「現在不行，我沒時間。」

「我只是要說——」

「不行！」史蒂薇．蕾滿心懊惱，忍不住大吼，嚇得克拉米夏閉上嘴巴，直瞅著她。「不管妳想跟我說什麼，都以後再說。我不是故意對妳凶，我是真的有事要處理。而現在離太陽升起只剩兩個小時又五分鐘，我得趕在這段時間把事情辦好。」接著，她把克拉米夏留在原地，逕自跑開，鑽進金龜車，發動引擎，打檔，急速駛離停車場，呼嘯而去。

她花了整整七分鐘抵達吉爾克瑞思博物館園區。她沒直接把車開進去，因爲冰風暴結束後，路面經過清理，電動門已恢復功能，現在園區大門牢牢地關著。史蒂薇·蕾將金龜車停在馬路邊一棵大樹後方，本能地用土元素的力量遮掩自己，直接走向年久失修的宅邸。

門不構成問題，因爲人們根本懶得把它上鎖。事實上，當她穿過這間老房子，一路爬上屋頂，她發現這裡跟上次來時見到的景象幾乎沒有兩樣。

「利乏音？」她呼喚他的名字。在寒冷、寂寥的黑夜裡，她的聲音顯得詭異而響亮。那個壁櫥的門開著。這是他先前拿來當作窩的地方，但此刻他沒有蜷縮在裡面。

她走到外面的屋頂露台。那裡也沒有人。整間屋子空蕩蕩。其實，她剛才一踏進博物館園區，就已知道他不在這裡。如果利乏音在這裡，她一定早就感覺到了，就像稍早她感覺到他躲在夜之屋圍牆外窺探她那樣。烙印把他們兩人連結起來了——只要烙印還在，沒有破毀，就依舊牽繫著他們。

「利乏音，你在哪裡？」她對著闃寂的夜空問道。史蒂薇·蕾放慢思緒，重新思考，馬上有了答案。這個答案她從來都知道。她只須拋開自尊、傷痛和憤怒，就會發現答案在那兒等著她。**烙印把他們兩人連結起來了——只要烙印還在，沒有破毀，就依舊牽繫著他們。**她不必去找他，利乏音會來找她。

史蒂薇．蕾坐在屋頂露台中央，面向北方，深深吸入一口氣，然後緩緩吐出。她第二次吸氣時，集中意念，吸入四周泥土所有的氣味。她聞到冬天光禿的枝椏的溼冷、冰凍大地的冷冽，以及散布在園區裡的奧克拉荷馬州砂岩的豐饒。史蒂薇．蕾吸入大地的力量，說：「去找利乏音，叫他來找我，告訴他我需要他。」接著，她吐氣釋出大地的力量。這時，如果她睜開眼睛，她就會看到自己四周懸浮著綠光。她也會看到，當綠光奔向黑夜去執行她的命令，它後面尾隨著猩紅色的光。

14 利乏音

他在馬佑大樓上方盤旋，想到要面對卡羅納和奈菲瑞特，遲遲不願降落。這時，他感覺到史蒂薇・蕾的呼喚。他瞬間就知道是她。有一股力量從下方地面升起，乘著氣流來找他。他認得那是土的力量。

她在呼喚你……

對利乏音而言，這就夠了。不管她有多氣他，多恨他——她在呼喚他。如果她呼喚，他就一定回應。在心中，他清楚知道，無論如何，他一定會設法回應。

他想起史蒂薇・蕾上次最後跟他說的話……**對我而言，你的心很重要。這樣吧，等你確定你的心對你自己也同樣重要，你再來找我。這應該不難，只要聽從你的心就行了……**

利乏音已一再告訴自己，他不能跟她在一起——不能在乎她。但現在，他不想理會這樣的念頭。兩人分開才差不多兩個禮拜，他已經覺得，這近兩個禮拜來的每一天都像一輩子那麼漫長。他怎麼會以為自己可以永遠離開她呢？他的每滴血都哭喊著要跟她在一起。就算面對她的憤怒，也好過見不到她。再說，他必須見她，必須設法警告她，讓她小心奈菲瑞特，**以及父親**。

「不！」他對著風吶喊。他不能背叛父親。**但我也不能背叛史蒂薇．蕾啊**。他心慌意亂，著急地想著。**我得找到一個平衡點。我得想出個辦法。我必須**。利乏音不確定該怎麼辦，只能讓沸騰的思緒沉澱下來，專注地緊緊跟著綠光絲帶，彷彿那是他的救生索，飛向史蒂薇．蕾所在的地方。

史蒂薇．蕾

史蒂薇．蕾是這麼專注地在等他，所以，利乏音逐漸接近吉爾克瑞思博物館的老宅邸時，她立刻察覺。當他翩翩然從天而降，她站起來，仰頭，等待。她原本想表現得非常冷漠。畢竟他是敵人。這一點，她本應牢記在心。但是，他一降落，兩人的目光隨即鎖住對方。他喘著氣，說：「我聽見妳的呼喚，我來了。」

只需這句話就夠了。只需聽到他那美好、熟悉的聲音，就夠了。史蒂薇．蕾縱身投入他的懷抱，把臉埋進他肩頭的羽毛裡。「喔天哪，我好想你！」

「我也想妳。」他說，緊緊地摟著她。

兩人就這樣站在那裡，在彼此的懷裡顫抖，過了不知多久。史蒂薇．蕾大口吸著他的氣味，那是凡人與不死生物的血混合起來的氣味——這樣的血，在他體內汩汩流動，並透過烙印將兩人連結起來。這樣的血，也在她的體內奔流。

然後，兩人彷彿同時乍然想起不該這麼做，立即掙脫彼此的懷抱，各自後退一步。

「呃，你都還好嗎？」她問他。

他點點頭。「我很好，妳呢？妳沒事吧？傑克被殺時妳沒受傷吧？」

「你怎麼會知道傑克被殺？」她的聲音突然變得尖銳。

「我感受到妳的悲傷。我去夜之屋，想確定妳平安沒事，結果看到妳和妳的朋友。我——我聽見那個男孩哭喊著傑克。」他遲疑了一下，仔細地斟酌遣詞用字，想誠實地表達他的意思。「從那景象和妳的哀傷，我知道他死了。」

「關於他的死，你是不是知道些什麼事情？」

「可能吧。傑克是什麼樣的男孩？」

「傑克很善良，很窩心，或許是我們當中最好的人。你知道些什麼，利乏音？」

「我知道為什麼他會死。」

「快告訴我。」

「奈菲瑞特藉助黑暗的力量拘禁我父親的不死靈魂，因而欠黑暗一筆生命的債。要償還這筆債，必須獻上某人的性命，而這個人必須很純眞，黑暗無法玷污。」

「傑克就是這樣的人。所以，的確是奈菲瑞特殺了他。最叫人氣不過的，是偏偏看起來不像是她下的毒手！傑克發生意外時，她就站在我的面前，在跟學校的委員會說話。」

「特西思基利把他獻給了黑暗。她不須在場。她只須標記他是她的祭品，然後釋出黑暗的卷鬚，它就會去執行實際的殺人任務。她不必親眼目睹整個死亡過程。」

「我該怎麼證明她是罪魁禍首？」

「妳無法證明。事情已成，她的債已償付。」

「可惡！我好氣，氣得都快胡說八道了！奈菲瑞特每次幹下什麼混帳勾當，都可以脫身。她每次都得逞。我實在不明白怎麼會這樣。這樣不對，利乏音。就是不對！」史蒂薇・蕾用力眨眼，強忍住沮喪的淚水。

利乏音撫摸她的肩膀，她放任自己倚著他的手，藉由他的碰觸來獲得些許撫慰。接著，他將手抽回，說：「這樣的憤怒，這樣的沮喪和悲傷，今晚稍早我已從妳身上感受到了。我以爲——」他躊躇著，顯然在猶豫要不要說下去。

「什麼？」她輕聲問：「你以爲什麼？」

他再次凝視她的眼睛。「我以爲妳恨的人是我，氣的人是我。我還聽見妳對劍術老師說，外頭潛伏著邪惡的、無可救藥的黑暗。妳說這些話時眼睛直直盯著我。」

史蒂薇．蕾點點頭。「對，我看見你了，我知道如果我不說些什麼讓龍老師和戴米恩離開那裡，他們也會看到你。」

「那麼，你說的不是我？」

這次換史蒂薇．蕾猶豫起來。她嘆一口氣，說：「我是眞的很生氣，很害怕，也很難過。我講那些話時沒有多想，那只是我緊張起來時的反應。」她再次停頓一下，然後說：「我一點也不是針對你。可是，利乏音，我眞的必須知道卡羅納和奈菲瑞特在玩什麼把戲。」

利乏音轉身，慢慢走向屋頂邊緣。她跟著走過去，站在他的身邊，和他一起望著闃寂的黑夜。

「快天亮了。」利乏音說。

史蒂薇．蕾聳聳肩。「太陽升起前，我大約還有半個小時。回學校只需十來分鐘。」

「妳應該現在就走，不要冒險。陽光對妳的傷害太大，即便現在妳體內有我的血。」

「我知道，我很快就離開。」史蒂薇．蕾嘆一口氣。「所以，你不打算跟我講你老爸的事，對吧？」

他轉身再次看著她。「如果妳知道我背叛父親，妳會怎麼看我？」

「他不是好人，利乏音。他不值得你保護。」

「可是他是我的父親。」利乏音說。

史蒂薇．蕾覺得，利乏音的聲音聽起來很疲倦。她好想握住他的手，告訴他，沒關係。但她不能。他們兩個站在敵對的陣營，這怎麼可能沒關係？「這一點我沒辦法反駁。」她終於開口說：「卡羅納是或不是怎樣的人，你得自己去面對。不過，你要知道，我必須保護我的人，而我知道，不管奈菲瑞特怎麼說，他仍在她身邊。」

「我父親脫離不了她！」利乏音脫口而出。

「什麼意思？」

「他沒殺死柔依，也就沒履行他對奈菲瑞特立下的誓約。所以，現在特西思基利掌控了他的不死靈魂。」

「噢，太讚了！所以現在卡羅納就像是奈菲瑞特手中一把子彈上膛的槍。」

利乏音搖搖頭。「照理說應該是，但我父親不可能侍候別人。受她掌控，他煩躁不安，心裡很不舒服。如果順著妳這個比喻來說，那麼，我想，應該這麼說——我父親雖然是奈菲瑞特手中一把子彈上膛的槍，卻**無法擊發**。」

「你得解釋得更具體一些。舉個例子跟我說明吧——你是什麼意思？」她試圖掩飾自己興奮的語氣，卻見到他閉起眼睛不看她。史蒂薇·蕾知道她失敗了。

「我不會背叛他。」

「喔，好，我懂。不過，這是否代表你不會幫我？」

利乏音靜靜地盯著她看，時間久到她以為他不打算回答了。正當她在腦袋裡構思別的問題時，他終於開口了。「我想幫妳，而只要不背叛我的父親，我一定會幫妳。」

「這很像我們之間第一次達成的協議。嗯，那個協議的結果並不賴，對吧？」她問，仰頭對他微笑。

「對，是不賴。」

「還有，基本上來說，我們不都是要對抗奈菲瑞特嗎？」

「我是要對抗她。」他的語氣很堅定。

「那你老爸呢？」

「他想擺脫她的掌控。」

「嗯，那差不多就可以說是跟我們站在同一邊了。」

「我不可能站在妳那一邊，史蒂薇．蕾。妳得記住這一點。」

「所以，你要與我為敵？」她直直迎視他的目光。

「我不會傷害妳。」

「嗯，那麼——」

「不，」他打岔，「不傷害妳跟為妳而戰不一樣。」

「你會為我而戰的。你已經這麼做了。」

利乏音抓起她的手，緊緊握住，彷彿透過這樣的接觸可以讓她了解他。「我從未為了妳而跟父親為敵。」

「利乏音，你還記得我們在噴泉池裡見到的那個男孩嗎？」她轉而握住他的手，然後跟他十指交纏。

他沒說話，只是點點頭。

「你知道他就在你的裡面，對不對？」

利乏音再次點點頭——緩慢地、遲疑地。

「在你裡面的那個男孩是你母親的兒子，不是卡羅納的兒子。別忘了你的母親，也別忘了那個男孩以及他會爲什麼而戰，好嗎？」

利乏音還沒來得及回答，史蒂薇．蕾的手機響起鄉村歌手米蘭達．藍珀特的「只會更美」。她放下利乏音的手，手伸進口袋掏手機。「這是柔的來電鈴聲！我必須跟她說話，她還不知道傑克的事。」

在按下通話鍵之前，利乏音抓住她的手，急切地說：「柔依必須回陶沙市來，這樣我們才能對抗奈菲瑞特。特西思基利痛恨柔依，柔依回來這裡可以轉移她的注意力。」

「你希望她從哪裡轉移開注意力？」史蒂薇．蕾把問題提出後，立刻按下通話鍵，匆匆對著手機說：「柔，等等，我有很重要的事要告訴妳。不過，請等我一下。」

柔依傳來的聲音聽起來像在井底說話。「沒問題，不過妳打給我，好嗎？我打國際漫遊很貴的。」

「鴨屁股抖兩下，我就打給妳。很快，等我電話喔。」史蒂薇．蕾說。

「妳知道妳這樣說很好笑嗎？」

史蒂薇．蕾對著手機微笑。「知道，掰。」

「妳應該說『好笑，掰』。待會兒聊。」

電話斷線，史蒂薇．蕾抬頭望著利乏音。「好，跟我解釋奈菲瑞特的事。」

「我父親希望能找到個方法，切斷跟奈菲瑞特之間的連結，所以他必須讓她轉移注意力。她一心想剷除柔依，也一心想利用惡棍紅雛鬼來開啓跟人類的戰爭，這都是絕佳的轉移方式。」

史蒂薇．蕾揚起眉毛。「吸血鬼和人類之間不會發生戰爭的。」

「如果奈菲瑞特得逞，就會。」

「好，那我們必須確保它不會發生。看來柔眞的非回來不可。」

「他們也想利用妳。」利乏音衝口而出。

「啥？他們是誰？利用我？做什麼？」

利乏音別開頭，不看她，很快地說：「奈菲瑞特和父親，他們不相信妳堅定地選擇了女神的道路。他們認爲可以說服妳投向黑暗這一邊。」

「利乏音，這是完全不可能的。我不完美，我有我的問題，但我重拾人性時就已選擇了妮克絲和光亮。我絕不會改變這個決定。」

「這一點我從不懷疑，史蒂薇．蕾，但他們不像我這麼了解妳。」

「可是，我們的事也絕不能讓奈菲瑞特和卡羅納發現，對吧？」

「如果被他們發現，會很慘。」

「你很慘，還是我很慘？」

「我們兩個都很慘。」

史蒂薇．蕾嘆一口氣。「好，那我得很小心。」她摸了摸他的手臂。「你也要小心。」

他點點頭。「妳該回去了。開車時再打電話給柔依吧。天就要亮了。」

「好，好，我知道。」她說，但兩人都沒有移動。

「我也該走了。」他說，彷彿在說服自己。

「等等，你現在沒有待在這裡了？」

「沒有，冰風暴過去了，這園區有太多人類走動。」

「那，你待在哪裡？」

「史蒂薇．蕾，我不能告訴妳！」

「因為你跟你老爸在一起，對不對？」見他沒出聲，她繼續說：「喂，別以為我不知道，奈菲瑞特宣稱她對卡羅納處以一百下鞭刑，並將他放逐一百年，根本是屁話。」

「她的確對他處以鞭刑，黑暗的卷鬚鞭打他一百下。」

史蒂薇．蕾不禁打了個寒顫，想起光是被那些卷鬚碰到就非常難受。「嗯，我希望任何人都不會遇上這種事。」她看著利乏音的眼睛。「不過，說他被放逐一百年這部分，就眞的是屁話，對吧？」

利乏音微微地迅速點個頭，動作之輕，幾乎難以察覺。

「而你不告訴我你待在哪裡，是因爲卡羅納也待在那裡，對吧？」

他又微微點頭。

她再次嘆一口氣。「所以，如果我想見你，我就必須潛入一棟陰森的老房子或什麼的，對吧？」

「不！妳要避開危險，待在人多的地方。史蒂薇．蕾，妳如果要我來這裡，就像今晚這樣呼喚我。答應我，妳不會到外面四處找我。」他說，輕輕地搖晃她的手臂。

「好，好，我答應你。但我也一樣擔心你。利乏音，我知道他是你老爸，但他也是個壞蛋。我只是不希望見到你跟著他一起陷入險境。所以，你也要小心，好嗎？」

「我會的。」他說：「史蒂薇．蕾，今晚我看到了惡棍紅雛鬼。他們以威爾．羅傑思中學爲巢穴，達拉斯跟他們在一起。」

「利乏音，這事別告訴卡羅納和奈菲瑞特，好嗎？」

「爲什麼？好讓妳對那些惡棍表現仁慈和人性，讓他們有機會殺妳？」他對她咆哮。

「不！我試著對人好，並不代表我愚蠢或軟弱。老天，你和愛芙羅黛蒂都怎麼了？我不會自己一個人跑去找他們的。要命，利乏音，我不會再試著跟他們講道理。我已經證明這樣行不通。不管我要做什麼，起碼都會找蕾諾比亞、龍老師和柔一起去。基本上，我只是不希望他們加入奈菲瑞特的陣營，所以不希望她知道他們的行蹤。」

「太遲了，今晚我去追查他們，就是奈菲瑞特指派的。史蒂薇．蕾，我求妳離那些惡棍紅雛鬼遠遠的，他們只會傷害妳。」

「我會小心的。我已經告訴你，我會很小心。不過，我是女祭司長，紅雛鬼是我的責任。」

「選擇黑暗的那些雛鬼不是妳的責任，而達拉斯已不再是雛鬼，更不是妳的責任。」

史蒂薇．蕾露出淘氣的笑容。「你嫉妒達拉斯？」

「別胡扯。我只是不希望見到妳再次受到傷害。別轉移話題。」

「嘿，達拉斯不再是我的男友了。」她說。

「我知道。」

「你確定？」

「當然。」他搖晃身體，張開翅膀。史蒂薇．蕾屏息看著他。「開車回學校去吧，途中再打電話給妳的柔依。我很快會再見到妳的。」

「別出事，好嗎？」

他面向她，捧起她的臉。史蒂薇．蕾閉上眼睛，靜靜地站在那裡，從他的碰觸中汲取力量和撫慰。只是，這一刻過去得好快，他走得好快。她睜開眼睛，看見他雄壯、美麗的翅膀撲打著夜風，他愈飛愈高，直到消失在東方天際隱隱約約的微光中。

利乏音說得對，天真的快亮了，她開始覺得不舒服。史蒂薇．蕾匆匆穿過廢棄的宅邸，跑回金龜車，途中按下重撥鍵。

「嗨，柔，是我。我有件事要告訴妳。這事很難接受，所以妳要有心理準備……」

15 柔依

「柔，妳有在聽嗎？妳還好嗎？說話呀！」

聽到史蒂薇．蕾的聲音帶著焦慮，不知怎地，我稍微鎮定了些。我舉起手，用衣袖擦去臉上的眼淚和鼻涕。「我在聽，但我很不好。」我邊抽泣邊說。

「我知道，我知道。這眞的很可怕。」

「會不會搞錯了？傑克眞的死了嗎？」我閉上眼睛，心裡忍不住仍抱著一絲微眇的希望。我心裡明白，我這樣很蠢。但我還是得問問看，像個傻女孩那樣問問看。**拜託，拜託，這不是事實，不能是……**

「他眞的死了。」史蒂薇．蕾的聲音也哽咽起來。「柔，這是確確實實的事。」

「我很難相信。這太不公平了！」生氣的感覺很好，起碼勝過流一大堆沒有用的眼淚和鼻涕，勝過心碎。「傑克是全世界最窩心的男孩，不該發生這種事。」

「是不該。」史蒂薇．蕾以顫抖的聲音說：「他不該慘死。我—我眞希望能夠相信，妮克絲已經把他接走，會好好地照顧他。妳去過那裡——我是說，去另一個世界。那裡真的很美好嗎？」

聽她這麼問，我的心忽然揪一下。「我知道我們從未談過這件事，可是妳**之前**不是去過那裡嗎？妳知道的，就是當妳——」

「沒有！」她說，彷彿不希望我提這件事。「我不怎麼記得那段時間的事，不過我知道我去的地方一點都不美好，而且我沒見到妮克絲。」

當我再度開口，話語自動冒出來。我內心深處知道，這是妮克絲透過我在講話。「史蒂薇．蕾，妳死去時，妮克絲與妳同在。妳是她的女兒。這一點，妳必須永遠記住。我不知道爲什麼妳和那些孩子會死，而且死了又復活。但我可以告訴妳，我百分之百確定，妮克絲從未遺棄妳。妳只是走了一條跟傑克不一樣的道路。現在傑克已經在另一個世界，跟女神在一起，而且他在世時不曾這麼快樂過。這一點，我們在這裡的人很難理解，但我在西斯身上見到了。不管是什麼原因，西斯的時間到了，那裡已是他的家，他跟妮克絲同在。而現在，傑克也回家了。我心裡明白，他們兩人都很平安。」

「妳保證？」

「我保證。我們留在人間的人必須堅強起來，彼此支持，互相照顧，並相信有一天會再跟他們相聚。」

「好，柔，既然妳這麼說，我相信。」她說，聲音聽起來好多了。「妳眞的必須回來。妳這位女祭司長的這番話，需要聽的人不只我一個。」

「戴米恩的情況是不是很糟？」

「對，我很擔心他，也擔心孿生的和其他人。要命，我甚至替龍老師擔心。我覺得彷彿整個世界都沉溺在悲傷中。」

我不知道該說什麼。不，不對，其實我知道我想說什麼。我想吶喊，說：**如果整個世界沉溺在悲傷中，我何必回去那樣的世界**？但我知道，不論從哪個角度看，這樣是不對的，而且很軟弱。因此，我只心虛地說：「我們會熬過去的，我們會的。」

「對，我們會熬過去！」她說，語氣堅定。「好，就這樣，妳和我，我們一定可以想出個辦法，揭開奈菲瑞特的眞面目，讓最高委員會看看她有多邪惡。」

「我還是無法相信她們竟然買她的帳，相信她的那些屁話。」我說。

「我也不敢相信。我猜想，說到底，一個死去的人類男孩終究無法取信於她們，敵不過一個女祭司長的話。西斯輸了。」

「奈菲瑞特不再是女祭司長了！可惡，我眞的好氣！現在，不只爲了西斯，還爲了傑克，她必須付出代價。史蒂薇・蕾，我一定會讓她付出代價。」

「無論如何，得有人阻止她。」

「對。」我知道我們說得沒錯，我們必須竭盡所能，不能再讓奈菲瑞特握有權力。但是，光這麼想，我就覺得好累。連我都聽得出來，自己的聲音有多疲憊。我眞的好累，累到了骨頭裡，累到了靈魂深處，眞的、眞的厭倦了跟奈菲瑞特對抗。感覺上，好像我每次好不容易贏了一步，最後又不知怎麼地被擊退兩步。

「喂，妳不會孤單的。」

「謝謝，史蒂薇・蕾，我知道我不孤單。總之，重點不在我，而是在西斯、傑克、安娜塔西亞，以及奈菲瑞特和她的邪惡勢力接下來要殘害的人。我們必須爲他們做該做的事。」

「對，妳說得沒錯。不過，邪惡勢力最近眞的把妳整得很慘。」

「沒錯，但我還站在這裡。許多其他的人就沒有這麼幸運了。」我再次用衣袖抹臉。眞希望手邊有面紙。「說到邪惡、死亡之類的，妳見到了卡羅納嗎？奈菲瑞特絕不可能眞的把他鞭打一頓，然後予以放逐。無論她幹些什麼勾當，他一定有份。這表示，如果她人在陶沙市，他也一定在陶沙市。」

「聽說她眞的對他處以鞭刑。」史蒂薇・蕾說。

「嗯，也對，有可能。表面上他畢竟是她的伴侶，所以她就鞭打他。哇，我多少知道他喜歡痛苦，但他居然願意讓她鞭打，我很訝異。」

「呃，據說他不盡然願意。」

「喔，拜託，奈菲瑞特是很可怕，但如果他不願意，她不可能有辦法這樣子使喚一個不死生物。」

「看來她是可以使喚這個不死生物。她好像能掌控他，因爲，呃，他沒能完成他那卑鄙的使命，殲滅妳。」

我聽得出史蒂薇．蕾試圖把話說得幽默些，所以努力笑了一聲來迎合她。但，我想，我們兩個都知道，幽默並不能克服可怖。

「好吧。不過，妳知道的，被奈菲瑞特使喚來使喚去的，卡羅納一定很不爽。也該是時候讓他嘗嘗不爽的滋味了。」我說。

「我懂妳的意思。我想，卡羅納大概鬼鬼祟祟地潛伏在陶沙市哪個地方，躲在她噁心的陰影下——我的意思是，躲在她的胯下。」史蒂薇．蕾說。

「噁！」這下子，我眞的忍俊不禁，而史蒂薇．蕾也跟著咯咯笑。霎時，我們又是原來那對最要好的朋友，被我們小小世界裡亂七八糟的事情逗得捧腹大笑。可惜的是，這世界上沒那麼好玩的事情很快就侵入我們的腦海，我們的笑聲隨即停歇。我嘆一口氣，說：「所以，妳聽說了很多事，但沒親眼見到卡羅納，對吧？」

「對，不過我會睜大眼睛注意。」

「很好。既然奈菲瑞特跟最高委員會說，她放逐了卡羅納，一百年內不許他回來，如果能逮到那混帳和她在一起，我們就邁出了一大步，可以證明她不是大家所想的那樣。」我說：「喔，對了，妳睜大眼睛的同時，別忘了也往天空瞧。不管卡羅納在哪裡，他那些噁心的鳥兒子最後也一定會出現。我壓根兒不相信他們會突然全部消失。」

「喔，好，我知道。」

「還有，史塔克好像跟我提過，陶沙市出現過一個仿人鴉。有這回事嗎？」我停頓一下，努力回想史塔克所說的話。

「對，有一個仿人鴉出現過那麼一次，後來就沒有人瞧見過。」

史蒂薇．蕾的聲音有點怪，繃得很緊，好像說話有困難。唉，誰能怪她呢？我基本上是把我在夜之屋的職責丟給了她啊。光想到她這陣子得面對傑克和戴米恩的事，我就難過。

「喂，小心一點，好嗎？萬一妳發生什麼事，我會受不了。」我說。

「別擔心，我會小心的。」

「那就好。在這邊，再兩個多小時太陽就下山了。一等史塔克醒來，我們就打包行李，搭第一班飛機回家。」我聽見自己居然這麼說——儘管想到回家我的胃就難受起來。

「喔，柔！我好高興！因爲我不只是需要妳回來，我也好想妳。」

我對著手機微笑。「我也想妳。能回家眞好。」我撒謊。

「妳一知道什麼時候可以抵達，就傳簡訊給我。如果那時我沒待在我的棺材裡睡覺，我會去接妳。」

「史蒂薇．蕾，妳沒有睡在棺材裡。」我說。

「也許我眞可以睡在棺材裡，反正太陽一升起，我就睡得跟死了一樣。」

「對，史塔克也是。」

「嘿，妳的男孩如何？他好一點了嗎？」

「他很好。」我停頓一下，接著說：「事實上，**非常**好。」

果然是我最要好的朋友，史蒂薇．蕾立刻展現好友的靈敏度，聽出我的言外之意。

「喔，不會吧，你們不會已經**做了**吧？」

「如果我說我們**做了**呢？」我可以感覺到自己臉頰發燙。

「那我就要用奧克拉荷馬州的方式，大聲呼喊**唷—呵！**」

「那妳就唷—呵吧。」

「一五一十招來，我要聽所有的細節。」她說，然後打了個大哈欠。

「我會一五一十告訴妳的。」我說：「妳那邊快天亮了？」

「其實剛才天已經亮了。我很快就會暈過去。」

「沒關係，妳去睡覺吧。我們很快就會見面了，史蒂薇．蕾。」

「那就再見嘍。」她邊說邊又打了個哈欠。

我掛上電話，走到床邊看史塔克。他的確睡得跟死了一樣。我真的愛史塔克，這點毋庸置疑。但在這一刻，我真的、**真的**好希望能搖晃他的肩膀，把他像正常人一樣搖醒。但我知道，這是白費工夫，他不可能提早起床的。今天斯凱島的太陽出奇地亮。我的意思是，超級明亮，天上一絲絲雲都沒有。我瞥了一眼時鐘，兩個半小時內他絕無可能腦筋清楚地跟我談話。好吧，起碼我可以利用這個時間整理行李，同時去找女王，跟她報告這個消息——告訴她，沒錯，這個地方讓我覺得好自在，感覺就像我的家，但我得離開了。史迦赫已經決定讓這座島嶼重新——起碼相當程度地——回到真實世界，因爲我讓她的生命重新體會到一些東西。這時，我卻要離開了，將這裡的一切拋在腦後，因爲……

我的腦袋突然看清楚我那喋喋不休的混亂思緒，霎時一切豁然開朗。

「因爲這裡終究不是我的家。」我喃喃地說：「我的家在陶沙市。那裡才是我所屬的地方——」我看著我沉睡的守護人，露出苦澀的微笑——「那裡才是**我們**所屬的地方。」我的直覺告訴我，我這樣想是對的，儘管我明白，回到那裡我會遇到什麼，離開這裡我會失去什麼。

「該是我回家的時候了。」我堅定地說。

「你們說點什麼話吧，什麼話都行，拜託。」我一股腦兒把肚子裡的話講給史迦赫和修洛斯聽後，這樣央求他們。剛才，提起傑克慘死的事，我果不其然再次一把鼻涕一把眼淚。然後，當我叨叨絮絮地說，我必須回家，當個像樣的女祭司長，即使我不是百分之百確定什麼是像樣的女祭司長，他們兩人只是帶著充滿智慧但難以解讀的表情，靜靜地盯著我看。

「好友去世的傷痛，向來不容易承受。這麼早、這麼年輕就過世，更讓人難以接受。」史迦赫好不容易終於開口說話。「我很替妳難過。」

「謝謝妳。」我說：「感覺起來這好像不是眞的。」

「是啊，小姑娘，妳慢慢會接受的。」修洛斯輕聲說：「不過，妳要記住，一個女王由於責任在身，會把悲傷放在一旁。如果心裡充滿哀傷，頭腦就會不清楚。」

「可是，我不認爲我年紀夠大，可以承擔這一切。」我說。

「沒人可以，孩子。」史迦赫說：「在妳離開之前，我要妳仔細考慮一種狀況。之前，妳問我，妳可不可以留在斯凱島，我說，妳儘管留在這裡，直到妳的良知要妳離開。我要妳想明白，現在是妳的良知要妳離開，還是有人設下了圈套——」

「好，請不要說了。」我說：「奈菲瑞特說不定會認爲，我回去是因爲中了她的詭計。但，事實是我必須回陶沙市，因爲那裡是我的家。」我看著史迦赫的眼睛，希望她能夠了解。「我愛這裡。在很多方面，我都覺得，我很適合待在這裡，適合到我很容易就想留下來。但是，就像妳說過的，女神的道路不好走——做出正確的事並不容易。如果我留在這裡，不理會我的家，那麼，我不僅漠視我的良知，更背叛了我的良心。」

史迦赫點點頭，對我的答覆似乎很滿意。「所以，妳要回去的決定，源自一個充滿能量的所在，而非受困於一個充滿詭計的地方，儘管奈菲瑞特不知道這一點。她將會以爲，隨隨便便一個人的死就足以讓妳就範。」

「傑克的死不是隨隨便便一個人的死。」我忿忿地說。

「對妳來說不是。但黑暗的生物爲了自己的利益，可以不假思索地，隨隨便便就殺死一個人。」修洛斯說。

「而由於奈菲瑞特不了解妳回陶沙市是因爲妳選擇遵循光亮和妮克絲之道，她會低估妳。」史迦赫進一步解釋。

「謝謝妳，我會記住這一點的。」我迎視史迦赫清澈、堅毅的目光。「眞希望妳、修洛斯，或其他守護人，有人能跟我回去。有你們在我身邊，奈菲瑞特絕不可能得逞。」

史迦赫立刻說：「如果我離開這座島嶼，一定會在最高委員會之間掀起漣漪。我們之所以能跟她們和平共存數世紀，是因爲我選擇了遠離吸血鬼社會的政治和束縛。如果我加入現代世界，他們就不能假裝我不存在了。」

「如果這是好事呢？我的意思是，在我看來，現在該是最高委員會和整個吸血鬼社會大整頓的時候了。**她們居然相信奈菲瑞特，讓她可以胡亂殺人——殺害無辜的人——而不受制裁。**」我的聲音洪亮而嚴厲，霎時我覺得自己聽起來儼然像個眞正的女王。

「小姑娘，這不是我們的戰爭。」修洛斯說。

「爲什麼不是？對抗邪惡怎麼會不關你們的事？」我質問史迦赫的守護人。

「妳怎會認爲我們在這裡就不是在對抗邪惡？」回答我的人是史迦赫。「妳在這裡已經感受到了古老的魔法。老實告訴我，在此之前，在妳的世界裡，妳可曾有過類似的感受？」

「沒有，不曾有過。」我緩緩地搖頭。

「我們在這裡，一向以來，就是致力於維繫古老之道。」修洛斯說：「而這在陶沙市是辦不到的。」

「你怎麼能確定？」我問。

「因爲那裡已沒有古老的魔法！」史迦赫說，幾乎是在對我咆哮，聲音沮喪。她轉過身去，走到那面觀景窗前——從那兒，我可以看見，夕陽正要沉入斯凱島四周的灰藍海洋。她的背部緊繃挺直，聲音帶著濃濃的哀傷。「在外頭，在你們的世界裡，神祕而美好的古老魔法已經被文明、偏執和遺忘摧毀。在古老魔法的世界裡，黑牛和女神同受尊崇，男女之間的平衡受到尊重，連岩石和樹木都有靈魂和名字。現今的人，無論吸血鬼或人類，卻以爲他們所生存的大地是死物。他們認爲，傾聽靈魂的聲音是錯誤的，甚至是邪惡或野蠻的。於是，一整個生存之道的心靈和高貴已經乾涸、枯萎……」

「但在這裡找到了庇護所。」當史迦赫沉默下來，修洛斯替她說出最後一句話，走到她的身邊。她依舊背對我，但他面向我。修洛斯舉起手，輕輕地碰觸她的肩膀，然後沿著她的手臂往下滑，握住她的手。我看見她的身體對他的碰觸起了反應，彷彿藉由他，她找到了自己的核心。我看見她捏緊他的手，然後放開，轉身面向我。當我們再次四目相接，她已恢復原來高貴、堅強、平靜的模樣。

「我們是古老之道的最後一座堡壘。數世紀以來，我的職責就是保護古代的魔法，所以這片土地依舊神聖。我們崇敬黑牛，尊重他的對手白牛，藉此讓古老的平衡得以維繫，讓這個世界仍有一小塊地方記得。」

「記得？」

「對，記得一段時光。在那段時光裡，榮譽重於自我，而忠誠是必然，不是選項；是本來就在，不是後來添加。」修洛斯鄭重地說。

「可是，我在陶沙市也見到過一些這種傳統。那裡也有榮譽和忠誠，而許多我阿嬤的族人，就是切羅基族，也仍尊敬大地。」

「從某種程度來說，或許如此。但，想想聖樹林吧，想想妳在林子裡所感受到的，想想這片土地是如何對妳說話。」史迦赫說：「我知道妳聽見了。在妳身上，我看到了。在這座島嶼以外的地方，妳眞的有過這樣的經驗嗎？」

「有。」我還來不及想，就脫口而出。「另一個世界的那片樹林，感覺起來跟城堡對面的林子很像。」語畢，我才明白自己在說什麼。忽然間，我懂得史迦赫這番話的意義了。

「就是這樣，對不對？妳在這裡眞的保有妮克絲的魔法。」

「可以這麼說。只是，我在這裡所保有的，甚至比女神古老。妳知道的，柔依，世界還沒有忘記妮克絲。然而，她與陽性的平衡已被遺忘。我怕這樣一來，善與惡、光亮和黑暗之間的平衡也已經失落。」

「沒錯，我們**知道**這種狀況已經發生了。」修洛斯輕聲糾正她。

「卡羅納，他就是失衡的一個現象。」我說：「沒錯，他曾經是妮克絲的戰士。然後，不知怎地，事情出了差錯。當他出現在我們的世界，一連串事情就跟著發生——因為他不該來這裡，他不屬於這裡。」知道這一點，並沒有讓我替他感到遺憾或難過，但我確實開始明白了，何以我多次在他身上察覺到絕望。我很高興自己認知到這一點。而有了知識，我就有力量。

「所以，妳應該懂得我為何不能離開我的島嶼。」史迦赫說。

「我懂了。」我不情願地說：「不過，我仍認為，外面的世界依然有古老的魔法。黑牛曾在陶沙市現身，記得嗎？」

「對，不過那是在白牛先出現之後。」修洛斯說。

「柔依，我很願意相信外面的世界還沒有完全摧毀古老的魔法。所以，有個東西我想交給妳。」

史迦赫舉起手，從脖子上一大串亮晶晶的項鍊中解下其中一條長長的銀鍊。她把這條纖細的鍊子取下，拿到我眼前。銀鍊上垂掛著一顆圓形乳白色石墜，看起來是那麼光滑柔軟，讓我想起椰子口味的救生圈造型的糖果。戰士點燃的火炬映照著石墜，閃閃發亮。這時，我認出這是什麼石頭了。

「這是斯凱島特產的大理石。」我說。

「的確是。這是一塊特殊的斯凱島大理石，稱爲占卜石。五百多年前，有位戰士爲了探求巫術，爬上島上的庫林山，發現了這塊石頭。」

「探求巫術的戰士？這種事不常見吧？」我說。

史迦赫綻開笑容，目光從那塊垂掛在銀鍊上的大理石移到修洛斯臉上。「大約每隔五百年會有一次。」

「對，大概是這樣沒錯。」修洛斯說，同樣微笑看著她。那表情是這麼親密，害我覺得我應該別開頭，不要一直盯著他們。

「依我之見，每五百年就有一位可憐的戰士老兄去探求巫術，已經夠多了。」

聽到他的聲音，我的胃開心地翻騰了一下。我轉過頭，看見史塔克站在一道拱門後面的陰影中，頭髮蓬亂，瞇著眼睛望向從觀景窗透進來的微弱光線。他穿著牛仔褲和T恤，看起來就像原來的他。霎時，思鄉之情湧上我的心頭——這是我返回肉體後，第一次眞正想家。

我就要回家了。想到這一點，我不禁露出笑臉，同時疾步走向史塔克。史迦赫比個手勢，隨即有戰士拉上厚重的窗簾，遮擋住今日最後的陽光。史塔克從陰暗處走出來，把我拉進他的懷裡。

「嗨，我以爲你會再睡一個多小時才醒來。」我說，緊緊抱著他。

「我感覺到妳心裡難過，所以我醒了。」他在我的耳邊低聲說：「此外，我還做了很怪的夢。」

我往後退，好看著他的眼睛。「傑克死了。」

史塔克不敢置信地搖頭，然後他停住，撫摸我的臉頰，長長地嘆一口氣。「原來這就是我感覺到的，妳的悲傷。柔，我很難過。到底發生了什麼事？」

「表面上看來是意外，實際上是奈菲瑞特下的毒手，但沒有人能夠證明。」我說。

「我們何時離開這裡，回陶沙市去？」

我對他微笑，傳達我的感激。這時，史迦赫說：「今晚。我們可以安排，讓你們打包好行李就動身。」

「所以，那是怎樣一塊石頭？」史塔克握住我的手，目光移向史迦赫。

史迦赫再次拎起銀鍊。當我心裡想著，這塊石頭好美啊，它垂掛在鍊子上輕輕旋轉，我的目光被石墜中間那個完美的圓圈所吸引。霎時，我周遭的世界縮小、褪去，我整個人完全專注在石墜中央的圓洞。有那麼一剎那，我透過那個洞瞥見整個房間。

然後，房間消失！

我忍住噁心、暈眩的感覺，透過占卜石的圓洞覷見一個彷彿海底世界的景象。有一些像人的形體在那裡飄移浮動，全都呈現綠松石與黃玉、水晶和藍寶石的顏色。我覺得我看見了翅膀、魚鰭，以及瀑布般披垂的長髮在水裡迴旋。**是美人魚嗎？還是海猴子？我一定瘋了。**我心裡才這麼想，就暈眩過去，躺在地上。

「柔依！看著我！說話呀！」

史塔克一臉驚惶地俯身看著我。他抓住我的肩膀，拼命搖晃我。

「嘿，夠了。」我虛弱地說，試圖推開他，但沒成功。

「讓她慢慢地呼吸。她一會兒就沒事了。」史迦赫以超級平靜的口吻說道。

「她昏倒了，這不尋常。」史塔克說，仍抓著我的肩膀，但不再搖得我頭暈目眩。

「我清醒得很，而且我人在這裡。」我說：「扶我坐起來。」

史塔克皺起眉頭，顯示他不想這麼做，但他還是聽從了我的吩咐。

「喝下這個。」史迦赫遞過來一盅紅酒，湊到我的鼻子下方。我聞得出來，裡頭摻了很濃的血。我接過酒盅，咕嚕咕嚕喝下。這時，她接著說：「一名女祭司長第一次運用占卜石的力量，昏倒是正常的，特別是在沒有心理準備的情況下。」

喝下血酒後（嗯，但眞好喝），我覺得好多了。我對她揚起眉毛，並站起來。「妳不能先幫我做好心理準備嗎？」

「能。不過，占卜石只對某些女祭司長起作用。如果妳先知道了，萬一對妳不起作用，妳心裡不是很受傷嗎？」修洛斯說。

我撫摸著我的臀部。「我想，我寧可冒著心裡受傷的風險，也不想要屁股受傷。好吧，我到底看見了什麼？」

「妳覺得看起來像什麼？」史迦赫問。

「我從那個小洞看見了一個奇怪的水族箱，像是海底世界。」我朝占卜石指了指，但小心不去看它。

史迦赫綻開笑容。「好，那麼，之前妳在哪裡見過那樣的生物？」

我眨著眼睛，驀然明白。「樹林！他們是水精靈。」

「沒錯。」史迦赫點點頭。

「所以，這就像是魔法探測器？」史塔克問，斜眼瞥了那塊石頭一眼。

「是的，如果使用它的女祭司長具備對的法力。」史迦赫拿高銀鍊，掛在我的脖子上。

占卜石貼在我的胸前，溫溫熱熱的，彷彿它是活的。

「透過這塊石頭眞的可以找到魔法？」我恭敬地把手放在石頭上。

「只有一種。」史迦赫說。

「水的魔法？」我問，一頭霧水。

「重要的不是哪種元素，而是魔法本身。」修洛斯說。

我的臉上顯然布滿問號，但在我說「啥」之前，史迦赫解釋道：「占卜石只跟最古老的魔法呼應，也就是我在這座島上所保護的那種魔法。我把它給妳，是希望妳回去後可以辨認出眞正的古老魔法，如果它眞的仍存在外頭那個世界的話。」

「如果她找到那種魔法，她該怎麼做？」史塔克問，仍然只敢怯怯地瞥那塊石頭一眼。

「歡喜或逃跑，看妳發現的是什麼。」史迦赫說，面露苦笑。

「注意啊，小姑娘，把妳的戰士送到另一個世界，並讓他成爲妳的守護人的，就是那古老的魔法。」修洛斯說：「這種魔法還沒被文明削弱。」

我握住占卜石，想起那塊名爲席歐奈基——靈之座——的大石板，想起修洛斯站在史塔克頭頂，整個人出神，一次又一次割他，他的血沿著石板古老的繩結雕紋往下流淌。忽然，我發現我在顫抖。

接著，史塔克溫暖、強壯的手握住我的手。我抬起頭，看見他的眼睛堅定地看著我。

「別擔心，我會跟妳在一起。不管是該逃跑，還是該歡喜，我們都會在一起。柔，我永遠會守護著妳。」

至少，在那一刻，我覺得很安全。

16 史蒂薇．蕾

「她眞的要回來了？」

戴米恩的聲音是那麼輕柔、虛弱，史蒂薇．蕾得彎下腰，才能聽見他的話。他的眼神呆滯而空洞，她看不出來，這是因爲醫護室的成鬼特別爲他調製的，摻了血的藥發生了作用，還是因爲他仍處於驚嚇狀態。

「當然。柔已經搭第一班飛機出發了。大概再三個小時吧，她就會回到家。如果你要的話，可以跟我到機場接她和史塔克。」史蒂薇．蕾在床沿坐下，以便撫摸女爵的頭，因爲這隻金黃色的拉布拉多犬就蜷縮在戴米恩身邊。戴米恩沒有反應，只是呆望著前方的牆壁。她只好再一次拍拍女爵的頭。女爵有氣無力地拍打尾巴兩下，當作回應。「妳是隻很乖的狗，眞的好乖。」史蒂薇．蕾告訴她。女爵睜開充滿感情的眼睛，看史蒂薇．蕾一眼，但她沒有如往常那樣開心地輕吠幾聲，尾巴也沒有再拍打。史蒂薇．蕾皺起眉頭。女爵是不是變瘦了？「戴米恩，親愛的，最近女爵有吃東西嗎？」

他眨巴著眼睛看她，一臉茫然，然後轉頭看蜷縮在身邊的狗。這時，他的眼神終於開始變清澈。但在他開口之前，史蒂薇・蕾的身後就傳來奈菲瑞特的聲音——而史蒂薇・蕾根本沒聽見她走進房間。

「史蒂薇・蕾，戴米恩此刻的感情非常脆弱，不該讓他操心餵狗這種瑣碎的事，或是像個管家，忙著去機場接一個雛鬼。」

奈菲瑞特大搖大擺地從史蒂薇・蕾身邊掠過，像個母親似地，關切地俯身看戴米恩。史蒂薇・蕾本能地站起來，後退數步。她可以發誓，在奈菲瑞特那身絲質長衫的裙襬周圍，陰影之中有東西在搏動，並開始朝她的方向爬來。

女爵也出現類似的反應。她從戴米恩的大腿邊往後退，安靜地蜷縮在床尾，擠在仍沉睡不醒的貓咪旁邊。但她那雙眼睛始終緊緊盯著戴米恩，眨也不眨一下。

「什麼時候去機場接朋友成了管家的工作？還有，相信我，我很清楚男管家該做些什麼事情。」

史蒂薇・蕾轉頭瞥向門口，看見愛芙羅黛蒂忽然出現在那裡。

這簡直莫名其妙，我不敢相信——難不成我真的那麼不清醒，所以什麼都沒聽見嗎？史蒂薇・蕾不禁納悶。

「愛芙羅黛蒂，我有一件事要告訴妳，而這房間裡其他人也正好可以聽聽。」奈菲瑞特說，語氣威嚴，彷彿君臨天下。

愛芙羅黛蒂一手叉腰，說：「是嗎？什麼事？」

「我已經決定，傑克的葬禮應該把他當作已蛻變的成鬼來對待。今晚，等柔依抵達夜之屋，就點燃他的火葬柴堆。」

「妳在等柔依？為什麼？」史蒂薇．蕾問。

「當然因為她是傑克的好朋友。不過，更重要的是，在我被卡羅納迷惑的那段混亂期間，柔依曾經扮演傑克的女祭司長。幸好那段不幸的日子已經過去了，但由柔依來點燃傑克的火葬柴堆還是最合宜。」

史蒂薇．蕾心想，實在太可怕了，奈菲瑞特正在編織陰謀和謊言，她那雙美麗的綠色眼睛看起來竟可以這麼誠懇。她好想對這位特西思基利之后尖叫，說她知道她的祕密，說卡羅納就在陶沙市，被她控制著，而不是他控制著她。奈菲瑞特根本不曾被他迷惑，受他左右。她打從一開始就很清楚卡羅納是誰，有什麼能耐。她根本是睜眼說瞎話。

但史蒂薇．蕾自己的祕密梗在喉嚨，阻止她說出這些話。她聽見愛芙羅黛蒂深吸一口氣，彷彿準備好好痛罵奈菲瑞特一頓。但這時，戴米恩轉移了大家的注意力。他以手掩面，開始哭泣，哽咽地說：「我—我就是不—不能了解，他怎麼會就這樣走了。」

史蒂薇．蕾繞過奈菲瑞特，擠了過去，把戴米恩擁入懷裡。她很高興見到愛芙羅黛蒂大步走到床的另一邊，將手搭在戴米恩因抽泣而上下起伏的肩膀上。她們兩人都瞇起眼睛，對奈菲瑞特投以不信任和厭惡的目光。

奈菲瑞特的面容依舊悲傷，但很平靜，彷彿她了解戴米恩的悲慟，但讓他的情緒輕輕拂過，不讓自己受到影響。「戴米恩，我這就離開，讓你的朋友安慰你。柔依的飛機會在今晚九點五十八分抵達陶沙市國際機場。我已經安排好，會備妥火葬柴堆，午夜十二點整點燃，因為那是吉時。到時候再跟你們見面。」奈菲瑞特走出房間，輕輕關上身後的門，彈簧門彈入卯眼的喀噠聲輕到幾乎聽不見。

「滿嘴謊言的可惡賤人！」愛芙羅黛蒂壓低聲音說：「她幹麼裝得這麼和善啊？」

「她一定別有居心。」史蒂薇．蕾說。

「我辦不到。」戴米恩說。他本來趴在史蒂薇．蕾的肩頭哭泣，這時忽然坐直身子，往後退開，頭不停地前後搖晃。他已不再抽泣，但淚水仍持續滑下臉龐。女爵爬到他身旁，趴在他的大腿上，鼻子朝上貼近他的臉頰。坎咪也緊緊依偎在他的另一邊。他一手摟著金黃色的大狗，另一手摟著他的貓。「我無法跟傑克道別，也無法再去應付奈菲瑞特的把戲。」他看看史蒂薇・蕾，再看看愛芙羅黛蒂。「我現在了解為什麼柔依的靈魂會粉碎了。」

「不，不，不！」愛芙羅黛蒂俯身過去，用手指輕撫戴米恩的臉頰。「我**不要**再面對那種壓力了。傑克死去已經夠糟了，非常地糟。你可一定要好好的啊。」

「為了我們，」史蒂薇・蕾對愛芙羅黛蒂使了一個**要溫柔一點**的眼色，以更柔和的語氣說：「你得為了你的朋友好好保重自己。我們失去了傑克和西斯，還差點失去柔依。我們不能再失去你。」

「我無法再對抗她了。」戴米恩說：「我沒有心了。」

「你的心還在，」史蒂薇・蕾輕聲說：「只是破碎了。」

「會修補起來的。」愛芙羅黛蒂補上一句，語氣還算溫柔。

戴米恩看著她，雙眼泛著淚光。「妳怎麼知道？妳的心又沒破碎過。」他把視線移向史蒂薇・蕾。「妳也沒有過。」戴米恩說話時，眼淚愈流愈快，撲簌簌地一直滑下臉龐。「別讓妳們的心破碎，因為眞的好痛。」

史蒂薇・蕾努力嚥了嚥口水。她無法告訴他——無法告訴他們任何人——她愈關心利乏音，她的心就一天比一天破碎。

「柔依失去西斯，但她熬過來了。」愛芙羅黛蒂說：「如果她辦得到，戴米恩，你也辦得到。」

「她真的要回來了？」戴米恩重複一開始的問題。

「對。」愛芙羅黛蒂和史蒂薇．蕾異口同聲地說。

「好，太好了。有柔依在，會好一些的。」戴米恩說，依舊摟著女爵，而坎咪緊緊貼在他身旁。

「喂，女爵和坎咪看起來該吃點東西了。」愛芙羅黛蒂說。史蒂薇．蕾驚訝地睜大眼睛，看著她伸出手，小心翼翼地拍了拍大狗的頭。「我看這裡沒有狗食，而坎咪吃的東西也變得乾巴巴了。老實說，我那隻梅蕾菲森對不新鮮的食物連看都不看一眼呢。這樣吧，我讓達瑞司幫我拿一些食物來給他們？或者，如果你想獨處，我可以把坎咪和女爵都帶走，替你餵他們。」

戴米恩一聽，兩眼圓睜，說：「不！別把他們帶走。我要他們留在這裡陪我。」

「好，好，沒問題。那就叫達瑞司去張羅女爵的狗食。」史蒂薇．蕾說，不懂愛芙羅黛蒂到底在想什麼。戴米恩此時絕對離不開他們兩個啊。

「女爵的食物和其他東西都在傑克的房裡。」戴米恩說著，又啜泣一下。

「你要我們把她所有的東西都拿來這裡嗎？」史蒂薇．蕾問，握住戴米恩的手。

「好。」他低聲說。忽然身體一震，臉色突變，變得更加慘白。「還有，別讓他們丟掉傑克的東西！我一定要看到那些東西！我得先仔細檢視過！」

「這點我比你先想到了。我絕不會讓那些成鬼把魔爪伸入傑克那麼棒的收藏品。我已經叫孿生的負責將他的東西裝箱，偷偷拿走了。」愛芙羅黛蒂說，一臉得意洋洋。

霎時戴米恩彷彿忘了他的世界充滿了悲劇，差點笑出來。「妳叫孿生的做事？」

「對。」愛芙羅黛蒂說。

「妳付出什麼代價？」史蒂薇．蕾問。

愛芙羅黛蒂臉一沉，說：「兩件Hale Bob新上市的衣服。」

「可是，我想，他們的春裝應該還沒上市。」戴米恩說。

「A說：你又知道了？B說：如果你夠有錢，老媽又『認識』某人，永遠能比別人早一步拿到新款。」她說到「認識」兩字時，在空中比出引號。

「誰是Hale Bob？」史蒂薇．蕾問。

「噢，拜託。」愛芙羅黛蒂說：「反正妳跟我來吧，來幫我拿狗的東西。」

「妳的意思應該是由我負責拿，對吧？」

「沒錯。」愛芙羅黛蒂俯身親吻戴米恩的頭頂，自然得彷彿她每天都這麼做。「我去拿狗和貓的食物來。喔，對了，要不要我也把梅蕾菲森帶來？她——」

「不要！」戴米恩和史蒂薇·蕾異口同聲地說，語氣驚恐。

愛芙羅黛蒂忿忿地抬高下巴。「不出所料，除了我以外，沒人了解這麼出色的貓。」

「一會兒見嘍。」史蒂薇·蕾告訴戴米恩，親吻他的臉頰。

走到走廊，史蒂薇·蕾對愛芙羅黛蒂皺起眉頭。「說眞的，就算是妳，也不可能不知道把那隻貓和那隻狗帶離開他身邊是不行的。」

愛芙羅黛蒂翻了翻白眼，把頭髮往後甩。「白癡，我當然知道。而且我知道，我這麼一說一定會讓他恐慌起來，逼得他頓時從無法思考的超級悲傷狀態抽離出來。結果果然如此。達瑞司和我會把食物帶回來給樓上的貓狗動物園。另外，我們會順道彎進用膳堂，外帶一些東西給自己吃，也讓戴米恩多少吃進一點東西。他太娘，沒那個膽把我們踢出來，或者硬要我們自己吃。這樣，戴米恩目睹傑克火葬之前，起碼肚子裡已經塡了點東西。」

「奈菲瑞特一定在打什麼鬼主意，而且是很惡劣的主意。」史蒂薇·蕾說。

「這還用說？」愛芙羅黛蒂說。

「至少這一次是當著眾人的面。她總不能，呃，比方說，當眾殺柔依。」

愛芙羅黛蒂一臉不屑地對史蒂薇·蕾揚起眉毛。「奈菲瑞特可是當著眾人的面放出卡羅納，殺害雪姬娜，還兩度命令百發百中的神箭手殺人——一次殺妳，另一次殺柔。所以，說眞的，鄉巴佬，別這麼傻了。」

「嗯，他射殺我的那一次，情況特殊，情有可原。至於奈菲瑞特命令史塔克射殺柔那一次，可不是在全校面前，而是在我們和一群修女面前。並且，現在她把這兩件事推到卡羅納頭上，說是他要她這麼做的。今晚她總不能又拿卡羅納當藉口。只是，沒錯啦，這些都仍只有我們知道，而沒有人會聽我們這些小鬼頭或修女的話。」

「難道妳有片刻懷疑過奈菲瑞特的能耐？她今晚仍然可以爲所欲爲，卻設計得讓自己看起來跟嬰兒一樣純潔無辜。」愛芙羅黛蒂打住話語，露出厭惡的表情。「天哪，我眞受不了嬰兒——嗯——吐奶、餵食、把屎把尿之類的。而且，他們會折騰得妳——」

「是嗎？」史蒂薇．蕾打斷她的喋喋不休。「我可不是在跟妳聊小寶寶的問題欸。」

「我只是打個比方呀，笨蛋。總之，再過幾個小時我們肯定會遇上好戲。所以，妳要幫柔做好心理準備。我呢，會想辦法把戴米恩撐起來，免得他今晚癱掉，整個人泡在鼻涕和眼淚當中。」

「說眞的，妳用不著在我面前假裝『我壓根兒不在乎戴米恩』，我剛剛已經看到妳**親吻他的頭頂**。」

「在我往後漫長、精彩的人生裡，我會否認這件事。」愛芙羅黛蒂說。

「愛芙羅黛蒂，妳能不能別這麼自戀？」

史蒂薇．蕾和愛芙羅黛蒂戛然停下腳步，因爲克拉米夏忽然從女生宿舍門廊邊的陰暗角落站出來。

「我看，我得去檢查檢查眼睛了。現在，我經常看不見人，除非她已經在我眼前忽然冒出來。」史蒂薇．蕾說。

「不是妳的問題，」愛芙羅黛蒂冷冷地說：「是克拉米夏的問題。她全身黑不溜秋，門廊角落又黑漆漆，難怪我們看不見她。」

克拉米夏站得挺直，斜睨著愛芙羅黛蒂。「不，妳不可以——」

「喔，拜託，省省吧。」愛芙羅黛蒂理都不理她，倏地擦過她身邊，走到宿舍門口。

「什麼偏見啦，壓迫啦，男性啦，劈里啪啦……唉，眞想打哈欠。我才是這裡最弱勢的弱勢族群。所以，別想戴我帽子。想都別想。」

克拉米夏眨巴著眼睛，表情跟史蒂薇．蕾一樣震驚。

「呵，愛芙羅黛蒂，」史蒂薇．蕾說：「妳長得像芭比娃娃，怎麼可能是弱勢族群？」

愛芙羅黛蒂指著自己的前額——那兒一片空白，沒有記印。「**人類**處於擠滿雛鬼和成鬼的校園等同於弱勢族群。」她打開門，扭腰擺臀走進宿舍。

「那女人根本不是人類。」克拉米夏說：「我會說她比較像一隻瘋狗。不過，我不想冒犯狗。」

史蒂薇·蕾嘆一口氣，一副已經忍耐很久的表情。「我知道，妳說得對。即便是她很友善的時候，她也很不友善──對她自己。妳知道我在說什麼吧？。」

「不知道。不過，話說回來，史蒂薇·蕾，妳最近常常不知道在說什麼、做什麼。」克拉米夏說，頭上那頂復古鮑伯髮型的黃色假髮顯得很搶眼。

「妳知道嗎？我現在不想聽妳說這些話。**再說**，我不曉得妳在說什麼。**再說**，此刻我也不在乎。待會兒見，克拉米夏。」史蒂薇·蕾邁步要從她身邊走過去，但克拉米夏橫跨一步，堅決地擋住史蒂薇·蕾的路。她抬手把假髮翻翹起來的邊邊撫順，說：「妳犯不著用這種可恨的口氣跟我說話。」

「我的口氣不可恨，我是氣惱和疲憊。」史蒂薇·蕾說。

「不，是可恨，而且妳自己心裡明白。妳不該成天撒謊，這不是妳的強項。」

「很好，那我就不要撒那麼多謊。」史蒂薇·蕾清清喉嚨，身體微微抖了抖，彷彿一隻被春雨淋溼的貓咪，然後裝出一個大笑臉，以超級輕快的語氣重新來過──「嗨，女友，真高興見到妳，不過我現在得走了！」

克拉米夏揚起眉毛。「第一，別說『女友』，聽起來很像老電影《獨領風騷》裡頭的妞兒，就是喜歡把醜女改造成高人氣女孩的那個金髮美女和她的朋友。這樣．很．不好。第二，妳現在不能走，因爲我要給妳——」

「克拉米夏！」史蒂薇．蕾猛搖頭，往後退，躲開克拉米夏伸手遞過來的紫色紙張。「我只是一個人！除了已經惹上的狗屎風暴——原諒我說髒話——我現在無法再應付其他事。麻煩妳把預言詩留給妳自己。至少等柔回來，安頓好，並幫我確保戴米恩不會從附近哪棟高樓的樓頂往下跳，再說。」

克拉米夏瞇著眼睛看她。「可惜妳不只是一個人。」

「妳到底在說什麼？我當然只是一個人。拜託，我還眞希望我有很多分身呢。這樣，我就可以同時看著戴米恩，確保龍老師不會突然抓狂，準時趕到該死的機場接柔依並且設法搞清楚她是怎麼一回事，找點該死的東西來吃，以及開始應付今晚的大事：奈菲瑞特準會在傑克的葬禮上造成超級混亂的局面。喔，對了，還有一個我或許可以去洗個長長的泡泡澡，聆聽我最愛的鄉村歌手肯尼．薛士尼的歌曲，並趁機把《鐵達尼號沉沒記》的結局看完。」

「《鐵達尼號沉沒記》？妳是說我去年在文學課讀的那本書？」

「對。我死去又復活的時候，我們才開始要讀這本書，所以我一直沒機會好好讀完。我還挺喜歡這本書的。」

「來，我來幫妳——**船沉沒，他們死了**。結束。好，現在，我們可以換個比較重要的話題嗎？」她再次拿起那張紫色的紙。

「對，討厭鬼，我的確知道結局，但這不代表這個故事不精彩。」史蒂薇．蕾將散落在臉龐的一綹惱人的鬈髮捋到耳後。「妳說我不擅長撒謊？好，給妳聽眞話。用我媽的話來說，我盤子裡已經有太多東西，連再多一塊炸雞都吃不消。所以，咱們先把預言詩的事擱置一會兒吧。」

沒想到克拉米夏往前跨一大步，入侵史蒂薇．蕾的私人空間，並抓住她的肩膀，把她嚇了一大跳。克拉米夏直視她的眼睛，說：「妳不只是一個人，妳是女祭司長，**紅**女祭司長。全世界絕無僅有的唯一一個。這代表妳得承擔壓力，許許多多壓力。尤其現在奈菲瑞特肯定會興風作浪。」

「我知道，可是——」

克拉米夏用力掐住她的肩膀，打斷她的話。「傑克死了。我們不曉得誰會是下一個。」說著，我們這位桂冠詩人眨了幾下眼睛，皺起眉頭，傾身向前，頭湊近史蒂薇．蕾的臉，抽著鼻子用力吸氣。

史蒂薇・蕾甩開鉗住她肩膀的手，往後退兩步。「妳在聞我？」

「對，妳的氣味怪怪的。之前妳在醫護室時我就注意到了。」

「所以呢？」

克拉米夏端詳著她。「所以，這氣味讓我想起什麼。」

「想起妳媽媽啊？」史蒂薇・蕾強作鎮定。

「別扯到她。對了，妳等一下要去哪裡？」

「我本來要幫愛芙羅黛蒂找東西來餵戴米恩的貓和女爵，然後我得去機場接柔，並告訴她，今晚，奈菲瑞特決定閃一邊，由她來點燃傑克的火葬堆。」

「對，我們都聽說這事了。我總覺得不對勁。」

「妳是說由柔依點燃傑克的火葬堆不對勁？」

「不，我是指奈菲瑞特讓她做這件事。」克拉米夏搔了搔頭，黃色假髮隨之左右移動。「所以，這樣吧：讓愛芙羅黛蒂去處理戴米恩的事，妳呢，就到那邊——」她打住話語，伸出一根塗著金色指甲油的纖長手指，指向環繞著夜之屋校園的樹——「再去做跟大地溝通、發出綠光的事。」

「克拉米夏，我現在沒空做這個。」

「我還沒說完。在世界天翻地覆之前，妳必須先補充能量。是這樣的，我不確定柔依已準備好面對今晚的事。」

這次，對克拉米夏和她強硬的態度，史蒂薇．蕾沒有置之不理，反而躊躇起來，想了想她說的話。「妳或許說得對。」史蒂薇．蕾緩緩地說。

「她其實不想回來。妳知道的，對吧？」克拉米夏說。

史蒂薇．蕾聳了一下肩膀。「換是妳，妳會想回來嗎？畢竟她最近受那麼多折磨。」

「我想我不會回來，所以我才要跟妳提這件事，因爲我了解那種感覺。但柔依並不是唯一最近受到很多折磨的人。我們當中有些人現在依然在承受痛苦。我們都必須學著去面對，而且去處理。」

「喂，她馬上要回來了──也就是說，她已經在處理了。」史蒂薇．蕾說。

「我不只是在說柔依的事。」克拉米夏把從筆記本撕下的那張紙對半摺，遞給史蒂薇．蕾。她不情願地收下。當她嘆一口氣，準備把紙張打開時，克拉米夏搖了搖頭，說：「妳不需要在我的面前讀。」史蒂薇．蕾滿臉疑惑地看著桂冠詩人。「聽著，現在，我要以桂冠詩人的身分對我的女祭司長說話，所以妳必須好好地聽。拿著這首詩，到樹那邊，在那裡讀，並好好地思考一下。無論妳發生了什麼事，妳現在都必須改變了。史蒂薇．蕾，這是第三首對妳提出警告的詩，妳不能繼續無視於眞相了，因爲妳的所作所爲不只會影響到妳自己。妳有在聽嗎？」

史蒂薇．蕾深吸一口氣。「有，我在聽。」

「很好，現在就去那邊吧。」克拉米夏轉身，開始要走進宿舍。

「喂，妳可不可以幫我跟愛芙羅黛蒂說一聲，我有事要做，所以先不進宿舍了？」

克拉米夏回過頭來對史蒂薇．蕾說：「好，不過妳欠我一頓紅龍蝦餐廳的晚餐。」

「好，沒問題。我也喜歡這家餐廳。」史蒂薇．蕾說。

「菜色隨我點喔。」

「當然隨妳點。」史蒂薇．蕾喃喃地說，再次嘆一口氣，走向那排樹。

17 史蒂薇．蕾

這些老橡樹位於校園靠尤帝卡街這一側的圍牆邊，以及通往學校大門的那條小徑上。站在樹下，史蒂薇．蕾讀了一遍那首詩，不完全確定詩中的意思。不過，她很確定克拉米夏說得對——她不能再無視於眞相，而且她必須改變了。困難的是，她不確定自己還能找到眞相，更不曉得如何改變。她低頭盯著那張紙。她的夜視能力非常好，毋需走出樹下的陰影，也看得清清楚楚。

「俳句總是讓人一頭霧水。」她嘟噥著，再次閱讀那三行詩句。

你得告訴心
遮蓋祕密會窒息
自由：他選擇

詩中談的仍是利乏音，還有她。克拉米夏的預言詩又一次談到他們。史蒂薇・蕾一屁股坐在大樹下，背倚著樹皮粗糙的樹幹，從橡樹釋出的力量汲取些許安慰。**我應該跟我的心說話。可是，我該告訴它什麼？還有，我知道隱瞞祕密快讓我窒息了，但沒人可以讓我訴說利乏音的事啊。自由是指他選擇的自由嗎？沒錯，應該是，但他老爸對他的箝制太緊了，他根本不曉得他能夠選擇。**

史蒂薇・蕾心想，眞是諷刺啊，沒想到古代的不死生物和他那半鳥半不死生物的兒子之間，竟然也是這種老掉牙的父子關係。她知道的孩子，很多人就有這種混帳老爸。卡羅納一直把利乏音當作奴隸對待，並讓他對自己產生扭曲的認識。利乏音受困於這種處境的時間太久了，久到他把這一切視爲必然，根本沒有想到這樣是不對的。

當然，她和利乏音的關係也是一團糟——她不但和他烙了印，還因爲她對黑牛承諾的債，而永遠和利乏音綁在一起。

「嗯，不是眞的只因爲對黑牛的承諾。」史蒂薇・蕾喃喃自語。在那之前，她就已被他吸引。「我—我喜歡他。」她支支吾吾地說，即便黑夜闃寂，只有樹木在聆聽。「但願我知道，這只是因爲我們之間烙印了，還是因爲在他裡面眞的有什麼東西，或有怎樣一個人値得我喜歡。」

她坐在那裡，抬頭盯著冬天光禿的枝椏和那裡的蜘蛛網。然後，既然已經對樹木吐露心事，她乾脆繼續說：「實情是我不應該再跟他見面了。」光想到萬一龍老師發現她救了殺害安娜塔西亞的凶手，並和他烙印，她就既害怕又難過。「或許詩中所說的自由，是指如果我不再跟利乏音見面，他就會選擇離開。而如果我們分開，說不定烙印就會逐漸消褪。」但是，光這個念頭也一樣讓她既難過又害怕。「眞希望有人可以告訴我該怎麼做。」她滿心懊惱，用手撐著下巴。

彷彿爲了回應她，夜風傳來哭泣聲。史蒂薇·蕾皺眉，起身，歪著頭，豎起耳朵，仔細聆聽。沒錯，的確有人哭得很傷心。她一點也不想去尋找哭聲的來源。事實上，最近以來，她聽到的哭聲已經太多了。但是，此刻那哭聲是這麼傷心，這麼悲慟，她無法聽而不聞——而且這樣很不應該。所以，史蒂薇·蕾讓哭聲帶領她走上小徑，朝小徑盡頭學校入口的黑色大鐵門走去。

一開始，她不明白自己看到什麼。然後，她看得出來，在夜之屋的大門外，有個婦人在哭泣。當史蒂薇·蕾再走近些，她看到婦人跪在鐵門前，靠門的右邊，正在把什麼東西斜靠在石柱上。嗯，那東西看起來像喪禮常見的大花圈，由塑膠做的粉紅色康乃馨和綠色枝葉編成，花圈前方還有一根已經點燃的綠色蠟燭。那婦人一邊哭，一邊從口袋拿出一張照片。就在那婦人把照片拿到唇邊親吻時，史蒂薇．蕾看見了她的臉。

「媽媽！」

她的聲音小得近乎耳語，但媽媽隨即抬起頭，眼睛瞥向史蒂薇．蕾。

「史蒂薇．蕾？寶貝？」

一聽見媽媽的聲音，原本糾結在史蒂薇．蕾胸口的那個結立刻鬆開。她跑向鐵門。一心只想奔向母親，史蒂薇．蕾輕而易舉地攀上石牆，跳到牆外。

「史蒂薇．蕾？」她又問了一次。這次是充滿疑惑的喃喃低語。

史蒂薇．蕾激動得說不出話，只點點頭。這時，噙在眼眶裡的淚水開始撲簌簌地滴落，滑下臉龐。

「噢，寶貝，我好高興還能見妳一面。」媽媽用抓在手上的老式手帕擦臉，顯然努力制止自己再哭。「寶貝，不管妳現在在哪裡，妳快樂嗎？」沒等史蒂薇．蕾回答，她繼續往下說，同時一直緊盯著史蒂薇．蕾的臉，彷彿想牢牢記住她的模樣。「我好想妳。我之前就一直想來，給妳送來花圈、蠟燭和妳這張八年級拍的照片，但冰風暴讓我來不了。等道路重新開放，我卻又不忍心來，因爲一旦來這裡給妳留下這些東西，就好像這一切眞的結束了，妳眞的**死**了。」那個字，她說不出口，只用嘴形表示。

「噢，媽媽！我也好想妳！」史蒂薇．蕾衝進她的懷抱，將臉埋入媽媽那件藍色絨毛外套，吸吮著家的氣味，哭得心都要碎了。

「沒事，沒事，寶貝，不會有事的，妳會發現一切都沒事。」她死命地抱緊女兒，不停地拍著她的背，安慰她。

彷彿過了好幾個小時，史蒂薇．蕾終於抬頭看著媽媽。維吉妮雅．金妮．強生滿臉是淚，但掛著微笑。她親吻女兒，先是親額頭，然後輕輕地親一下她的嘴唇。接著，她把手伸進外套口袋，拿出另一條摺疊得整整齊齊的手帕。「幸好我多帶了一條。」

「謝謝，媽，妳一向都有萬全準備。」史蒂薇．蕾咧開嘴笑，用手帕抹了抹臉，然後擤鼻涕。「妳該不會還帶了碎巧克力餅乾來吧？」

媽媽蹙起眉頭。「寶貝，妳怎麼吃東西？」

「用嘴巴吃啊，跟平常一樣。」

「寶貝，」她說，表情愈來愈困惑，「我不在乎妳**穿越靈界跟我溝通**。」強生媽媽說後半句話時，那語氣彷彿在講什麼玄虛的事情，兩手還試圖比出神祕的手勢。「我很高興能再次見到我的女兒，但我必須承認，我還得花一些時間才能接受妳已變成鬼魂，尤其是那種會流眞正的眼淚，還能吃東西的鬼。因爲這實在太匪夷所思了。」

「媽，我不是鬼。」

「那妳是什麼幽靈嘍？無論妳變成什麼，寶貝，我不在乎，我依然愛妳。如果妳流連在人間的目的，是爲了讓我能看到妳，那我就常常來。我只是得問一聲，才能確定妳的意思。」

「媽，我沒死——呃，不再是死的。」

「寶貝，妳是不是經歷了什麼超自然經驗？」

「媽，這不好解釋，妳很難想像。」

「所以，妳沒死？根本沒死？」強生媽媽問。

「對，沒死，而我眞的不曉得這是怎麼一回事。我一度好像死了，但隨後又活過來，而現在，我有了這個。」史蒂薇．蕾指著自己臉上由藤蔓和樹葉圖案所構成的紅色刺青。「看來我是有史以來第一個紅吸血鬼女祭司長。」

強生媽媽原本不再哭了，但聽了史蒂薇．蕾的說明，淚水再次盈滿眼眶，並撲簌簌流下來。「沒死……」她邊啜泣邊喃喃地說：「沒死……」

史蒂薇．蕾再次撲進媽媽的懷裡，緊緊抱住她。「對不起，我沒有先去找妳，主動告訴妳。我很想找妳，眞的、眞的很想。只是，剛復活時，我不再是原來的我。接著，學校有壞蛋逞凶，鬧得天翻地覆，我脫不了身，而且我不能就那樣打個電話給妳。我的意思是，妳怎麼打電話給妳媽媽，說：『嗨，別掛電話，眞的是我，我不再是死人了。』我想，我根本不曉得該怎麼做。對不起，對不起，對不起。」她閉上眼睛，盡其所能地拼命抱緊媽媽。

「喔，沒關係，沒關係的。重要的是妳人在這裡，平安沒事。」媽媽稍微拉開史蒂薇·蕾，同時擦了擦眼睛，仔仔細細地端詳她。「妳沒事，對吧，寶貝？」

「我沒事，媽。」

強生媽媽伸手托起史蒂薇·蕾的下巴，強迫女兒看著她的眼睛。然後，她搖搖頭，用那熟悉、堅定的母親的口吻說：「跟媽媽說謊很不好喔。」

史蒂薇·蕾不知道該說些什麼。她凝視著媽媽，心中守住祕密、謊言和思慕的堤壩開始一點一點崩塌。

強生媽媽兩手各握住女兒的一隻手，注視著她的眼睛。「我愛妳，我人就在這裡。跟我說吧，寶貝。」她輕聲說。

「我很不好，」史蒂薇·蕾終於控制不住自己，「非常不好。」

媽媽的聲音充滿慈愛和溫暖。「寶貝，沒有什麼比妳死掉還不好。」

就是這句話——媽媽無條件的愛——讓史蒂薇·蕾下定決心。她深吸一口氣，衝口而出：「我跟一個怪物烙印了，媽。這個生物半人半鳥，做過壞事，眞的很壞的事，甚至殺了人。」

強生媽媽的表情沒有絲毫改變，但雙手更用力握住史蒂薇．蕾的手。「這個生物在這裡嗎？在陶沙市？」

史蒂薇．蕾點點頭。「對，不過他躲起來了。夜之屋沒人知道他和我的事。」

「連柔依都不知道？」

「對，尤其不能讓柔依知道，她會抓狂的。天哪，媽，任何人知道了都會抓狂的。我知道我會被發現，一定會的，但我實在不知道該怎麼辦。實在太可怕了。所有的人都會討厭我，沒有人會了解的。」

「不是所有的人都會討厭妳，寶貝。有我呀。」

史蒂薇．蕾嘆一口氣，擠出笑容。「可是，妳是我的媽媽啊，愛我是妳的職責。」

「朋友也有責任愛妳啊，如果他們是眞正的朋友。」強生媽媽停頓一下，然後緩緩地說：「寶貝，妳是不是受制於這個生物？我的意思是，我對吸血鬼的事情所知不多，但所有人都知道，跟吸血鬼烙印是一件很嚴重的事情。他是不是強迫妳跟他烙印？如果是的話，我們就可以跟校方說，他們一定會明白的，而且他們一定有辦法幫妳擺脫他。」

「不，媽媽，我跟利乇音烙印是因爲他救了我的命。」

「他把妳從死亡之中帶回來？」

史蒂薇．蕾搖搖頭。「不，我不確定我是怎麼復活的，不過這事跟奈菲瑞特有關。」

「那麼，寶貝，我要好好謝謝她。或許我應該——」

「不，媽！妳要離學校和奈菲瑞特遠遠的。不管她做什麼，絕不是出於善意。她假裝是好人，但其實非常壞。」

「妳稱那生物利乇音？」

「長久以來他一直站在黑暗那一邊。他老爸是個大壞蛋，灌輸他錯誤的思想。」

「可是他救了妳的命？」強生媽媽問。

「而且救了兩次，媽。若有需要，他還會再救我。我知道他會這麼做。」

「寶貝，我有兩個問題要問妳。妳回答之前，要先認眞想清楚。」

「好的，媽。」

「首先，妳在他身上有見到善良的一面嗎？」

「有。」史蒂薇．蕾毫不猶豫地說：「我見到了。」

「第二，他會傷害妳嗎？妳跟他在一起安全嗎？」

「媽，他曾經為了救我，槓上一個可怕到我無法形容的怪物，那怪物轉而攻擊他，傷害他，把他傷得非常嚴重。他這樣做，是為了不讓我受傷。我衷心相信，他寧可死也不願意傷害我。」

「那麼，這是我的肺腑之言：我無法明白他怎麼會是人和鳥的混合體，不過我願意把這麼荒謬的事情擱在一旁，因為他救了妳，而且妳跟他有了連結。寶貝，這代表，如果他必須在『昔日的壞事』和『跟妳在一起的新未來』之間做選擇，我相信他一定會選擇妳，只要他夠堅強的話。」

「可是，我的朋友不會接受他。更糟的是，吸血鬼想追殺他。」

「寶貝，如果妳的利乏音做過妳所說的壞事，那麼，他就得付出代價。而既然妳這麼說，我相信他是做了壞事。必須去承受的人是他，不是妳。妳只需記住：妳能掌控的只有妳自己的行為。寶貝，妳只需做正確的事。妳一向很懂得什麼該做，什麼不該做。保護妳自己的內心，挺身為妳所相信的事情而戰。這樣就夠了——妳能做的就是這些。如果這個利乏音選擇跟妳站在一起，或許結果會讓妳驚訝。」

史蒂薇．蕾感覺到自己的眼睛又盈滿淚水。「他曾經告訴我，我應該去找妳。他從沒見過他的媽媽。她是被他的父親強暴，他一出生，她就死了。但不久前他告訴我，我必須設法跟妳見面。」

「寶貝，怪物不會說這種話。」

「他不是人類，媽，」史蒂薇．蕾用力抓緊媽媽的手，緊到手指發麻，但她就是無法放手。她永遠都不想放手。

「史蒂薇．蕾，妳現在也不是人類，不再是了。但這對我來說毫無影響。利乏音這個男孩救了妳的命，救了妳兩次，所以就算他有一部分是犀牛，額頭還長出角，我也不在乎。他救了我的女兒，下次妳見到他時告訴他，我要給他一個大大的擁抱。」

史蒂薇．蕾一想到媽媽擁抱利乏音的景象，忍不住咯咯笑。「我會告訴他的。」

這時，強生媽媽的表情變嚴肅。她說：「妳應該知道，愈早跟所有人坦承他的事愈好，對吧？」

「我知道，我會試試看。不過，現下有很多事正要發生，實在不是跟大家招認這件事的好時機。」

「任何時候都是說眞話的好時機。」強生媽媽說。

「噢，媽，我眞不曉得自己怎麼會捲入這種混亂的局面。」

「妳當然曉得，寶貝。我雖然不在場，但我可以告訴妳，那生物有某種東西打動了妳，而且那某種東西最後說不定會成爲他的救贖。」

「如果他夠堅強的話。」史蒂薇．蕾說：「我不曉得他是否夠堅強。不過，就我所知，他不曾跟他老爸對抗過。」

「他的父親同意妳跟他在一起嗎？」

史蒂薇．蕾不禁苦笑。「絕不可能。」

「他救過妳兩次，還跟妳烙印。寶貝，在我看來，他已經跟他父親對抗好一陣子了。」

「不，發生這些事時，他老爸——嗯，這麼說吧——剛好不在國內。現在他回來了，利乏音又回到他身邊，做他吩咐他做的事。」

「眞的嗎？妳怎麼知道？」

「今天他告訴我的，就是當他——」史蒂薇．蕾打住話語，睜大眼睛。

媽媽面露微笑，點點頭。「瞧，可不是嗎？」

「喔我的天哪，妳可能說對了！」

「我當然說對了。我是妳的媽媽啊。」

「我愛妳，媽。」史蒂薇．蕾說。

「我也愛妳，寶貝女兒。」

18 利乏音

「我不敢相信妳要這麼做。」卡羅納說，在馬佑大樓的屋頂露台來回踱步。

「我要這麼做是因爲非得這麼做不可，時機到了，而且這麼做才對！」奈菲瑞特提高聲音，彷彿整個人要由內往外炸開。

「這麼做才**對**！說得好像妳屬於光亮那一方？」利乏音忍不住這麼說，同時不由自主地流露出懷疑的語氣。

奈菲瑞特轉向他，怒氣升起，手也隨之舉起。利乏音看見能量的絲線在她四周的空氣中顫動，鑽入她的肌膚，在底下蠕動。這樣的景象看得他胃揪緊，因爲他想起被黑暗卷鬚碰觸的可怕經驗。他本能地往後退一步。

「你這是在質疑我嗎，鳥東西？」奈菲瑞特的模樣彷彿已準備將黑暗擲向他。

「利乏音不是在質疑妳，就如同我不是在質疑妳。」他的父親走向奈菲瑞特，擋在特西思基利之后和他之間，並繼續以威嚴而平靜的語氣說道：「我們兩個只是很驚訝。」

「柔依和她那夥人一定沒料到我會這麼做。所以，即使這樣做讓我很不舒服，我還是願意暫且貶低自己。我這麼做，會讓柔依變得軟弱無能。如果她膽敢私下低語，對我不敬，她就暴露了她莽撞、毛躁的眞面目。」

「我還以爲妳是想摧毀她，而不只是羞辱她。」利乏音說。

奈菲瑞特不屑地對他冷笑，講話的口氣彷彿當他是十足的笨蛋。「我當然有能力今晚就殺了她，但不管我怎麼策畫，都會牽連到自己。如此一來，連最高委員會那些老糊塗都會被迫來到這裡——來監視我，阻撓我的計畫。不，不行，我還沒準備好。在準備好之前，我會堵住柔依．紅鳥的嘴巴，把她打回原來的角色。她不過是個雛鬼，自此而後也將被當作一個普通的雛鬼來看待。在我對付柔依的同時，我也會好好照料她那一小撮朋友——尤其是那個自許爲第一個紅女祭司長的女娃兒。」奈菲瑞特的笑聲帶著譏諷。「史蒂薇．蕾？女祭司長？我要揭露她的眞面目。」

「什麼樣的眞面目？」利乏音非問不可，但他努力保持聲音平穩，不顯露任何情緒。

「她是曾經認識黑暗，甚至擁抱黑暗的吸血鬼。」

「不過，她終究選擇了光亮。」利乏音說。見到奈菲瑞特瞇起眼睛，他知道自己太快做出反應了。

「然而，一旦被黑暗碰觸過，她就永遠不一樣了。」卡羅納說。

奈菲瑞特對卡羅納露出甜美的笑容。「你說得非常對，我的伴侶。」

「黑暗的碰觸不是會增強血紅者的力量嗎？」利乏音無法阻止自己追問。

「當然。血紅者是法力高強的吸血鬼，儘管年輕而稚嫩。不過，正因如此，她對我們可能有絕佳的用途。」卡羅納說。

「我相信，史蒂薇．蕾絕不只是她在她那群小朋友面前表現出來的樣子。我見過她在黑暗裡的模樣——啊，她陶醉得很。」奈菲瑞特說：「我認爲，我們必須盯牢了她，看看那光明、純潔的外表底下究竟藏了什麼。」

「謹遵吩咐~~~。」利乏音說。他痛恨奈菲瑞特語帶譏刺地說出最後這句話。奈菲瑞特激起自己的怒火，使得他說起話來嘶嘶鳴叫，宛如動物。

奈菲瑞特盯著他看。「我察覺你不一樣了。」

利乏音強迫自己繼續冷靜地直視她的雙眼。「我父親不在的期間，我差點死去。在我漫長的生命裡，我從不曾這樣接近過死亡和黑暗。如果妳察覺我有所改變，或許正是由於這個原因。」

「或許是，」奈菲瑞特慢慢地說：「或許不是。爲什麼我總覺得，你不怎麼高興你父親和我返回陶沙市？」

利乏音努力叫自己不動聲色，免得特西思基利看出在他體內沸騰的憎惡和憤怒。「我是我父親的愛子。如同往常，我將守在他的身旁。他不在的期間，是我人生最黑暗的時光。」

「眞的嗎？還眞可憐唷。」奈菲瑞特譏諷地說。接著，她一臉不屑地轉過身去，面對卡羅納。「你**愛子**的話讓我想起一件事——其他你稱之爲孩子的那些生物跑去哪兒了呀？光憑幾個雛鬼和修女，絕不可能把他們全部殺了。」

卡羅納咬著牙，下巴時而緊繃時而放鬆，眼睛閃爍著琥珀色光芒。利乏音看得出父親正努力克制怒氣，趕緊說：「我有兄弟仍存活。當妳和我父親被驅逐，我看見他們逃逸。」

奈菲瑞特瞇起眼睛。「不再有人能**驅逐**我。」

不再……利乏音迎視她的目光，眼睛眨也不眨，心裡想，**可是，那麼一群雛鬼和修女確實驅逐了妳啊**。

卡羅納再次把她的注意力從利乏音身上引開。「其他人不像利乏音，若要躲在城市，必須有人幫助，才不至於被偵知。他們一定在遠離文明的地方，找到了安全的藏匿之所。」他說話時，怒氣只在話語底下汩汩流動，沒有沸騰漫溢。不過，利乏音不禁納悶，奈菲瑞特怎可能沒有察覺呢？難道她眞的相信，她厲害到能夠持續凌辱一個古代的不死生物，而不用承擔他發怒的後果？

「如今，既然我們回來了，他們也應該回來。他們是大自然的畸變，卻還是有他們的用處。白天，他們可以待在裡頭那裡，但遠離我的寢室。」她手一揮，指著她奢華的頂樓套房。「晚上，他們可以潛伏在外頭這裡，等候我的差遣。」

「妳的意思是等候**我的**差遣吧。」卡羅納沒有提高音量，但隆隆作響的力道仍讓利乏音手臂一陣刺刺麻麻，冒出雞皮疙瘩。「我的兒子只聽命於我。透過血脈、魔法和時間，他們與我連結。只有我能掌控他們。」

「那麼，我猜，你的掌控應該可以喚來他們吧？」

「是的。」

「好，那就召喚他們，或者叫利乏音去把他們趕過來，或者隨便你用什麼方法。總不能什麼事都要我親自出馬吧？」

「謹遵吩咐。」卡羅納說，重複之前利乏音的回應。

「現在，我要回夜之屋，在一群劣等生物面前貶低自己，只因爲你沒能阻止柔依．紅鳥返回這個國度。」她的眼睛看起來像綠色冰霜。「而這正是現在**你**必須只聽命於**我**的原因。我回來時，你人要在這裡。」奈菲瑞特話一說完便離開露台，走進室內。她甩上門時，袍服看似應該會被門夾到，但在最後一秒，下襬的縐褶婆娑晃蕩，彈跳收攏，貼住特西思基利的肌膚，像一灘黏稠的瀝青舔著她的腳踝。

利乏音面向父親，數世紀以來他忠心服侍的古代不死生物。「你怎能讓她這樣跟你說話？這樣驅使你？她說我的兄弟是大自然的畸變，但她才是眞正的怪物！」利乏音知道他不該這樣跟父親說話，但他克制不住。看到威猛、厲害、驕傲的卡羅納像個僕人那樣被使喚，他嚥不下這口氣。

卡羅納走向他，利乏音做好心理準備，等著承受必然的後果。他見過父親大發雷霆的模樣——他知道他將面臨什麼。卡羅納張開巨翅，龐大的身軀聳立在兒子面前。但利乏音預期的毆辱痛擊並沒有臨到他身上。相反地，當他迎視父親的目光，他看見絕望，而非憤怒。

儼然墜落凡塵的神祇，卡羅納說：「不，你不能也這樣對待我。她畢竟曾經背叛女神，釋放了我。她對我的不敬和悖逆，原是預料中事。然而，你，我從不相信你會與我對立。」

「父親！我沒有！」利乏音說，趕緊從心裡把史蒂薇・蕾全然逐出。「我只是不能忍受她這樣對待你。」

「所以我才必須找出個法子，打破那可恨的誓約。」卡羅納發出沮喪的嘆息，走到石頭欄杆邊，凝望著黑夜。「如果妮克絲沒有出現，史塔克早就死了。我靈魂深處知道，這樣一來，柔依的兩個愛人都已離開，她絕不可能找到力量，返回這個國度和她的軀體。」

利乏音跟著父親走到欄杆邊。「死了？你在另一個世界殺死了史塔克？」

卡羅納哼了一聲。「當然，我當然殺死了這小子。他就算變成了守護人，揮舞著威力強大的守護人雙刃大劍，和我決鬥，也絕無可能擊敗我。」

「妮克絲讓史塔克復活？」利乏音說，不敢置信。「可是，女神不會出手干涉凡人的選擇呀。史塔克與你決鬥，是他為了保護柔依，自己選擇的。」

「不是妮克絲讓史塔克復活，是我讓他復活。」

利乏音驚愕地眨著眼睛。「你？」

卡羅納點點頭，繼續望向夜空，沒理會兒子的目光。他說話時，聲音緊繃，彷彿他得費力逼話語迸出喉嚨。「我殺了史塔克。我相信，如此一來，柔依便會退縮，留在另一個世界陪伴她戰士和伴侶的靈魂。要不，她的靈或許會永遠粉碎，變成徬徨無依的庫伊尼克希。」卡羅納停頓一下後接著說：「不過，我並不希望她發生後者的情況。我不像奈菲瑞特，並不恨她。」

利乏音覺得，父親比較像是在自言自語，而不是在對他講話。所以，當卡羅納沉默下來，他也保持沉默，耐心等待，等待他繼續說下去，不想開口打擾他。

「柔依比我預期的還要堅強。」卡羅納繼續對著夜晚說話。「她沒有退縮，也沒有繼續粉碎，而是發動攻擊。」長翅膀的不死生物回想起那場景，低聲呵呵笑。「她用那把大劍刺穿我，然後命令我讓史塔克復活，以償還我殺死她男友的生命之債。我當然拒絕。」

利乏音無法再保持沉默，衝口而出，說：「可是，父親，生命之債是很嚴重的事。」

「的確，但我是法力無邊的不死生物，凡人殺人償命的後果不適用於我。」

利乏音的思緒如冷風，吹過心頭，竊竊低語：**或許他錯了，或許父親現在之所以如此，正是他自認法力高強，拒絕償付生命之債的部分後果**。但利乏音知道最好別糾正卡羅納，所以他只是說：「你拒絕了柔依，然後發生什麼事？」

「然後，妮克絲出現。」卡羅納忿忿地說：「我可以拒絕一個稚嫩的女祭司長，但我無法拒絕女神。我永遠都無法拒絕女神。我把我一絲不死靈氣吹入史塔克的身體，他活過來，柔依也跟著返回她的軀體，並把她的戰士從另一個世界帶回人間。而我，則被這麼一個特西思基利所控制。我相信她徹底瘋了。」說到這裡，卡羅納才轉頭看著利乏音。「如果我不打破她的束縛，或許她也會把我拉進瘋狂的境地。她跟黑暗的連結是如此強勁，既誘人又可怕，我幾世紀以來不曾見過。」

「你應該殺了柔依。」利乏音遲疑地緩緩說出這句話。他為自己吐出的每個字痛恨自己，因爲他知道，柔依的死將造成史蒂薇．蕾莫大的痛苦。

「我當然考慮過這樣做。」卡羅納停頓下來時，利乏音屏息等待。接著，卡羅納繼續說：「但我相信，殺死柔依等於公然冒犯妮克絲。我已經好幾個世紀沒服侍女神。我做的許多事情，在她看來都——」卡羅納再次停頓，然後吃力地說出接下來的話——「不容寬恕。但我從未殺害任何服侍她的女祭司。」

「你怕妮克絲？」利乏音問。

「只有傻子才會不怕女神。就連奈菲瑞特都避免激怒妮克絲，所以她才沒殺柔依——當然，這一點特西思基利自己是不會承認的。」

「奈菲瑞特渾身充塞著黑暗，驕傲自負，已不再能理智地思考。」利乏音說。

「的確。但她喪失理智並不代表她沒有腦筋。舉個例子來說，我相信她對血紅者的判斷可能是正確的——血紅者應該可以利用，她甚至可能背離目前所選擇的道路。」卡羅納聳聳肩。「也可能她會繼續與柔依爲伍，等著被奈菲瑞特摧毀。」

「父親，我不相信史蒂薇．蕾只是與柔依爲伍。我相信，她也與妮克絲同在。她是妮克絲的第一位紅女祭司長，想必對女神來說意義特殊。因此，就像別碰柔依，我們或許也不該去碰史蒂薇．蕾。」

「兒子，你這番話確實言之有理。」卡羅納嚴肅地點點頭，表示附和。「如果血紅者沒背離女神的道路，我不會去傷害她。屆時，如果奈菲瑞特摧毀史蒂薇・蕾，激怒妮克絲的人是她，不是我。」

利乏音繼續謹慎地控制語氣和表情。「這是明智的決定，父親。」

「雖然不殺她，還是有其他方法可以阻撓這麼一個女祭司長。」

「你打算怎麼阻撓血紅者？」利乏音問。

「除非奈菲瑞特真的逼迫她背離自己選擇的路，否則我不會對血紅者做任何事。有一天，如果她背離了原來的路，我也許會想辦法運用她的法力，或在奈菲瑞特摧毀她的時候袖手旁觀。」卡羅納揮了揮手，丟開這個問題。「我的重點在柔依。如果能促使柔依公然與奈菲瑞特對抗，特西思基利一定會分心，屆時你和我就可以專心地想辦法打破她對我的束縛。」

「可是，就像奈菲瑞特說的，過了今晚，如果柔依對她出言不遜，柔依在夜之屋就會遭到譴責，喪失信譽。柔依夠聰明，應該知道這一點，所以她不會公然跟奈菲瑞特起衝突。」

卡羅納面露微笑。「不過，如果她的戰士、她的守護人、她在這世上最信任的人，開始跟她咬耳朵，說她不該讓奈菲瑞特犯下惡行而得以脫身呢？如果他告訴她，她必須擔負起女祭司長的職責，不計可能的後果，挺身與奈菲瑞特對抗呢？」

「史塔克不會這樣做。」

卡羅納的笑容綻放得更燦爛了。「我的靈可以進入史塔克的身體。」

利乏音驚愕地倒抽一口氣。「怎麼辦到的？」

卡羅納臉上掛著微笑，聳了聳寬闊的肩膀。「我不曉得。我不曾經歷過這種事。」

「所以，這不只是進入夢境，找到一個熟睡的靈？」

「對，不只如此。那時史塔克非常清醒，我循著連結，以為可以由此進入夢境，找到埃雅——如果當時柔依睡著的話。沒想到那條連結帶我去找史塔克——**進入**史塔克。我相信他當時察覺到了什麼，但我不認為他知道那是我。」卡羅納歪著頭想了一下。「我的靈之所以能和他的靈交融在一起，或許是因為我吐了一絲不死靈氣進入他的身體。」

……**吐了一絲不死靈氣進入他的身體**。父親的話語在利乏音心裡盤旋，不停地盤旋。這其中有個什麼東西——有個他們兩人都錯過的東西。「你可曾將你的不朽分給其他生物？」

卡羅納收斂起笑容。「當然沒有。我的不朽可不是我樂於和人分享的力量。」

在利乏音思緒邊緣盤旋的疑雲驀然開朗。難怪卡羅納從另一個世界回來後顯得那麼不一樣。這下子，一切都清楚了。「父親！你對奈菲瑞特立下的誓約是怎麼說的？」

卡羅納對兒子蹙起眉頭，但還是複述了一遍誓約：「如果我沒能依誓摧毀柔依・紅鳥，妮克絲的雛鬼女祭司長，只要我一日仍是不死生物，奈菲瑞特就一日掌管我的靈。」

利乏音興奮地全身顫抖。「那你怎麼知道現在奈菲瑞特眞的掌管了你的靈？」

「我沒除掉柔依，所以她一定掌管了我的靈。」

「不，父親。如果你把一小份不朽分給了史塔克，你就不完全是不死生物了，而史塔克也不再完全是個會死的凡人。所以，誓約裡的那個條件已不成立，也不曾成立。你並沒有眞的被奈菲瑞特束縛。」

「我沒有眞的被奈菲瑞特束縛？」卡羅納的表情從懷疑轉變爲震驚，再轉變爲歡喜。

「我不相信你眞的被她束縛了。」利乏音說。

「只有一個辦法可以確定。」卡羅納說。

利乏音點點頭。「你必須公然違逆她。」

「兒子啊，那一定很令人愉快。」

看著父親張開雙臂，開心地朝著天空喊叫，利乏音知道，今晚將改變一切。而無論如何，他必須想個辦法，確保史蒂薇・蕾平安沒事。

19 柔依

「你看起來眞的很累。」我伸手撫摸史塔克的臉，彷彿這樣可以抹去他的黑眼圈。「一整個航程你幾乎都在睡。」

史塔克親吻我的掌心，試圖擠出他招牌的冷傲笑容，可惜全然徒勞無功。「我沒事，只是時差作祟。」

「他們都還沒打開機艙門，你怎麼可能有時差問題？」我朝前方那個吸血鬼空服員的方向揚了一下下巴。她正忙著做些飛機降落後準備打開艙門時該做的事情。不久，氣體洩漏的嘶嘶聲傳來，安全帶指示燈發出惱人的叮叮聲響。

「好，門開了，我現在可以有時差問題了。」史塔克說著打開安全帶的環扣。

我知道他根本在鬼扯，所以抓住他的手腕，逼他待在座位上。「你知道的，我察覺得到事情不對勁。」

史塔克嘆一口氣。「我只不過又做了噩夢，如此而已。醒來時，我卻幾乎完全不記得夢見什麼。不知怎麼地，記不得夢似乎比做了噩夢還糟糕。這搞不好是去過另一個世界的詭異後遺症。」

「太讚了，你得了PTSD。我就知道。喂，我記得曾在夜之屋的一份通訊裡看到，龍老師是學校的心理輔導老師之一。你要不要去找他——」

「不要！」史塔克打斷我的話。他發現我對他皺眉時，湊過來親我的鼻子。「別擔心，我沒事。我不需要跟龍老師談我的夢，再說，我也不曉得PTSD是什麼鬼東西，不過聽起來似乎跟STD（性病）一樣難纏，一樣磨人。」

我忍不住咯咯笑。「磨人？你這措詞聽起來還真像修洛斯。」

「對，女人，說到這兒，我倒想起來了——妳的屁股該離開椅子了。」

我板起臉，搖搖頭。「別．叫．我．女人。還有，太詭異了吧，你的口音竟能學得那麼像。」不過，他的確說到重點，是該下飛機了。於是，我起身，等著他幫我拿我的隨身行李。在走向舷梯的途中，我告訴他：「PTSD就是創傷後壓力症候群。」

「妳怎麼知道這種東西的？」

「我Google了一下你的症狀，得出這個結論。」

「妳說妳做了什麼？」他忽然提高聲音，惹得旁邊一個穿貼花布運動衫的女人狠狠地瞪我們一眼。

「噓。」我挽起他的手，貼近他，壓低聲音說話，免得又引人側目。「聽著，這一陣子你的狀況一直很怪：疲憊、恍神、暴躁，又容易忘東忘西。於是我就上網Google了一下，結果得到PTSD這個結論。你恐怕應該接受心理諮商。」

他投向我的目光，彷彿在說，**妳這個瘋婆子**。「柔，我愛妳，我一輩子都會陪在妳身邊守護妳。但妳不要再上網搜尋什麼健康資訊了，尤其是跟我有關的健康資訊。」

「我只是喜歡獲得充分資訊嘛。」

「妳是喜歡搜尋一些稀奇古怪的健康資訊來嚇自己。」

「所以呢，那又如何？」

他咧嘴對我笑，這次看起來真的既臭屁又可愛。「所以呢，妳承認了。」

「未必。」我說，用手肘撞他。這時，我什麼話都來不及往下說了，因為瞬間我彷彿已經被奧克拉荷馬州的迷你龍捲風包圍住。

「柔依！喔我的天哪，見到妳真是太棒了！我想死妳了！妳還好嗎？傑克的事真的太可怕了……」史蒂薇．蕾抱住我，邊說邊哭，邊哭邊說。

「噢，史蒂薇．蕾，我也好想妳！」接著，我跟她一起放聲大哭。就這樣，我們兩人緊緊抱著，彷彿透過這樣的碰觸，世界上所有那些瘋狂、出錯的事情就可以變得好一些。

我從史蒂薇．蕾的肩頭望過去，看見史塔克站在一旁，微笑看著我們。打從另一個世界返回人間以後，他牛仔褲口袋裡總是會放一小包面紙。此時，他把面紙掏了出來。我心想，或許吧，彼此碰觸加上愛，或許就可以讓世界上**幾乎**所有的事情變得好一些。

「來吧。」我說，和史蒂薇．蕾同時接過史塔克遞來的面紙，然後三個人手挽著手通過巨大的旋轉門，踏進冷冽的陶沙市夜晚。「我們回家吧。路上妳再把那一大堆等著我的發臭的鳥事告訴我。」

「留意妳的言談啊，**嗚威記阿給亞**。」

「阿嬤！」我放開史蒂薇．蕾和史塔克，奔向阿嬤的懷抱。我緊緊摟著她，讓她的慈愛和薰衣草的撫慰氣息圍繞著我。「噢，阿嬤，好高興妳來！」

「**嗚威記阿給亞**，乖孫女，讓我看看妳的臉。」阿嬤伸直手臂把我往後抓，然後雙手搭在我的肩頭，仔細端詳我的臉。「是眞的，妳眞的復原了。」她閉上眼睛，捏了捏我的肩膀，喃喃說道：「感謝大地之母。」然後我們再次相擁，同時開心地笑著。

「妳怎麼知道我會在這個時候回來？」好不容易，我終於放開她。

「是妳那蜘蛛人般超酷的直覺告訴妳的嗎？」史蒂薇．蕾走上前，跟阿嬤擁抱打招呼。

「不是。」她說，目光從史蒂薇．蕾轉向站在一旁看著她的史塔克。「那是個遠爲平凡的東西。」她笑得跟天使一樣。「喔，我想我應該說，那是個遠爲平凡的人。不過，我不確定**平凡**一詞是否合適用來形容這位英勇的戰士。」

「史塔克？你打電話給阿嬤？」

他對我露出他的招牌得意笑容，說：「對，我很高興有個藉口可以打電話給另一位美麗的紅鳥女士。」

「過來，小帥哥。」阿嬤說。

我搖搖頭，看著史塔克小心翼翼地擁抱阿嬤，彷彿怕她會破碎似地。**他打電話給阿嬤，告訴她我們飛機降落的時間**。越過阿嬤的肩頭上方，史塔克和我目光相接。**謝謝你**，我用唇語無聲地跟他道謝。他的笑容綻放得更加燦爛了。

然後，阿嬤回到我的身邊，握住我的手。

「嘿，這樣吧，我和史蒂薇．蕾去取車，妳和阿嬤先在這裡聊一聊？」

我還沒來得及點頭說好，他們兩個就走開了，留下阿嬤和我。我們就近找了張長椅坐下，但一開始我們只是靜靜地坐著，握著彼此的手，默默看著對方，什麼話都沒說。我不曉得自己在掉淚，直到阿嬤溫柔地抹去我臉上的淚水。

「我知道妳一定會回到我們身邊。」她說。

「對不起，讓妳操心。對不起，我沒有——」

「噓。」阿嬤阻止我說下去。「沒有需要感到抱歉，妳已經盡力而爲，而只要妳盡力，那就是最棒的了。」

「我很軟弱，阿嬤，我現在還是很軟弱。」我誠實地說。

「不，**嗚威記阿給亞**，妳只是年輕罷了。」她輕柔地撫摸我的臉。「西斯的事，我感到很難過。我會懷念這個年輕人的。」

「我也是。」我說，用力眨眼，免得又開始掉淚。

「不過，我感覺得到，你們兩個會再見面的，或許在這一世，或許在下輩子。」

我點點頭。「西斯在跨入另一個世界的下一個國度之前，也是這麼說的。」

阿嬤的微笑是如此安詳。「另一個世界——我知道妳面臨令人心碎的處境，但妳有機會去那裡走一趟又回來，這可是莫大的恩賜。」

她的話促使我思考——眞的好好地思考。自從回到眞實世界，我就一直很疲憊、哀傷、困惑，而後來，跟史塔克在一起，我終於體會到滿足，沉浸在愛情的滋潤裡。「但是，我不知道要感恩。」這句話說出口之後，我才意識到自己說了什麼。「我一直沒有了解自己所獲得的恩賜。」我很想敲自己的頭。「我是個差勁的女祭司長，阿嬷。」

阿嬷哈哈大笑。「噢，柔依鳥兒，如果妳眞的那麼差勁，妳就不會質問自己，也不會爲了自己的錯誤而自責了。」

我哼了一聲。「我想，優秀的女祭司長應該不會犯錯。」

「當然會犯錯，否則怎麼學習、成長？」

我差一點告訴阿嬷，那我犯的錯誤應該已足以讓我長到，嗯，幾百公分高了吧。不過，我知道阿嬷不是這個意思。我嘆一口氣，說：「我有一大堆缺點。」

「睿智的女人才會體認到這一點。」這時，她的笑容因憂傷而褪去。「妳和妳媽的差別就在這裡。」

「我媽。」我再次嘆一口氣。「我最近常常想到她。」

「我也一樣。這幾天我一直想到琳達。」

我揚起眉毛，看著阿嬷。通常，如果她忽然「一直想到某人」，就代表那人發生了什麼事。「妳有聽到她什麼消息嗎？」

「沒有。不過，我相信很快就會有。讓我們替她抱持正面的信念吧，**鳴威記阿給亞**。」

「我會的。」我說。

我的金龜車慢慢駛過來，它明亮的水藍色和亮晶晶的鉻黃色看起來既熟悉又可愛。

「妳最好趕緊回學校，柔依鳥兒，今晚妳必須在那兒。」她以阿嬤的嚴肅口吻說。

我們起身，再次擁抱。我得勉強自己才放得開她。「阿嬤，妳今晚會待在陶沙市嗎？」

「噢，不會，寶貝，我有好多事要忙呢。明天在塔勒夸市有一場盛大的傳統聚會，我做了一些可愛的薰衣草香袋要帶去。」她笑著看我。「我用珠子在上面縫了紅鳥圖案。」

我綻開笑容，最後一次擁抱她。「留一個給我，好嗎？」

「當然啊，一向如此。」她說：「我愛妳，**嗚威記阿給亞**。」

「我也愛妳。」我說。

然後，我看著史塔克跳下金龜車，抓住阿嬤的手臂，扶她穿越機場航廈和臨時停車場之間的繁忙車道。他小跑步回來，左閃右躲，避開川流不息的車輛。他替我打開車門時，我停了一下，把手搭在他的胸膛，拉他的衣服，直到他俯下身子，讓我親他。「你是全世界最棒的戰士。」我貼在他的唇邊輕聲細語。

「對。」他說，眼睛閃閃發亮。

我彎腰擠進金龜車的後座後，在後照鏡裡跟史蒂薇·蕾四目相望。「謝謝你們給我時間跟阿嬤獨處。」

「不客氣，柔，我喜歡妳阿嬤。」

「對，我也是。」我輕聲說，然後挺起肩膀，感覺自己身上力量充盈。我接著說：「好，現在告訴我，我回學校要面對哪些鳥事。」

「勒緊妳的馬匹，別急，因爲情況眞的是一團糟。」史蒂薇．蕾說，同時打方向燈，駛出路邊。

「妳不喜歡馬啊。」我說。

「是不喜歡。」她說。她的比喻毫無道理，但還是把我逗得哈哈大笑。好，即便有一團糟的鳥事等著我，我還是很高興我回家了。

「我還是不相信最高委員會會這麼天眞。」我搞不好是第一百萬次忍不住這麼說。史蒂薇．蕾正忙著幫我決定，該穿哪套衣服去**點燃傑克的火葬柴堆**。想到這裡，我打了個寒顫。

愛芙羅黛蒂沒敲門，一陣風似地走進房裡。她瞄了一眼我拿在手上的黑色長袖高領毛衣和黑色牛仔褲，說：「喔，拜託，妳不能穿這樣。妳要點燃的是一個同志的火葬柴堆欸。妳知道如果傑克看見妳穿這樣，會覺得多丟臉嗎？更甭提戴米恩了。妳手上這一套衣服，簡直像一九九〇年代初期安妮塔．布列克身上穿的廉價瑕疵品。」

「誰是安妮塔．布列克？」史蒂薇．蕾問。

「一個人類女孩筆下的吸血鬼女殺手，她的時尚品味簡直是災難一場。」愛芙羅黛蒂穿著緊身的深藍色洋裝，微微地閃閃發亮，但不至於過分亮，俗得像「大衛的新娘」店裡賣的那種衣服。事實上，如同往常，她這身打扮既美麗又典雅，八成是一上市，尤帝卡廣場那間高級精品店「傑克森小姐」的店員維多利亞就幫她留下來，然後直接把帳記到她媽咪的白金卡帳單裡。**唉**，想到這兒我就有點頭痛。

總之，她走到我的衣櫥前，打開，一臉鄙夷地掃了裡頭一眼。然後，她取出一件黑色晚禮服——正是我第一次參加黑暗女兒儀式時，愛芙羅黛蒂給我穿上的那件，偏低的圓領口、飄逸的長袖，以及裙襬，都鑲綴著紅色小玻璃珠。每次穿上它，並戴上黑暗女兒領導人的銀項鍊時，我一走動，珠子就閃閃發亮，和項鍊的三重月亮墜子互相映襯，美極了。我看著她的眼睛。「這件衣服會帶給我不怎麼好的回憶。」我說。

「對，不過，穿在妳身上很好看，而且合宜。最重要的是，傑克一定會很愛這件衣服。再說，根據我媽的說法，記憶跟人一樣，會改變，尤其如果體內有足夠的酒精的話。」

「聽著，愛芙羅黛蒂，別告訴我妳今晚要酩酊大醉。這樣很不妥。」史蒂薇．蕾說。

「不會的，鄉巴佬，我至少會等到儀式結束。」她將晚禮服扔給我。「現在，穿上它，動作快一點。孿生的和達瑞司會把戴米恩帶來這裡，然後我們就可以一起走入火葬儀式的會場——藉以展現蠢蛋幫的團結。我相信，這個決定很不錯。」見到史蒂薇．蕾深吸一口氣，準備開口打岔，愛芙羅黛蒂又補上一句：「喔，對了——嗨，很高興見到妳和妳那位憂鬱症男友返回眞實世界。」

「好，我就穿這件。」我迅速走入浴室，然後又探頭出來，迎視愛芙羅黛蒂漂亮的湛藍眼眸。「喔，對了，史塔克主要是我的守護人和戰士，其次才是我的男友。還有，他絕對不憂鬱。妳知道的，妳親眼看到他發生什麼事。」

「哈！」愛芙羅黛蒂不屑地哼了一聲。

我當她沒出聲，讓門繼續開著，以便一邊更衣，一邊和她們說話。當我瞥見掛在胸前的占卜石，我頓了一下，決定繼續掛著，藏在衣服底下——今晚我可不想回答有關斯凱島和史迦赫的問題。我邊快速梳理頭髮，邊說：「喂，妳們認爲，奈菲瑞特讓我點燃火葬柴堆，會不會是因爲她等著看我把事情搞砸？」要命，我都覺得自己會搞砸了，更何況她？

「嗯，妳在儀式上講話恐怕會講得亂七八糟，因爲妳愛傑克，八成會痛哭失聲。不過，我想，她居心叵測，打的算盤一定比這個還歹毒。」史蒂薇．蕾說。

「煩什麼？」簫妮說。跟愛芙羅黛蒂一樣，她直接走進我的房間，連聲招呼都沒打。

「什麼鬼？」依琳接腔。「孿生的，她在幹麼？想接下戴米恩暫時沒用的書袋啊？」

「看樣子是，孿生的。」簫妮回答。

「我就喜歡咬文嚼字啊。妳們兩個，不爽的話，滾到一邊涼快去。」史蒂薇．蕾說。

愛芙羅黛蒂才開始哈哈大笑，就趕緊以咳嗽掩飾笑聲，因爲我已走出浴室，瞪著她們。

「我們正準備去參加葬禮。我想，我們應該稍微尊重一下傑克吧，他可是我們的好朋友。」

孿生的立刻一臉懊惱，走到我面前，兩人依次抱了抱我，嘴裡喃喃說著**他確實是我們的好朋友**，以及**很高興妳回來了**。

「柔說得對，我們是該嚴肅一點，不只因爲這是傑克的葬禮，讓人很難受。更因爲我們都知道，奈菲瑞特絕不可能忽然洗心革面，決定尊重柔依和她的權力。」史蒂薇．蕾說。

「我們都得提高警覺。」我接著她的話說：「待會兒大家盡可能靠近我，隨時做好準備。我可以想見，萬一必須設立守護圈，我不會有太多時間慢慢進行。」

「何不一開始就設立守護圈？」愛芙羅黛蒂問。

「我想過要這麼做。不過，根據我查過的資料，在吸血鬼的葬禮上，女祭司長通常不會設立守護圈。她的職責，嗯，我是說我今晚的職責，是恭敬地見證吸血鬼同袍的離世，並幫助他的靈順利抵達妮克絲的另一個世界。在這個儀式中，不需要設立守護圈，只需向妮克絲祈禱。」

「柔，妳一定可以做得很好，畢竟妳才剛從另一個世界回來。」史蒂薇・蕾說。

「我只希望能讓傑克感到驕傲。」我覺得淚水又刺痛眼睛了，趕緊用力眨眼，把眼淚逼回去。今晚，我的朋友最不需要的，就是見到我哭得一把鼻涕一把眼淚。

「所以，妳們都不曉得奈菲瑞特在打什麼主意？」我問她們。

大家紛紛搖頭。愛芙羅黛蒂說：「我只能想到，她一定會設法羞辱妳。但是，只要妳保持鎮定、堅強，專注在今晚儀式的目的上，我看不出她能怎麼羞辱妳。」

「今晚的儀式是爲了傑克。」簫妮說。

「爲了跟他道別。」依琳說，聲音有點顫抖。

「嗯，對，這樣很好。」史蒂薇・蕾說，大家全轉頭看著她。「不過，我想，不管是什麼樣的葬禮，主要是爲了死者身後所留下的人，比如戴米恩。」

「說得好，史蒂薇・蕾。」我對她微笑，表示感激。「我會記住這一點的。」

史蒂薇・蕾清了清喉嚨，說：「我會想到這一點，是因爲今天我見到我媽了。那時她正在替我舉行一個迷你葬禮。她想透過那儀式，設法好好做一個結束。」

我震驚之餘，楞了一下。孿生的衝口而出：「喔，天哪，太可怕了。」

「她來這裡？」愛芙羅黛蒂問。我很驚訝她的語氣竟如此和善。

史蒂薇・蕾點點頭。「她在學校大門外，留了一個花圈要給我。不過，其實她想做的，就跟戴米恩今晚要做的一樣：道別。」

「妳跟她說話了，對吧？」我說：「我的意思是，她知道妳不再是死人，對不對？」

史蒂薇・蕾露出微笑，但眼神依舊哀傷。「對，不過我覺得自己好糟，竟沒有第一時間先跟她聯絡。看她哭得那麼傷心，我好難過。」

我走向我的好友，摟著她。「嗯，至少她現在知道了。」

「至少妳有一個愛妳的媽媽，會爲妳哭泣。」愛芙羅黛蒂說。

我看著愛芙羅黛蒂的眼睛，完全了解她在說什麼。「對，這倒是眞的。」

「拜託，如果妳們發生什麼事，妳們的媽媽也會哭的。」史蒂薇・蕾說。

「我媽一定會公開哭給大家看，因爲大家期待她這麼做。還有，她受過良好的哭泣訓練，必要時任何事物都能讓她擠出一滴淚。」愛芙羅黛蒂冷冷地說。

「嗯，我猜我媽也會哭，不過，她大概會哭著說，**她怎麼可以這樣對待我**？還會說，**現在她直接下地獄去了，這都是她自找的**。」我停頓一下，接著說：「而我阿嬤會說，眞是太遺憾了，我媽不了解，關於永恆，答案不只有一種。」我微笑看著大家。「我知道答案不只有一種，因爲我去過那裡。那裡很棒，眞的、眞的很棒。」

「傑克在那裡，對吧？安全了，在另一個世界，跟女神在一起？」

大家全都抬起頭，看見戴米恩站在門口。他身旁，一邊站著達瑞司，另一邊站著史塔克。戴米恩穿著亞曼尼名牌西裝，既整潔又體面，但看起來還是很糟。他的臉色蒼白到近乎透明，而黑眼圈嚴重到彷彿瘀青。我走向他，將他摟入懷裡。他感覺起來好消瘦，好脆弱，完全不像原來的戴米恩。

「對，他跟妮克絲在一起。我以女祭司長的身分跟你保證。」我抱著他，悄聲對他說：「我很遺憾，戴米恩。」

戴米恩回抱我，然後費力地往後退一步。他沒哭，但看起來好憔悴——空洞——絕望。

「我準備好了。我眞的很高興妳回來了。」

「我也是。眞希望我早一點回來。」我感覺到淚水又快滑落了。「說不定我可以——」

「不，妳沒辦法。」愛芙羅黛蒂說，走過來站在我身邊。這一次，她的聲音也很柔和，充滿體諒，而且聽起來彷彿老了許多，不只十九歲。「妳阻止不了西斯的死，也無法阻止傑克的。」我的眼睛瞥向史塔克，看見他的眼神反映出我正在想的事——我阻止了史塔克的死。儘管後來他噩夢連連，而且還沒百分之百復原，但至少他**活著**。

「眞的，柔，別再這樣。」愛芙羅黛蒂繼續說：「你們大家都一樣，千萬不要自責。唯一該爲傑克的死負責的人是奈菲瑞特。這點我們都知道，即使其他人不知道。」

「我現在無法應付這件事。」戴米恩說，有那麼一瞬間我以爲他眞的會昏倒。「我們今晚必須跟奈菲瑞特攤牌嗎？」

「不會，」我趕緊說：「我沒打算這麼做。」

「但我們不能控制她要做什麼。」愛芙羅黛蒂說。

「史塔克和我會待在你們旁邊，你們大家要靠近柔依和戴米恩。我們不會主動挑起事端，但如果奈菲瑞特試圖傷害我們當中任何一個人，我們應該做好準備。」

「我見過她在委員會面前的模樣，我不認爲她會公然攻擊柔。」史蒂薇．蕾說。

「不管她會做什麼，我們都要做好準備。」史塔克呼應達瑞司的話。

「我沒辦法做好準備。」戴米恩說：「我想，我永遠都沒辦法再對抗任何東西了。」

我握住戴米恩的手。「今晚你不必對抗什麼。如果眞有那麼一場戰鬥要打，你的朋友會站出來的。現在，我們去跟傑克道別吧。」

戴米恩顫抖著深吸一口氣，點點頭，然後我們一行人離開我的房間。我繼續握著戴米恩的手，帶領大家走下樓梯，穿越空蕩蕩的起居室。我在心裡默默地向女神祈禱：**拜託，請讓**

每個人都已經在那裡——拜託，讓戴米恩知道，傑克有多受歡迎。

我們沿著環繞校園的人行道走。我知道我們要走去哪裡。我清清楚楚記得，安娜塔西亞的火葬堆就安置在校園的中央，妮克絲神殿的正前方。

我們沉默地走在人行道上，有個細微的聲音引起我的注意。我瞥向主校舍大門前方附近一棵紫荊樹底下的一張長椅。艾瑞克坐在那兒，獨自一人。他的臉埋在他的手掌裡，我聽見的聲音是他在哭泣。

20 柔依

我從他前面走過去，差點就這樣徑直走開。然而，這時我想起艾瑞克蛻變之前曾是傑克的室友。接著，我想到，過去他和我之間的種種，此刻都不重要了。今晚，我是以女祭司長的身分爲傑克送行，而我很確定，傑克不會想見到我把艾瑞克單獨留在這裡哭泣。

此外，過去的一段記憶忽然在我腦海中閃過。那是我第一次參加黑暗女兒的儀式，結果驚慌地逃出會場，一個人躲起來哭，是艾瑞克找到我，安慰我。那個時候，他是那麼體貼、窩心，讓我覺得或許我眞的應付得了這所學校發生的瘋狂事件。

我欠他一個人情。

我捏了捏戴米恩的手，站定，大家跟著停下腳步。「親愛的，」我告訴戴米恩：「我要你跟史塔克和其他人先前往葬禮會場，我有件事得去處理一下，很快就過去找你們。再說，根據我讀到的吸血鬼葬禮相關資料，在柴堆點燃之前，你應該會需要花點時間默想——因爲說到底傑克正是你的伴侶。」至少我希望戴米恩想要這麼做。

彷彿爲了回應我的話，有個吸血鬼從前方的陰暗處現身，迎著我們走過來。「妳說得完全正確，柔依．紅鳥。」她說。

我，以及我所有的朋友，全都滿臉疑惑地看著她。

「噢，我應該先自我介紹。」她依照吸血鬼的傳統問候方式，向我伸出手臂。「我是貝芙莉——」她打住話語，清了清喉嚨，然後重新來過：「我是米索老師，新來的咒語與儀式老師。」

「喔，呃，幸會。」我抓住她的前臂回禮。對，她臉上是有成鬼的刺青——圖案很美，讓我想起樂譜裡的音符——不過，我發誓，她看起來比史蒂薇．蕾還年輕。「米索老師，妳可以帶戴米恩和其他人先到會場嗎？我在這裡有點事要處理。」

「當然可以。我們會準備好一切等妳來。」她轉向戴米恩，輕聲說：「請跟我來。」

戴米恩應了聲好，聲音非常微弱，雙眼呆滯無神。不過，新老師往前走時，他還是跟著邁開步伐。史塔克流連不去，視線移向陰暗處艾瑞克坐的那張長椅。然後，他轉向我。

「拜託，」我說：「我得跟他說一下話。相信我，好嗎？」

史塔克的臉部表情放鬆。「沒問題，**莫．邦恩．麗**。」在起步隨戴米恩而去之前，他用那口惟妙惟肖的蘇格蘭腔輕聲說：「妳跟他說完後，我就在那兒等著妳。」

「謝謝。」我試圖用眼神告訴他，我是多麼愛他，多麼感激他對我的忠誠和信任。

他微笑，跟著其他人離去。不過，愛芙羅黛蒂除外。還有達瑞司，他始終跟著她，像是她的影子。

「幹麼？」我問。

「妳真以為我們會拋下妳一個人？」愛芙羅黛蒂翻了翻白眼。「說真的，妳是不是沒大腦啊？奈菲瑞特人不用在場，就能砍下傑克的頭。達瑞司和我絕不會留下妳一人獨自安慰渾帳艾瑞克。」

我望向達瑞司，但他搖搖頭，說：「對不起，柔伊，愛芙羅黛蒂說得有道理。」

「那你們能不能至少離遠一點，不要聽到我們說話？」我惱怒地說。

「難不成我們想聽艾瑞克哭哭啼啼的屁話？沒問題。不過，妳動作得快一點，沒有人會願意等一個混帳。」愛芙羅黛蒂說。

我連氣都懶得嘆，轉頭走向艾瑞克。好，不是鬧著玩的，這傢伙甚至不知道我在這裡，就站在他面前。他的臉仍埋在手掌裡，繼續哭泣，哭得很慘。不過，既然他演技精湛，我乾咳幾聲，清了清喉嚨，準備乍正經乍挖苦地跟他講話，或起碼在必要時挑釁他。

但是，當他抬起頭望著我，一切都變了。他的眼睛又紅又腫，滿面淚水，甚至還流著鼻涕。他眨了兩三下眼睛，彷彿沒辦法聚焦在我臉上。「喔，呃，柔依。」他說。他稍微坐直了些，用袖子擦鼻涕，顯然努力振作起來。「嗨，妳回來了。」

「對，才回來一會兒。我要去傑克的葬禮，負責點燃柴堆。要不要跟我一起去？」

艾瑞克忽然深深地抽噎兩下，低下頭，又開始哭。

眞是太可怕了。

我一點兒也不曉得該怎麼辦。

我發誓，我遠遠地聽見愛芙羅黛蒂不屑地哼了一聲。

「喂，」我在他旁邊坐下，彆扭地拍拍他的肩膀，「我知道這件事很令人難受，你們是很好的朋友。」

艾瑞克點點頭，我看得出他正努力克制自己。所以，他一再吸著鼻子抽泣，並用袖子擦臉時，我繼續坐在那裡絮絮叨叨。「眞的太可怕了。傑克人那麼好，那麼窩心，那麼年輕，這種事不該發生在他身上。我們都會很懷念他的。」

「是奈菲瑞特幹的。」他低聲說，左右張望了一下，似乎怕被人聽見。「我不曉得她是怎麼做到的，我甚至不曉得她爲何他媽的要這麼做，但一定是她幹的。」

「是啊。」我說。

我們四目相對。

「妳有沒有打算採取什麼行動？」他問。

我的眼睛直直盯著他，只說：「我一定會竭盡所能。」

他苦笑。「那很好。」他再次擦臉，並用手梳了一下頭髮。「我本來要離開了。」

「啊？」我的回應有夠機靈。

「是啊，離開。離開陶沙市夜之屋，去洛杉磯。他們要我去——到好萊塢去。我本來以爲自己可以成爲第二個布萊德·彼特。」

「本來？」我問，一頭霧水。「爲什麼現在不行？」

艾瑞克緩緩地舉起右手，掌心對著我。我眨巴著眼睛，不明白自己看見什麼。

「對，就是妳想的那樣。」他說。

「是妮克絲的迷宮。」我當然認得他手掌上凸起的深藍色刺青，但我的腦筋似乎一時反應不過來，無法了解我見到的景象。愛芙羅黛蒂的聲音忽然在我的背後響起——「噢，要命！艾瑞克變成躡蹤使者了。」

艾瑞克的視線移向愛芙羅黛蒂。「現在妳高興了吧？儘管笑吧。妳知道這代表我整整四年不能離開陶沙市夜之屋——我必須留在這裡，追蹤哪個孩子該死的**本質**。未來**四年**，每當有孩子被標記，我就得當那個在場的混蛋。然後，我得眼睜睜看著他擔心自己會不會死，看著他自此命運永遠改變——不管是死是活。」

我們三個頓時陷入沉默。片刻後，愛芙羅黛蒂說：「所以，你傷心難過的是這個？你成了新任的躡蹤使者，這差事很辛苦，所以你哭？或者，你得延後四年去好萊塢，而這段期間肯定會出現『第二個布萊德．彼特』，所以你哭？」

我倏地站起來，轉身面向她。「他曾經是傑克的室友！妳還記得失去室友的感覺嗎？」我看見她表情軟化下來，但我還是搖搖頭，說：「算了。妳和達瑞司先走吧，我隨後跟上。」見愛芙羅黛蒂還在猶豫，我直接跟她的戰士說話。「身爲你的女祭司長，我現在對你下達命令。我要單獨跟艾瑞克待在這裡，你帶愛芙羅黛蒂先走，在傑克的火葬堆那邊等我。」

達瑞司不再遲疑，一臉肅穆地向我鞠躬，然後抓住愛芙羅黛蒂的手肘，硬將她拉走。我深深地嘆一口氣，重新在艾瑞克旁邊坐下。

「不好意思。愛芙羅黛蒂沒有惡意。不過，就像史蒂薇．蕾說的，她有時候就是這副德性。」

艾瑞克哼了一聲。「妳不必跟我說這些。我跟她交往過，記得吧？」

「記得。」我輕聲說，然後補上一句：「你和我也交往過。」

「是啊，」他說：「我以爲我愛妳。」

「我也以爲我愛你。」

他看著我。「我們錯了嗎？」

我也看著他，認眞地看著他。天哪，他眞的好帥，超人克拉克·肯特的那種帥。高大、黝黑，湛藍的眼眸，結實的肌肉。不過，他不只是這樣。對，他霸道、傲慢，但我知道在他內心某個地方，他仍是一個很好、很好的男孩子。只不過我不是適合那個男孩子的女孩子。

「對，我們都錯了，不過沒關係。最近才有人提醒我，不完美不要緊，特別是如果你能從錯誤中學習的話。所以，我們就從我們兩人的錯誤中學習吧，如何？我想，我們反而可以變成更好的朋友。」

他性感的嘴唇往上揚。「我想妳說得對。」

「再說，」我用肩膀撞他一下，「我的朋友裡頭沒幾個異性戀帥哥。」

「我的確是異性戀帥哥。我的意思是，我的確是異性戀者，只不過，像妳說的，碰巧也是帥哥。」

「哈，沒錯，你的確是。」我說，向他伸出手。「好朋友？」

「好朋友。」艾瑞克握住我的手，露出瀟灑的笑容，然後優雅地從長椅上起身，單膝跪地。「我尊貴的小姐，讓我們永遠當好朋友吧。」

「好的。」我說，有點兒喘不過氣來，因爲，呃，不管我多愛史塔克，艾瑞克實在眞的很帥，而且演技一流。

他低頭吻我的手。不是那種我想跟妳上床的噁心吻法，而是老派紳士的吻法。然後，他抬頭看著我，說：「今晚妳得說點什麼，給大家帶來希望，並安慰戴米恩。現在，大家都很迷惘，不曉得究竟發生了什麼事，而戴米恩的狀況眞的很不好。」

我的心揪緊。「我知道。」

「很好。不管怎樣，柔依，我相信妳辦得到。」

我再次嘆一口氣。

他笑著站起來，也把我拉起身。「那麼，就讓我陪妳到火葬會場吧。」

我挽著艾瑞克的手，踏入我還沒來得及想像的未來。

眼前的景象太令人驚歎，太哀傷，太不可思議了。校園中央已堆疊好柴堆，上面架著一塊像長凳的木板，雛鬼和成鬼在四周圍成一個大圓圈。不同於上次一個成鬼火葬時的情景，這一次全校師生都來了。草地上焦黑的痕跡提醒人們，不久前安娜塔西亞·藍克福特的軀體，就在同一個地點被女神的火焰吞噬。只是，那時，沒有全校師生在場見證，對她致意。那時，太多人被卡羅納控制——或許，有些人只是太害怕。今晚不一樣。卡羅納的影響已被驅散，而傑克被當作戰士來送行。

在注視火葬堆之前，我的眼睛先注意到龍·藍克福特。他站在傑克的後方，就在鄰近一棵橡樹底下的陰影中。但陰影並沒有遮掩住他的痛苦。我看見淚水靜靜地從他稜角分明的臉龐淌下。**女神啊，請幫助龍老師**——這是今晚我的第一個禱詞。**他是一個這麼好的人，請幫他找到心中的寧靜**。

接著，我注視著傑克。

我見到的景象令我驚愕，我不由自主地眼眶含淚，面露微笑。一如吸血鬼葬禮的傳統方式，他從頭到腳裹著一塊布。但裹在傑克身上的這塊布是紫色的，超級明亮，超級美麗，超級紫。

「她眞的照我的話做了。」艾瑞克在我旁邊以哽咽的聲音說：「我知道紫色是傑克最愛的顏色，所以我去尤帝卡廣場的海豚布店買了紫色的布，買了一大捆。我請醫護室的賽菲兒用這塊布包覆傑克，但我以爲她不會照我的話做。」

我轉向艾瑞克，踮起腳尖，親吻他的臉頰。「謝謝你，傑克一定很高興你這麼做。你眞是他的好朋友，艾瑞克。」

他點頭，微笑，但什麼話都沒說。緊接著，他又哭了。我怕自己會跟著他一起哭，哭得淅瀝嘩啦，一點都不像女祭司長，便趕緊別開頭。接著，我注意到戴米恩。他跪在傑克頭部那邊，女爵蹲坐在他身旁，而肥嘟嘟的坎咪則傷心地蜷縮在他的腳邊。史塔克站在女爵旁邊，一邊撫拍著她，一邊喃喃地對狗兒和戴米恩說些什麼話。史蒂薇·蕾站在史塔克右邊，一臉哀戚，不停地哭泣。愛芙羅黛蒂站在戴米恩另一邊，達瑞司站在她的後面，而學生的則站在愛芙羅黛蒂的左邊。在我這群好友的兩側是其他師生，他們的行列往外延展，圍繞著火葬柴堆形成一個安靜、恭敬的圓圈。很多雛鬼和成鬼，包括蕾諾比亞和多數其他老師，都手持紫色蠟燭。除了史塔克，似乎沒有人說話，但我聽見很多人在啜泣。

不過，我看不到奈菲瑞特的蹤影。

「妳辦得到的。」艾瑞克悄聲說。

「怎麼做？」我緊張得幾乎說不出話。

「就像平常那樣——祈求妮克絲幫助。」他說。

「拜託，妮克絲，幫助我，我自己一個人辦不到。」我低聲說出我的禱詞。這時，米索老師走過來，帶領我往前走。就這樣，我跨出步伐，直接走向戴米恩。我希望我的舉止還算從容，像個成熟的、真正的女祭司長。

史塔克最先看到我。當他的目光迎視我的眼睛，我沒見到他流露一絲忌妒或憤怒，雖然我知道艾瑞克緊跟在我後面。我的戰士、我的守護人、我的愛人，往旁邊退一步，畢恭畢敬地對我鞠躬行禮。

「歡喜相聚，女祭司長。」他洪亮的聲音迴盪在校園裡。所有的人轉向我。然後，動作劃一地，夜之屋全體師生向我鞠躬，承認我是他們的女祭司長。

一種前所未有的感覺在我心裡升起。無論老師或學生，從好幾百歲的成鬼到最年輕的雛鬼，他們全都仰望我，相信我，信賴我。這種感覺既可怕又美妙。

永遠不要忘記這種感覺。女神的聲音在我心裡響起。**真正的女祭司長既謙卑又驕傲，而且永遠不會忘記身為領導者的責任。**

我在戴米恩面前停下腳步，向他鞠躬，握拳放在心臟位置。「歡喜相聚，戴米恩。」

接著，我抓住戴米恩的手，拉他站起來。根據我在飛機上讀到的資料，我知道，我的舉動已偏離吸血鬼葬禮的禮儀。但是，不，我不管。我將他拉進我的懷裡，緊緊摟著他，再次說：

「歡喜相聚，戴米恩。」

他抽泣了一下。我感覺到他身體僵硬，動作緩慢，彷彿怕自己會裂成無數碎片。但他還是抱緊了我，抱得很用力。我閉上眼睛，集中念力，低聲說：「風，請降臨你的戴米恩，帶給他輕盈和希望，幫助他度過今夜。」風立刻回應，揚起我的頭髮，擁抱我和戴米恩。我聽見他深深吸氣。他吐氣時，我察覺到，緊繃的感覺從他身體釋出。我往後退開，看著他悲傷的眼睛。「我愛你，戴米恩。」

「我也愛妳，柔依。開始吧，」他朝裹著紫色布的那副身軀點點頭，「做妳該做的事。我知道傑克其實已經不在這裡。」他停頓一下，忍住一聲啜泣，然後說：「不過，他一定很高興是妳來做。」

我沒有號啕大哭，沒有昏厥倒地，趴在淚水聚成的水窪裡，雖然我很想這麼做。相反地，我轉身面向火葬柴堆和夜之屋全體師生。我連續深深地吸氣、吐氣。吐出第三口氣時，我悄聲說：「靈，請降臨我，讓我聲音洪亮，所有人都聽見。」我最親近的元素充盈我，帶給我力量。當我開始說話，我的聲音彷彿來自女神的無線信號，隨著靈迴盪在校園裡。

「傑克不在這裡了。這一點，我們心裡都明白。戴米恩剛剛也跟我這麼說。但今晚我要你們大家都**知道**這句話的意思。」我可以感覺到所有人都看著我。女神撫觸過的話語在我心裡浮現，我慢慢地、清楚地說：「我到過另一個世界，我可以跟大家保證，那裡很美，令人讚歎，而且**真實**，一如你們渴望相信的那樣。傑克就是在那裡。他不覺得痛苦，不再悲傷、擔憂或害怕。他跟妮克絲一起待在她的草原和樹林裡。」我停住，察覺自己眼中淚光閃爍，臉上綻開笑容。「搞不好他正在草原上、樹林裡開心地又跑又跳，到處玩耍。」我聽見戴米恩驚訝之餘咯咯笑，有幾個雛鬼也跟著笑出來。「他在那裡會遇見熟人，比方說，我的西斯。也或許，他正忙著布置、裝飾那個地方。」愛芙羅黛蒂噗嗤笑出來，艾瑞克也忍俊不住地低聲笑。「我們現在無法跟他在一起。」我看著戴米恩。「這很難受，我知道。但我們可以確定，我們將再見到他，在這一次或下一次的人生。等我們再度相聚，不管屆時我們是誰、身在何處，我跟各位保證，在我們的靈、我們的本質裡頭，有一樣東西依然不變——那就是愛。我們的愛亙古不變，永恆長存。我告訴各位，這樣的保證直接來自女神。」

史塔克遞給我一根長長的木杖，木杖的尾端裹著黏稠的東西。我舉起木杖，但在走向柴堆之前，我的視線移向簫妮。

「妳幫我嗎？」我問她。

她抹去淚水，面向南方，舉高雙手，呼喚道：「火！請降臨我！」她的聲音因愛和失去好友的悲痛而嘹亮，舉在頭頂上方的手灼灼發光。她跟著我走到巨大柴堆的前方。

「傑克．崔斯特，你是一個這麼窩心、特別的男孩，我永遠愛你如兄弟，如朋友。在下次跟你見面之前，我要說歡喜相聚，歡喜散場，歡喜再聚。」我伸出木杖，用它的尾端碰觸柴堆，簫妮將她的元素擲出，霎時火焰熊熊燃起，發出恍如不在塵世的黃色和紫色亮光。

我轉向簫妮，張開嘴巴，正要對她和她的元素致謝，奈菲瑞特的聲音穿透黑夜傳來。

「柔依．紅鳥！雛鬼女祭司長！我請求妳見證！」

21 柔依

毋需極目四顧，我輕易就看見她。奈菲瑞特站在我左方遠處，妮克絲神殿的階梯上。大家紛紛轉頭望向她，竊竊私語。我緊緊盯著她，但我知道史塔克已跑到我身旁，以便隨時可以立即擋在奈菲瑞特和我之間。我也察覺史蒂薇．蕾忽然出現在我的另一邊。我從眼角瞥見孿生的，甚至戴米恩。我的守護圈夥伴已圍著我，用行動默默地讓我知道他們守護著我。

奈菲瑞特開始朝我走來，我本能地集中念力。我心想，**她一定是徹底瘋了，才會讓我主持葬禮，然後當著全校的面攻擊我**。但是，無論她瘋了還是沒瘋，都不重要。她邪惡、危險，正針對我而來。不過，我絕不逃跑。

她接下來說的話，一如她一開始那聲吶喊，令我震驚。

「柔依．紅鳥，雛鬼女祭司長，聽我說，並請妳見證。我辜負了妮克絲，辜負了妳，也辜負了這所夜之屋。」

她的聲音洪亮、清晰、悅耳，在她四周的空氣中化為樂音。伴隨著她自己釀造出來的節奏，奈菲瑞特開始脫下衣服。

照理說，這樣的景象應該會讓人覺得尷尬、困窘，或想到情色。但完全不是那麼一回事。它只讓人覺得好美。

「我曾對妳，也對我的女神撒謊。」她扔開的襯衫在她身後冉冉飄落，宛若玫瑰掉下一片花瓣。「我對妳，也對我的女神隱瞞我的意圖。」她解開絲質黑裙，任它逶迤落地，彷彿化成一灘黑水。然後她優雅地跨出那灘水，全身赤裸地直接朝我走來。火葬柴堆的黃色和紫色火光映照著她的肌膚，讓她看起來彷彿也在燃燒，只差她沒有被火焰吞噬。她走到我面前時，忽然雙膝跪地，頭往後仰，張開雙臂，說：「更糟的是，我讓一個男人引誘我遠離女神的慈愛和她的道路。現在，我赤裸著身體來到妳、我們的夜之屋，以及妮克絲的面前，請求你們原諒我的過錯——因爲，我發現，我一刻都無法繼續活在這麼可怕的謊言中。」語畢，她低下頭，放下手，畢恭畢敬地對我深深一鞠躬。

四周陷入一片靜寂，我的腦袋嗡嗡作響，思緒混亂，各種念頭競相奔馳：**她是裝的——我希望她不是——西斯和傑克因她而死——她工於心計，擅長操控人**。我努力想著該怎麼回應，該怎麼做——我無助地左右張望，希望尋得一點線索。孿生的和戴米恩目瞪口呆地看著奈菲瑞特，似乎嚇傻了。我望向愛芙羅黛蒂，她也直直盯著奈菲瑞特，但臉上明顯露出厭惡的表情。史蒂薇．蕾和史塔克看著我。史塔克不發一語，只微微地搖了一下頭，**不**。我的視線從他身上移向史蒂薇．蕾，她以唇語告訴我：**她騙人**。

我幾乎喘不過氣來，環顧全校師生圍成的大圓圈。有些人向我投來探詢的、期待的目光，但大多數人驚訝地看著奈菲瑞特，甚至感動地啜泣，顯得既開心又欣慰。

在那一刻，模糊的感覺凝聚成一個清晰的念頭，如利刃般劃過所有其他心思：**如果我不接受她的道歉和懇求，全校將會轉而敵視我。我看起來將像是一個懷恨在心、氣度狹窄的小鬼，而這正是奈菲瑞特的目的。**

我別無選擇。我只能回應，並希望我的朋友信任我，知道我分辨得出眞相和詭計。

「史塔克，把你的襯衫給我。」我趕緊說。

他毫不遲疑地解開釦子，將衣服遞給我。

當我確定我的聲音仍帶著靈的力量，我開口對她說：「奈菲瑞特，就我個人而言，我可以原諒妳。我從來就不希望與妳爲敵。」她抬頭看著我，那雙綠色眼眸顯得是如此誠懇。

「柔依，我——」她說。

我打斷她那甜美的聲音，繼續說：「可是，我只能代表我自己。至於女神是否原諒妳，妳得去求女神。妮克絲知道妳的心和妳的靈魂，所以，妳必須去找她才能尋得答案。」

「那麼，我已經獲得答案了，現在我的心和靈魂充滿喜樂。謝謝妳，柔依．紅鳥。謝謝各位，夜之屋的所有成員！」

「感謝女神！」「祝福滿滿！」喃喃低語的聲音在周遭此起彼落地響起。我擠出笑臉，俯身將史塔克的衣服披在奈菲瑞特的肩膀。「請起身，妳不該向我下跪。」

奈菲瑞特優雅地站起來，穿上史塔克的衣服，仔細地扣上鈕扣。然後，她轉身面向戴米恩。「歡喜相聚，戴米恩。你容許我致上個人的祈禱，爲傑克的靈向女神祈求嗎？」

戴米恩沒有說話，只是點點頭。從他哀傷的面容，我看不出他是否相信奈菲瑞特的這場演出。接著，她繼續發揮精湛的演技。

「謝謝你。」奈菲瑞特走近火焰熊熊的柴堆，頭往後仰，張開雙臂。和我不一樣，她沒有提高音量，反而低聲喃喃，我們沒人聽得見她在說什麼。她的臉龐偏側的角度，恰好足以讓我清楚地看見她的表情。她顯得是如此安詳、眞摯，我納悶，內心這麼腐敗的人怎麼可能外表這麼迷人。

我猜想，正因爲我這麼專注地盯著她看，試圖找出她這張面具的破綻，我才會看見接下來發生的事。

奈菲瑞特的表情忽然變了。她的臉依舊往上仰著，但至少在我看來，很明顯地，她在注意我們上空的什麼東西。

接著，我聽見了。一種熟悉的聲音。我沒有立刻認出來那是什麼聲音，但我手臂上已寒毛直豎。我沒有抬頭看，而是繼續盯著奈菲瑞特。不管她看到什麼，那東西肯定讓她惱火、擔憂。她沒有改變姿勢，也沒有停止「祈禱」，但眼睛開始四處張望，彷彿想看看是否有人也注意到她所見到的東西。我趕緊閉上眼睛，希望自己看起來像在祈禱、沉思，而不是在留意她。幾秒鐘後，我緩緩睜開眼睛。

奈菲瑞特沒有在看我，而是緊盯著史蒂薇．蕾。但史蒂薇．蕾完全沒有察覺。她也只顧著抬頭看，看得入神。不過，她的表情不是惱怒或憂心——反而顯得明媚動人，彷彿她所凝視的東西讓她內心充滿幸福和愛。

我一頭霧水，把注意力轉回到奈菲瑞特身上。她仍盯著史蒂薇．蕾，但表情再次起了變化。我看見她睜大眼睛，似乎突然若有所悟，接著她滿臉欣喜，彷彿她剛剛領悟的事情讓她非常高興。

我的目光似乎無法從奈菲瑞特身上移開，但我本能地伸手去找史塔克的手，彷彿我知道我的世界即將天翻地覆。這時，龍．藍克福特的聲音猶如號角響起，改變了一切。

「仿人鴉在上頭！各位老師，快幫雛鬼尋找掩護！戰士們，來我這裡！」

時間開始急速往前奔流。史塔克一邊抬頭往上看，一邊把我拉到他身後。我聽見他低聲咒罵，知道這一定是因爲他沒有隨身帶著弓箭。

「妳趕快進妮克絲神殿！」四周人聲鼎沸，史塔克對我吶喊，並將我往神殿的方向推。越過他的肩頭，我看見現場已陷入一片混亂。學生大聲尖叫；老師們呼喊著學生的名字，試圖安撫他們；冥界之子戰士已紛紛取出武器，準備應戰。所有的人都在奔竄移動，唯獨奈菲瑞特和史蒂薇．蕾佇立在原地。

奈菲瑞特仍站在傑克燃燒的柴堆旁——仍直直盯著史蒂薇．蕾，也仍面帶微笑。史蒂薇．蕾彷彿腳底生了根，釘在原地不動。她往上看，搖頭，不停地搖頭，開始啜泣。

「不，等等！」我告訴史塔克，繞過他身邊，不讓他繼續把我往神殿推。「我不能走。史蒂薇．蕾——」

「滾下來吧，你這醜惡的禽獸！」

奈菲瑞特的咆哮打斷我的話。她雙手高舉，手指伸長，彷彿試圖從空中攫取什麼東西。

「妳看見了嗎？」史塔克緊張地問我，眼睛盯著空中。

「什麼？看見什麼？」

「黑色、黏稠的黑暗卷鬚。」他一臉驚恐。「她要使用它們。這代表她剛剛祈求原諒根本是說瞎話。』他忿忿地說：「她肯定仍與黑暗爲伍。」

這時，我們已沒有時間多說什麼，因爲隨著一聲可怕的尖叫聲傳來，一隻巨大的仿人鴉從天而降，跌落在校園中央，癱在地上。

我立刻認出他。是利乏音，卡羅納的愛子。

「殺了他！」奈菲瑞特下令。

不需要有人下令，龍．藍克福特已展開行動。刀刃在火光中閃耀，他像個復仇的神祇，撲向仿人鴉。

「不！別傷害他！」史蒂薇．蕾大叫，縱身向前，擋在龍老師和從天空墜落的生物之間。她舉起雙手，掌心朝外，渾身發出綠光，彷彿她的身體忽然長滿發光的苔蘚。龍老師一觸及那發光的綠色屏障，立刻彈開摔倒，宛如撞上一顆巨大的橡皮球。這一幕，看得令人既驚悚又讚嘆。

「啊，要命。」我嘟噥著，往史蒂薇．蕾移動。接下來要發生什麼事，我有一種不祥的預感，一種眞的、眞的很不好的感覺。

史塔克沒阻止我，只說：「靠近我，離鳥人遠一點。」

「史蒂薇．蕾，妳爲什麼要保護這個生物？妳跟他同夥嗎？」奈菲瑞特站在龍老師身邊，語氣似乎顯得很困惑，但她那雙眼睛閃閃發亮，彷彿她是一隻貓，而史蒂薇·蕾是被她困住的老鼠。龍老師已經站起來，因極力克制自己而全身顫抖——看得出來，他不知用了多大力氣，才阻止自己再度衝向史蒂薇·蕾。

史蒂薇·蕾不理會奈菲瑞特。她看著龍老師，說：「他來這裡不是要傷害任何人，我保證。」

「放了我，血紅者。」仿人鴉說。這時，我已經走到龍老師和奈菲瑞特身旁，而仿人鴉也已經站了起來。這實在令人驚訝，因爲像他剛才那樣從天空墜落，應該已經摔死了才對。但事實上，我在他身上看到的唯一的傷，是他上臂二頭肌上一道才開始慢慢滲出血的傷口。他的手臂實在太像人類了，看得我心裡不安。他慢慢地往後退，想遠離史蒂薇·蕾，但圍繞著他們的那個詭異的綠色大泡泡阻止了他，他無法走遠。

「這樣不好，利乏音。我不要再說謊，再假裝了。」史蒂薇·蕾的目光掃過奈菲瑞特和眾人。所有的雛鬼和老師已經不再奔竄。他們全都停了下來，看著她，滿臉震驚和恐懼。她咬緊牙關，抬起下巴，回頭望著仿人鴉，說：「我不**像那樣**會演戲。我一點也不想**像那樣**會演戲。」

「不要這樣做。」

仿人鴉的聲音令我驚愕。不是因爲他的聲音像人類。我以前聽過他說話，知道他只要沒發出憤怒的嘶嘶聲，說起話來跟一般男孩沒兩樣。令我驚愕的是他的語氣。他聽起來很害怕，而且非常、非常傷心。

「已經這樣做了。」史蒂薇．蕾告訴他。

這時，我終於找回自己的聲音，講得出話來。「史蒂薇．蕾，這到底是怎麼一回事？」

「對不起，柔，我本來想告訴妳的。我眞的、眞的想告訴妳，只是不知道如何開口。」史蒂薇．蕾以眼神祈求我諒解。

「妳不知道如何開口告訴我什麼？」

突然間，我恐慌起來。因爲，我明白了——仿人鴉血液的氣味。我認得那氣味。我之前在史蒂薇．蕾身上聞到過。我知道她在說什麼了。我知道她想告訴我什麼了。

「妳跟那生物烙印了。」這句話才在我心頭浮現，奈菲瑞特已經大聲說出來。

「喔，天哪，不，史蒂薇．蕾。」我說，覺得雙唇冰冷、麻木。我不敢相信，不停地搖頭。彷彿只要我否認，噩夢就會消失。

「怎麼發生的？」龍老師厲聲問道。

「不是她的錯。」仿人鴉說：「是我不好。」

「別跟我說話，怪物。」龍老師恨恨地說。

仿人鴉的紅色目光從劍術老師移到我身上。「別怪她，柔依．紅鳥。」

「你爲什麼跟我說話？」我對他大吼，繼續搖著頭，望向史蒂薇．蕾。「妳怎麼可以讓這種事情發生？」我問。但我隨即緊緊閉上嘴巴，因爲我忽然發覺，我的口氣眞像我媽。

「我的媽呀，史蒂薇．蕾，我早就知道妳遇到了什麼怪事，但沒想到會怪到這個地步。」愛芙羅黛蒂說，走到我的身邊。

「我應該早些說點什麼的。」克拉米夏說。她站在幾呎外孿生的和戴米恩的身旁。他們三個全都一臉不敢置信地來回看著史蒂薇．蕾和仿人鴉。「我知道那些詩跟妳和野獸有關，而且事情不太妙。但是，我沒有想到，這些詩居然講得那麼白。」

「由於他們兩個同流合污，黑暗已經玷污了夜之屋。」奈菲瑞特嚴肅地說：「這生物必須爲傑克的死負責。」

「鬼話！」史蒂薇．蕾說：「是妳殺了傑克，把他當作祭品獻給黑暗，因爲它讓妳得以控制卡羅納的靈魂。這一點，妳心知肚明，我知道，利乏音也知道。所以，他才會飛來這裡，從遠處注意妳，怕妳今晚會做出太可怕的事。」

看著史蒂薇．蕾勇敢地與奈菲瑞特對峙，我可以感覺到她身上的力量和心裡的絕望。因爲，之前我與奈菲瑞特對抗時，也感受到了相同的力量和絕望——尤其是很久以前，對她的眞面目，全校的成鬼和雛鬼都渾然不知，只有我一個人違抗她。

「他已經徹底扭曲她了。」奈菲瑞特對重新聚集起來的全校師生說：「我們必須立刻摧毀他們兩個。」

我內心突然搐動一下。我明確地**知道**，我必須採取什麼行動。每次，只在女神觸動我的時候，我內心才會生出這種篤定的感覺。

「好，夠了。」我朝史蒂薇．蕾走過去。史塔克亦步亦趨地跟在我旁邊，目光始終鎖定鳥人。「妳應該知道，這種情況看起來有多糟。」

「我知道。」

「妳眞的跟他烙印了？」

「對。」她說，語氣堅定。

「他是不是攻擊妳或怎樣？」我問，試圖釐清這整件事。

「不，柔，正好相反。他救了我的命，兩次。」

「他當然要救妳的命，因爲妳跟這生物同夥，與黑暗爲伍！」奈菲瑞特轉身講給眾雛鬼和成鬼聽。

當史蒂薇・蕾提高聲音，圍繞著她的綠光也隨之更加明亮。「利乏音把我從黑暗手中救出來。當初我無意中召喚白牛，居然得以存活，正是因爲他。沒錯，多數人看不出妳的把戲，但別忘了，我看得一清二楚。我看得見黑暗的卷鬚聽命於妳。」

「看來妳對這東西很熟悉嘛。」奈菲瑞特說。

「我當然熟悉。」史蒂薇・蕾忿忿地說：「愛芙羅黛蒂還沒爲我犧牲之前，我全身充滿黑暗。我永遠都認得它，但我也永遠會選擇光亮。」

「眞的嗎？」奈菲瑞特露出得意的笑容。「所以妳選擇跟這生物在一起？這就是選擇光亮嗎？仿人鴉是憤怒、暴力和憎恨的產物，死亡和毀滅是他們生存的目的。這隻仿人鴉殺了安娜塔西亞・藍克福特。妳怎麼會把這種生物跟光亮和女神之道搞混呢？」

「那是一個錯誤。」利乏音說。但他不是對奈菲瑞特說話，因爲他的眼睛直直盯著史蒂薇・蕾。「認識妳之前，我本身就是一個錯誤。後來妳找到我，把我從黑暗的地方拉出來。」我屏住呼吸，看著仿人鴉慢慢地伸出手，溫柔地撫摸史蒂薇・蕾的臉頰，拭去她的淚。「妳讓我看見仁慈，讓我有機會瞥見快樂。對我來說，這就夠了。放了我吧，史蒂薇・蕾，我的血紅者。讓他們把仇恨施加在我身上，或許妮克絲會憐憫我的靈魂，讓我進入她的國度。這樣，終有一天我還會再見到妳。」

史蒂薇·蕾搖頭，說：「不，我不能，我不要。如果我是你的，那麼你也是我的。我不會眼睜睜看著你離開我。」

「所以，妳是說，爲了他，妳要跟妳的朋友對抗？」我對她大吼，覺得一切快失控了。

史蒂薇·蕾冷靜地看著我。在她以哀傷但堅定的語氣回答之前，我已經從她的眼中看見答案。「如果非得這樣，我會這麼做。」然後，她說了一件事——光是這件事，已足以讓我看清這整件瘋狂、混亂的事。對我而言，一切就此改變。「柔依，當我渾身被黑暗充滿，即使妳不確定我能否恢復原來的模樣，妳仍然爲了保護我而跟所有人對抗。柔，如今，他已經改變了，已經脫離黑暗了，我怎麼能不這樣對待他？」

「那東西殺了我的配偶！」龍老師咆哮道。

「爲此，以及他犯下的其他諸多惡行，他非死不可。」奈菲瑞特說：「史蒂薇·蕾，如果妳選擇跟這生物站在一起，妳也就選擇了與整個夜之屋爲敵，合該跟他一起滅亡。」

「不，等一下。」我說：「有時，事情並不是非黑即白，正確的答案不只有一個。龍老師，我知道這對你來說很難承受，但先讓我們深吸一口氣，後退一步吧。你不會眞的想殺史蒂薇·蕾吧？」

「如果她與黑暗爲伍，她就必須面對跟這生物相同的下場。」奈菲瑞特說。

「噢，拜託，妳剛剛才承認妳曾與黑暗為伍，而柔依原諒了妳。」愛芙羅黛蒂說：「我不是說我可以接受鳥人與史蒂薇．蕾烙印這種怪事，不過，為什麼妳可以被原諒，而他們兩個就不值得原諒？」

「因為我不再受黑暗影響。」奈菲瑞特油嘴滑舌地往下說：「這生物的父親正是黑暗的化身，而我不再跟他為伍了。讓我們問問這生物，看他敢不敢說一樣的話。」她看著仿人鴉。「利乏音，你願意發誓你不再當你父親的兒子，不再跟他為伍嗎？」

這次，利乏音直接回答奈菲瑞特。「如果我父親能免除我對他的義務。」

我看見奈菲瑞特露出得意的笑容。「那你曾請求卡羅納免除你對他的義務嗎？」

「沒有。」利乏音的視線從奈菲瑞特移到史蒂薇．蕾。「請諒解。」

「我懂。我保證，我懂。」她告訴他。然後她對奈菲瑞特怒吼道：「他沒有這樣請求卡羅納，是因為他不想背叛他的父親！」

「他選擇黑暗的理由並不重要。」奈菲瑞特說。

「相反地，我認為很重要。」我說：「對了，我們一直在談卡羅納，彷彿他人就在這裡。可是，他不是已經被妳放逐了嗎？」

奈菲瑞特那雙冰冷的綠眸轉向我。「那個不死生物不在我的身邊了。」

「可是，聽起來他好像還在陶沙市。如果他被放逐了，他在這裡做什麼呢？呃，利乏音——」叫他的名字時，我有點結巴。我居然對這麼一個駭人的生物講話，彷彿他是正常人似地，這實在有夠怪異——「你爸爸在陶沙市嗎？」

「我—我不能談論我的父親。」仿人鴉囁囁嚅嚅地說。

「我沒有要你說他的壞話，也沒有要你告訴我們他確切的所在。」我說。

我驚訝地看見他的紅眼睛流露出痛苦的神情。「對不起，我不能說。」

「瞧！他不願說違逆卡羅納的話，他不肯對抗卡羅納。」奈菲瑞特拉高聲音。「由於仿人鴉在這裡，我們可以想見，卡羅納要不是已經在陶沙市，就是正在趕來的途中。卡羅納一定會攻擊我們學校。一旦他採取行動，仿人鴉也一定會再度和他並肩作戰，**攻擊我們**。」

利乏音將他猩紅色的目光轉向史蒂薇．蕾，以絕望的口吻說：「我絕對不會傷害妳。可是，他是我的父親，而我——」

奈菲瑞特打斷他的話。「龍．藍克福特，身爲這所夜之屋的女祭司長，我命令你保護學校，殺了這隻邪惡的仿人鴉，以及**任何**跟他爲伍的人。」

我看見奈菲瑞特舉起手，手腕朝史蒂薇．蕾揮動。包圍著她和仿人鴉的綠光泡泡開始顫動，史蒂薇．蕾痛苦地呻吟。她的臉變得好蒼白，一隻手壓住肚子，彷彿快要吐了。

「史蒂薇·蕾？」我走向她，但史塔克抓住我的手，阻止我前進。

「奈菲瑞特正在使用黑暗的力量。」他說：「妳不能擋在她和史蒂薇·蕾之間——它會傷了妳。」

「黑暗？」奈菲瑞特的聲音洪亮有力。「我沒有利用黑暗的力量，我是在進行一個女神的正義報復。只有這樣，我才能打破那道屏障。現在，龍老師，讓這生物看看對抗夜之屋的後果吧！」

史蒂薇·蕾再次呻吟，雙膝跪地。這時，綠光消失了。利乏音俯身護住史蒂薇·蕾，背部暴露在龍老師揮劍攻擊的方位。

我一隻手被史塔克抓住，所以我舉起另一隻手。但是，我舉起手要做什麼？攻擊龍老師？拯救殺了他配偶的仿人鴉？我楞住。我不想見到龍老師傷害史蒂薇·蕾，但他不是要攻擊她——他是要攻擊我們的敵人，**一個跟我的好友烙印的敵人**。我眼前好像在上演一部血腥恐怖片，而我正等著目擊割喉、肢解的屠殺場面。只差這不是電影，這是眞的。

忽然天空傳來巨大的颼颼聲，卡羅納宛若一陣操控自如的強風，從天而降，落在他兒子和龍老師之間。他手裡拿著那支可怕的黑色長矛，他在另一個世界從黑暗中取出的那一支。他揮動長矛，撥開劍術老師的劍，力道之大，逼得龍老師經受不住，跪倒在地。

冥界之子立刻展開行動，十來個人衝上前保護他們的劍術老師。卡羅納動作迅猛，猶如致命的疾風迅雷，但一次要對付這麼多戰士還是很費力。

「利乏音！兒子！」卡羅納叫喚他。「來我身邊！保護我！」

22 史蒂薇・蕾

從一位倒在地上的冥界之子身旁，利乏音拾起一把劍。「不要殺害任何人！」史蒂薇・蕾對他喊道。

他看著她，壓低聲音說：「迫使卡羅納違抗奈菲瑞特。唯有這樣，才能終結這一切。」語畢，他跑開，去執行他父親的命令。

迫使卡羅納違抗奈菲瑞特？利乏音在說什麼？卡羅納不是受她控制嗎？史蒂薇・蕾掙扎著想站起來，但可怕的黑暗卷鬚不僅劃破她的土元素屏障，也已耗損她的力氣。她覺得虛弱，暈眩，想吐。

柔依不知何時已經走過來，蹲在她身旁。史塔克站在她們兩人前面警戒，不讓冥界之子和卡羅納及利乏音的激烈打鬥波及她們。史蒂薇・蕾一抬頭，剛好見到史塔克手中突然出現一把巨劍。她抓住柔依的手腕。

「別讓史塔克傷害利乏音！」史蒂薇・蕾懇求她的好友。柔依看著她的眼睛。「拜託，」史蒂薇．蕾對她說：「拜託，妳要相信我。」

柔依點一下頭，抬頭告訴她的戰士：「別傷害利乏音。」

史塔克轉頭，但目光仍投向廝殺的場面。「如果他攻擊妳，我絕對會傷害他。」他喝道。

「他不會這樣做。」史蒂薇．蕾說。

「我可不敢確定喔。」愛芙羅黛蒂說，跑向她們兩個，而達瑞司手持劍，加入史塔克，跟他並肩站在一起，替他們的女祭司長築起一道屏障。「鄉巴佬，妳這次眞的搞砸了。」

「我眞不想同意愛芙羅黛蒂的話。」依琳說。

「**真的**很不想，不過她說得沒錯。」簫妮說。

形容憔悴的戴米恩跪在史蒂薇．蕾的另一邊。「要罵史蒂薇．蕾的話，待會兒再罵。現在，我們得想個辦法，幫她脫離這個混亂局面。」他說。

「你不明白。」史蒂薇．蕾告訴他，淚水在眼眶裡打轉。「我不想脫離。另外，我唯一搞砸的事，是早先沒有跟你們講利乏音的事，結果讓你們在這種狀況下得知。」

戴米恩凝視著她，過了不知多久，才說：「嗯，我明白，我眞的明白。因爲在我失去愛之前，我已學到許多。」

史蒂薇．蕾還來不及回應，一名冥界之子發出淒厲的叫聲，他們全都朝那個方向轉過頭去。原來這名年輕戰士被卡羅納刺中了大腿。他一倒下，立刻被他的同袍拖開，而另一名戰士隨即上前，遞補空缺，守住圍繞兩個長翅膀的生物的致命包圍圈。

利乏音和卡羅納背對著背，分頭作戰。當史蒂薇．蕾看見夜之屋的戰士一波波地進逼、攻擊，她好想蜷縮起來，乾脆就此死去。接著，她注意到，卡羅納和利乏音的動作彼此搭配、互補，節奏精準，無懈可擊。他們和戰士之間的致命之舞，呈現一種優雅、對稱的美感，令史蒂薇．蕾讚嘆。但是，基本上，她一心只想對利乏音大喊：**跑！飛走！離開這裡！救救你自己**！

一名戰士撲向利乏音，他在最後一秒擋開這一擊。史蒂薇．蕾憂心忡忡，害怕極了，因為她不曉得這兩人接下來會怎樣。無論誰受傷，她都不願意。或許因為這樣，她移不開視線，一直看著他們互相纏鬥。接著，史蒂薇．蕾不禁驚訝，她居然得花這麼長的時間，才看出利乏音在做什麼——或者該說，**沒**在做什麼。她心裡泛起甜蜜的希望。

「柔依，」她抓住好友的手，目光仍死盯著這一場戰鬥，「注意利乏音。他不曾攻擊，他不想傷害任何人，他只是在保護自己。」

柔依頓住，觀察了一下，說：「妳說得對。史蒂薇．蕾，妳說得對！他不曾攻擊。」

史蒂薇．蕾爲利乏音感到驕傲，興奮得胸口疼痛，彷彿她的心臟跳得太劇烈，快跳出她的胸腔了。戰士們不斷地攻擊，每一擊都是致命的，意圖屠戮敵人。卡羅納也不停地刺傷對手，重創他們的肢體，甚至殺了幾個人。唯獨利乏音例外，他只一味地採取防衛的動作——他抵擋、佯攻、戳刺，但完全沒有傷到任何一位亟欲置他於死地的戰士。

「她說得對，」達瑞司說：「仿人鴉完全採取守勢。」

「前進！殺了他們！」奈菲瑞特大聲喝令。史蒂薇．蕾終於將視線從利乏音身上移開，轉向她。奈菲瑞特生氣勃勃，意氣風發，沉醉在眼前的暴力和毀滅中。怎麼會沒有人看到，可怕的黑暗正興奮地在她身旁搏動、滑移，纏繞她的兩腿，撫摸她的身軀？怎麼會沒有人看到，黑暗正在吸取她的力量，而奈菲瑞特也正從眼前的死亡和毀滅中汲取力量？

龍．藍克福特一心執意報復，在他的率領下，戰士們發動更猛烈的攻擊。

「我必須加以阻止。」史蒂薇．蕾自言自語。「在情勢進一步失控，他被迫不得不傷人之前，我必須加以阻止。」

「阻止不了的。」柔依低聲說：「我想，奈菲瑞特一開始就策劃了這一切。卡羅納會出現，八成是因爲她叫他來。」

「卡羅納或許是這樣，但利乏音不是。」史蒂薇．蕾堅定地說：「他來這裡是爲了確定我平安沒事，我絕不會讓他因爲我而遇害。」

史蒂薇·蕾看著血淋淋的戰鬥在眼前持續進行，想像自己是一棵樹——一棵高大、強壯的橡樹，雙腿是樹根，深入大地，深入到奈菲瑞特黑暗的黏稠卷鬚碰觸不到的地方。然後，她想像自己從豐饒、厚實、堅強的土元素汲取力量。當土的純然本質泉湧而上，盈滿她的身體，史蒂薇·蕾巍然聳立，放開柔依的手。這時，她才看見自己的手發出熟悉的柔和綠光。她開始往前走，走向利乏音。

「喂，妳知道自己要去哪裡嗎？」史塔克問。在他身旁，達瑞司一臉堅定，擋住她的去路。

「去跟野獸共舞，這樣我才好揭穿他們的僞裝。」克拉米夏預言詩裡的句子，如同久遠以前的夢，浮現在史蒂薇·蕾的腦海。

「喂，瘋夠了吧？」愛芙羅黛蒂說：「妳得把屁股留在這裡，別去蹚那裡的渾水。」

史蒂薇·蕾不理會愛芙羅黛蒂，面向兩位戰士，說：「他是跟我烙印的人，我已經下定決心。如果你們要打我，那就打吧，但我一定要去利乏音那裡。」

「沒人要打妳，史蒂薇·蕾。」柔依說。「讓她去吧。」她告訴史塔克和達瑞司。

「我需要妳的幫助。」史蒂薇·蕾告訴柔依：「如果妳信任我，就跟我去，用靈元素的力量支持我。」

「不！妳不能蹚這渾水。」史塔克告訴柔依。

柔依對他微笑。「我們之前蹚過卡羅納的渾水，結果我們贏了，記得吧？」

史塔克哼了一聲。「對，在我死了之後。」

「別擔心，守護人。如果有需要，我會再一次救你。」柔依轉向史蒂薇·蕾。「妳說利乏音救過妳的命？」

「兩次，而且他為了救我槓上黑暗。利乏音有善良的一面，我向妳保證。柔，拜託，**拜託**妳信任我。」

「我信任妳，我永遠信任妳。」柔依說。「我要跟史蒂薇·蕾一起去。」她告訴史塔克。他聽到她的決定，顯然一點也不高興。

「我也去。」戴米恩說，眼睛已經不再流淚。「如果妳需要風，它會在那裡供妳差遣。我仍然相信愛。」

「我不喜歡鳥東西。不過，有風也得有火。」簫妮說。

「深有同感，孿生的。」依琳說。

史蒂薇·蕾逐一迎視他們的目光。「謝謝。你們不知道，這對我來說意義有多重大。」

「噢，看在狗屎的分上，我們這就去拯救那個不可愛的鳥小子吧，好讓這個鄉巴佬可以從此過著不幸福、不快樂的日子。」愛芙羅黛蒂說。

「好，走吧。不過，請妳把妳話裡的那些不字拿掉。」史蒂薇．蕾說。就這樣，朋友們在她的四周圍成一個圓圈，史塔克和達瑞司分別站在外圍兩翼，一行人由史蒂薇．蕾帶領，走向戰場。在土元素力量的灌注下，她毫不遲疑地邁開步伐，趨近血腥和暴力的所在，並盡可能地接近利乏音。

「不！」他瞥見她，大喊道：「往後退！」

「不可能！」史蒂薇．蕾看著戴米恩，說：「硬仗來了，請召喚風。」

戴米恩面向東方。「風，我需要你，請降臨我！」他的四周刮起風，揚起他和其他人的頭髮。

史蒂薇．蕾對著簫妮揚起眉毛。她翻了一下白眼，但還是面向南方，呼喊道：「火，爲我燃燒吧，寶貝！」當熱氣加入風，依琳毋需他人催促，立刻面向西方，說：「水，降臨我，加入守護圈！」春雨的氣息立刻拂上他們的臉龐。

水一加入，史蒂薇．蕾隨即面朝北方，說：「土，你已經陪在我身邊，現在請加入守護圈。」扎根於土的感覺變得更強烈，史蒂薇．蕾知道，此刻她整個人正像一座燈塔，發出苔蘚的綠光。

這時，柔在她身旁說：「靈，請加入，完滿我們的守護圈。」

一種幸福的美妙感覺霎時湧上心頭，史蒂薇．蕾走出朋友的包圍，彷彿她是他們的帶頭先鋒。她全身充盈著元素的力量，舉起雙手，傳送樹木亙古睿智的力量。「土，請形成一道屏障，終結這場廝殺。」她伸手指向那群男人。

「幫助她，風。」戴米恩說。

「激勵她，火。」簫妮補上一句。

「支撐她，水。」依琳接腔。

「充盈她，靈。」柔依說。

史蒂薇．蕾感覺到腎上腺素急速奔馳，從四周的土往上爬升，通過她的腳，進入她的手。藤蔓般的綠色卷鬚從地面竄出，在利乏音和卡羅納的四周築起籠子似的屏障，瞬間終止了這場戰鬥。

所有人都看著她。

「好，這樣好多了。現在我們可以好好地想一想。」史蒂薇．蕾說。

「所以，柔依和妳的守護圈——你們決定與黑暗爲伍嗎？」奈菲瑞特說。

史蒂薇．蕾搶在柔回答之前說：「奈菲瑞特，妳的話臭不可聞。柔才剛從另一個世界回來。她在那裡跟妮克絲廝混，痛扁了卡羅納，然後把她的戰士平安地帶回人間——這種事情可沒有哪個女祭司長做過。所以，她根本不是黑暗的菜。」奈菲瑞特張開嘴巴想說話，但馬上被史蒂薇．蕾堵住。「不准插嘴！我只剩一件事要告訴妳——不管妳唬弄得了誰，我要告訴妳，我絕不相信妳已經改邪歸正。妳是個騙子，而且妳眞的、眞的很惡毒。我見過白牛，我知道跟妳狼狽爲奸的黑暗是怎麼一回事，我很清楚妳有多變態。要命，奈菲瑞特，我現在就看到那鬼東西在妳身上爬來爬去。所以，滾．回．地獄．去．吧。」

她轉身背對奈菲瑞特，面向卡羅納。她張開嘴巴，但突然間說不出話來。長翅膀的不死生物儼然一個復仇的神祇，赤裸的胸膛濺滿血跡，手上的黑色長矛滴著血，琥珀色的眼睛閃閃發光，注視著她，那表情既帶著鄙夷的神色，又彷彿覺得什麼事情很逗趣。

我怎會以為自己對抗得了他？史蒂薇．蕾的理智在腦海裡喊道，**他這麼厲害，而我什麼都不是——如此渺小……**

「給她力量，靈。」柔依低聲呢喃，聲音隨著戴米恩的風飄向史蒂薇．蕾。

史蒂薇．蕾把目光從卡羅納身上移到柔依的雙眼。她的好友面露微笑，說：「繼續，完成妳開啓的行動。妳辦得到的。」

史蒂薇．蕾心裡覺得好感激，好溫暖。當她把目光轉回卡羅納身上，她從想像中自己與大地連結的樹根深深地汲取力量。於是，憑藉著元素的力量和好友的支持，她準備把眼前這件事做個了結。

「好，所有人都曉得，你原本是妮克絲的戰士，但不知怎麼地，事情搞砸了，所以你才會出現在這裡。」她以就事論事的口氣說道：「我是說，**你**搞砸了你的人生。不過，這也意味著，儘管你後來變得很邪惡，你畢竟曾經懂得榮譽和忠誠，甚至懂得愛。所以，我要跟你談談你兒子的事，請務必仔細聽我說。我不曉得怎麼會這樣，但我愛他，而且我想，他也愛我。」說到這裡，她停頓一下，迎視利乏音的目光。

「我是愛妳。」這句話，他說得是這麼地清楚，所有旁觀的人都聽見了。「我愛妳，史蒂薇．蕾。」

她對他微笑，心裡滿滿的驕傲、幸福，以及，最重要的，滿滿的愛。然後，她重新把注意力放在卡羅納身上。「對，這很怪。喔，不，我知道這段感情一點也不正常，而且女神知道，我們還得面對許多來自朋友的問題。不過，最重要的是：我可以帶給利乏音關愛，以及一個讓他體會到平安和幸福的人生。但除非你先做一件事，否則我無法帶給他這些。卡羅納，你必須解除他身爲你兒子的義務，你必須讓他自己決定要繼續留在你身邊或改變他的人生道路。我願意冒這個險，全心全意地相信，在你內心深處，**你**起碼有那麼一小部分仍是妮克絲的戰士，而且**那個**保護我們女神的卡羅納將會做出正確的決定。請你再當一次那個卡羅納吧，就算只是片刻也好。」

四周靜寂，卡羅納久久一語不發，眼睛眨也不眨地直盯著史蒂薇．蕾。這時，奈菲瑞特輕蔑、傲慢的聲音打破沉默。「夠了，少在那裡裝模作樣了。這道屏障不過是草編的，我來料理。龍老師，準備對仿人鴉展開報復吧。至於你，卡羅納，我已把你從我的身邊驅逐，我的命令依然有效，我們之間的關係迄未改變。」史蒂薇．蕾注意到，她一邊說話，一邊從遍布在她周遭的暗影和自己的身體引出蠕動的黑色卷鬚。看來，如今黑暗已跟她形影不離。

史蒂薇．蕾做好心理準備。這肯定會很慘烈，但她絕不退縮，而這代表她必須再次對抗黑暗。

然而，她才剛開始感受到痛楚和冰冷，也感覺到黑暗在耗竭土的力量時，長翅膀的不死生物微微舉起一隻手，說：「停止！長久與我為伍的黑暗，聽從我的命令。這裡不是你的戰場，退去！」

在場幾乎所有人都看不見的黏稠卷鬚開始蠕動，重新縮回它們的暗影中。「不！」奈菲瑞特大聲嘶喊，然後指著卡羅納，咒罵道：「蠢傢伙！你在做什麼？我命令你離開。你**必須**

遵從我的命令！我是這裡的女祭司長！」

「我不受妳控制！從未受妳控制！」卡羅納露出勝利的笑容。有那麼片刻，他的模樣看起來是那麼雄偉、莊嚴，看得史蒂薇．蕾屏住呼吸。

「我不知道你在說什麼。」奈菲瑞特立刻恢復鎮定。「是我曾經被你控制。」

卡羅納環視校園，看遍一個個睜大眼睛盯著他的雛鬼和成鬼。他們有的仍手持武器，準備對抗他；有的則楞在那裡，既想轉身逃跑，又想匍匐讚美他。「啊，妮克絲的孩子，你們很多人跟我一樣，已經不再聆聽女神的話語。你們何時才能學會教訓啊？」

然後，長翅膀的不死生物望向他的右邊。利乏音就站在那裡，沉默地看著父親。

「你眞的跟血紅者烙印了？」

「是的，父親。」

「你救了她的命？不只一次？」

「她也救了我的命，不只一次。我從天空墜落後，眞正療癒我的人是她。後來，我爲她與白牛對峙，遭黑暗重創，讓我傷口得以癒合的也是她。」利乏音與史蒂薇．蕾四目相接。

「爲了償付我幫她從黑暗脫困，她運用土元素，以光亮的力量撫慰、治癒我。」

「我那樣做不是爲了還債，而是因爲我受不了見到你受傷。」史蒂薇．蕾說。

緩緩地，彷彿極其困難地，卡羅納舉起手，搭在兒子的肩膀上。「她永遠不可能愛你如同一個女人愛一個男人，你知道嗎？你將永遠渴望著她無法給你，也不會給你的東西。」

「父親，她給予我的是我以前從不知道的。」

有那麼一剎那，史蒂薇．蕾看見卡羅納的臉痛苦扭曲。「你是我的兒子，我的愛子，我給了你我的愛。」他的聲音是如此輕柔微弱，她得拉長耳朵才聽得見。

利乏音遲疑了一下，才開口回應他父親。「或許在另外一個世界，在另外一輩子，你確曾給我愛。但在這一世，你給了我力量、紀律和憤怒，卻不曾給我愛。永遠不曾。」史蒂薇．蕾聽得出他毫無遮掩的誠實，也聽得出他坦承這件事時心裡的痛苦。

卡羅納目光炯炯，但史蒂薇．蕾覺得，她在那深邃的琥珀色裡看見的是痛苦，而非憤怒。「那麼，在這個世界，在這一輩子，我要再給你一樣東西：選擇。自由地選擇吧，利乏音。選擇你的父親，你已忠誠地服侍、追隨他好幾個世紀，並擁有隨之而來的力量。或者，選擇這名吸血鬼女祭司長的愛，但她永遠無法完全屬於你，因爲她永遠、永遠都會懼怕你裡面的那個怪物。」

利乏音望向史蒂薇．蕾，她看見他眼裡的疑問。他還沒問出口，她已開口回答他。

「當我看著你，我沒有見到怪物——不管是你的外在或內在。所以，我一點也不懼怕你。利乏音，我愛你。」

利乏音閉上眼睛。她感覺到自己不安地顫抖，也閉上眼睛。他心地善良——史蒂薇．蕾確信她沒有看錯。但，如果他選擇了她，而非他的父親，他的人生將永遠改觀。他體內有不死生物的血，對他來說，永遠這兩個字太眞實了。或許他沒辦法——或許他不會——或許他——

「父親——」一聽見利乏音的聲音，史蒂薇．蕾隨即睜開眼睛。他在跟卡羅納說話，但雙眼仍一直看著她。「我選擇史蒂薇．蕾，以及女神的道路。」

她迅速瞥向卡羅納，及時見到痛苦的表情從他臉上閃過。「那就這樣吧。從今天起，你不再是我的兒子。」他頓了一下，利乏音將視線從她身上移向不死生物。「我應該給你妮克絲的祝福，但她不再聽我說話。所以，我只能給你一個忠告：如果你付出眞心愛她，有一天卻發現她不是同樣地眞心愛你——因爲她無法，也絕不會這樣愛你——那麼，你將會徹底崩潰。」卡羅納展開巨翅，舉高雙手，宣布：「利乏音從此脫離我！如我所言，就此確定！」

有一天，史蒂薇．蕾將會想起這一刻，想起他不死的父親免除他的桎梏時，利乏音四周的空氣不住地顫動。但在當下，她只能睜大眼睛盯著利乏音，因爲打從她第一次見到他起，始終沾染他眼睛的紅色竟忽然褪去，留下一雙人類男孩的黑色眸子從巨大渡鴉的頭上凝視著她。

卡羅納依然伸展著翅膀，身軀也依然威武雄壯，但史蒂薇．蕾相信，他內心深處正因失去兒子而哀傷不已。接著，卡羅納將琥珀色的目光投向奈菲瑞特。但他不發一語，只是大笑。然後，他縱身飛上夜空，留下嘲諷的笑聲，以及另一樣東西：從空中飄落的一根白色羽毛，落在史蒂薇．蕾的腳邊。她萬分震驚，她在利乏音周圍築起的綠色屏障就此消散。但她太過專注，只一味看著那根羽毛，竟渾然沒有意識到自己已經失神，集中的念力已經潰散。就在她彎腰拾起羽毛時，奈菲瑞特對龍老師下達命令。

「現在，不死生物已經逃逸，殺了他兒子吧。他們這場裝模作樣的把戲矇騙不了我。」

史蒂薇．蕾隨即感受到熟悉的刺痛，黑暗已切斷她和土的連結，削弱她的力量。眼看著龍老師撲向利乏音，她竟連出聲叫喊也做不到。

23 利乏音

奈菲瑞特下令要他受死時，利乏音還搞不清楚發生了什麼事。那時，他正驚詫地看著史蒂薇·蕾低頭凝視草地上一個白色的東西。接著，四周陷入一片混亂。圍繞著他的綠光消失，史蒂薇·蕾臉色慘白，踉蹌搖擺。仿人鴉太專注在史蒂薇·蕾身上，根本沒有察覺龍老師已展開攻擊，而她的朋友柔依忽然出現在他面前，擋在他和來襲的冥界之子之間。

「不，我們不會攻擊選擇女神道路的人。」柔依以洪亮的聲音說道，戰士們不知所措地在她面前停下腳步。利乏音注意到史塔克立刻移動到她身旁，而達瑞司出現在她的另一邊。兩名戰士手上都拿著劍，但他們的表情傳達出更多信息：他們都不想攻擊自己的弟兄。

是我的錯，他們針鋒相對都是因為我。利乏音痛恨自己。他趕到史蒂薇·蕾身邊時，心頭茫然，思緒混亂。

「妳要讓戰士彼此廝殺嗎？」奈菲瑞特不敢置信地問柔依。

「妳要讓我們的戰士殺害服侍女神的人嗎？」柔依反問。

「所以，妳現在有能力論斷別人的心了？」奈菲瑞特伶牙俐齒地駁回去，一副得意洋洋的樣子。「即便是**真正的**女祭司長，都不敢宣稱自己擁有神祇的這種能力。」

在她現身之前，利乏音察覺到空氣起了變化。彷彿大雷雨將至，四周空氣充滿雷電的電荷。霎時能量湧現，聲光翻騰，偉大的黑夜女神，妮克絲，出現了。

「不，奈菲瑞特，柔依是不能宣稱擁有神祇的這種能力，但我能夠。」

所有正忙著搜尋、吸吮、潛行的黑暗卷鬚，一聽見她神聖的聲音，立刻爬行遁走。在他身邊，史蒂薇．蕾彷彿終於放開屏住的呼吸，急喘一口氣，雙膝跪下。

利乏音聽見四周此起彼落地響起驚詫低呼的聲音：「是妮克絲！」「是女神！」「噢，祝福滿滿！」

接著，他的注意力完全被妮克絲吸引。

她果然是黑夜的化身，秀髮宛若秋分的滿月，散發出皎潔的銀白月光，而那雙眼睛像是新月的夜空，黝黑、一望無垠。她身體的其他部位則彷彿是透明的。利乏音覺得自己依稀瞥見了微風中飄起的烏黑絲綢，以及女性的婀娜曲線，甚至她柔滑額頭上的一彎弦月刺青。但是，他愈著意看清女神的模樣，她就變得愈透明，愈熾亮。就在這時，他注意到全場只有他還站著，所有其他人都已向女神下跪。於是，他也跪下。

他隨即發現，他根本不需擔心自己反應太過遲鈍，因為妮克絲的注意力放在別處。她飄向戴米恩，諷刺的是戴米恩壓根兒不曉得她正在靠近，因為他低垂著頭，雙眼緊閉。

「戴米恩，我的孩子，看著我。」

戴米恩抬起頭，驚訝地睜大眼睛。「喔，妮克絲！真的是妳！我還以為是我在幻想。」

「或許從某方面來說，你是在幻想。我只是要你知道，你的傑克跟我在一起，他是我國度裡最純潔、最喜樂的靈。」

戴米恩淚水盈眶，滑落臉龐。「謝謝，謝謝妳告訴我。知道了這一點，我應該比較容易忘懷。」

「孩子，你不需忘了傑克。你要懷念他，為你們短暫、美好的愛情感到歡喜。選擇這樣做，不代表遺忘，而是代表療癒。」

戴米恩淚眼婆娑的臉上泛起微笑。「我會記住的，妮克絲，我會永遠記得，並選擇妳的道路。我保證。」

女神的影像飄浮著，輕輕轉身，黑黝的目光環視所有的人。利乏音看見妮克絲憐愛地望著柔依，而柔依咧著嘴笑。

「歡喜相聚，我的女神。」柔依說。利乏音發現她的語氣居然這麼輕快、隨意，嚇了一大跳。

她跟女神說話時，不是應該畢恭畢敬，戒慎恐懼嗎？

「歡喜相聚，柔依・紅鳥！」女神也咧著嘴對雛鬼女祭司長微笑。他心想，女神笑起來的模樣眞像個聰慧的可愛小女孩——一個他忽然覺得眼熟的小女孩。接著，利乏音心頭一震，他認出她了。那個鬼魂！那個小女孩鬼魂就是女神！

妮克絲開始對所有的人說話，聲音宛如籠罩眾人的交響樂音。她的影像變得益發縹緲靈幻，明亮而美麗，讓人既無法注視她，也無法思考，只能專心聆聽她的話語。**「今晚發生了很多事，有人做出了改變靈的決定。這代表，你們當中有些人即將展開新的生命旅程。對另外一些人來說，你們許久以前就確定了道路，但有些人正處於生命的斷崖邊緣。」**女神的目光停駐在奈菲瑞特身上，她趕忙低下頭。**「妳已經變了，女兒，妳不再是以前的妳。說真的，我還可以稱妳為女兒嗎？」**

「妮克絲！偉大的女神！我怎麼可能不是妳的女兒呢？」

奈菲瑞特跟女神說話時並沒有抬頭，她一頭濃密的赭色長髮完全覆蓋住她的臉，遮掩掉她的表情。

「今晚，妳請求原諒。柔依給了她的答案，我應該給妳我的答案。原諒是一種非常特別

的禮物，妳必須自己掙得。」

「妮克絲，我在此謙卑地請求妳賜我這份特別的禮物。」奈菲瑞特說，依舊低著頭，隱藏她的臉。

「當妳掙得這份禮物，自然就會收到。」說著，女神乍然轉身，撇下奈菲瑞特，將注意力轉向劍術老師。他握拳放在心臟位置，對她致敬。**「你的安娜塔西亞已經不再痛苦和悔恨。你是否願意做出跟戴米恩一樣的選擇，學習為你們享有的愛感到歡喜，並繼續往前走？或者，你選擇摧毀你最為她所愛的特質——你既能堅強，也能寬容？」**利乏音注視著龍老師，等著他始終沒有說出口的答覆。這時，妮克絲叫喚他的名字。

「利乏音。」

利乏音仰頭直視妮克絲，但隨即想起自己的身分，趕緊羞愧地低下頭，說出冒上心頭的第一句話。「請別看著我！」

他感覺到史蒂薇．蕾伸手過來握住他的手。「別擔心，她不會懲罰你。」

「妳怎麼知道呢，小女祭司長？」

史蒂薇．蕾握住他的手突然縮緊，但她的聲音毫不猶豫。「因爲妳**能夠**看到他的內心，而我知道妳在那裡會看到什麼。」

「史蒂薇．蕾，妳相信仿人鴉有什麼樣的心？」

「善良的心。而且我認爲，他不再是仿人鴉了。他父親已經放了他。現在，我認爲，他是一種全新的物種，呃，未曾有過的一種男孩。」她說得有些結巴，但終於還是把話說完。

「我看見妳跟他綁在一起。」女神的回覆神祕如同謎語。

「沒錯。」史蒂薇．蕾語氣堅定地說。

「即便你們的連結意味著這所夜之屋，甚至這個世界，將一分為二？」

「我媽以前會狠狠地修剪她的玫瑰。我覺得，她會傷到玫瑰花，搞不好還會害死它們。我問她爲什麼要這樣做，她告訴我，有時候妳必須剪掉舊的枝葉，新枝才有空間生長。或許現在是砍掉一些舊東西的時候了。」史蒂薇．蕾說。

她的話把利乏音嚇一大跳，他立刻把視線從地面轉向史蒂薇．蕾。她微笑看著他。他在她眼裡看到溫暖、關愛和快樂，沒有一絲絲的懊悔或拒絕。霎時，他好希望自己也能對她微笑，並將她摟入懷裡，就像眞正的男孩那樣。

就這樣，史蒂薇．蕾給了他力量，他終於抬頭看著女神，迎視她深邃無垠的目光。

結果，他在妮克絲眼中見到熟悉的感覺，因爲她那溫暖、關愛和快樂的眼神跟史蒂薇．蕾的目光一模一樣。

利乏音放開史蒂薇．蕾的手，以便握拳放在心臟位置，對女神行古代的致敬禮。「歡喜相聚，女神妮克絲。」

「歡喜相聚，利乏音，」她說：**「在卡羅納的孩子當中，唯有你拋卻你受孕時的憤怒和痛苦，掙脫充塞你漫長人生的憎恨，轉而尋求光亮。」**

「別人都沒有史蒂薇．蕾。」

「她的確影響了你的選擇。但你也必須對她敞開心房，對光亮而非黑暗做出回應。」

「我的選擇並不是一向如此。過去我做了很可怕的事。這些戰士想要殺我，是合理的。」利乏音說。

「你對過去感到懊悔嗎？」

「是的。」

「你願意承諾未來行我的道路嗎？」

「我願意。」

「利乏音，墮落的不死生物卡羅納戰士之子，我接受你為我服侍，並原諒你過去犯下的錯誤。」

「謝謝妳，妮克絲。」利乏音向女神——**他的女神**致謝時，聲音因激動而沙啞。

「如果我告訴你，雖然我原諒並接納你，你仍必須為過去的選擇承擔後果，你還會感謝我嗎？」

「不管接下來發生什麼事，我會永遠感謝妳，我發誓。」他毫不遲疑地說。

「那麼，讓我們希望，你將擁有長長久久的歲月可以兌現你的誓言。聽著，這就是你要承擔的後果——」妮克絲舉起兩臂，彷彿她可以把月亮捧在手掌裡。利乏音覺得，她是在汲取星星本身的亮光。**「由於你已喚醒內在的人性，每天晚上，從日落到日出，我將賜你這項禮物：你應得的真實面貌。」**女神將匯聚在她手掌的光燦能量擲向他。能量竄流他全身，他渾身顫抖，痛苦地哀號，蜷縮在地上。就這樣，他躺在那裡，一動也不能動，耳裡只聽見女神的話語。**「為了贖你過去的罪，白天你會失去真實面貌，變回渡鴉的形貌，什麼都不懂，只知道禽獸的基本欲望。記得，你要好好思考如何善用你的人性，從過往學習，並平衡你身為野獸的那一面。如是我言，遂我所願。」**

這時，痛苦開始消褪，利乏音終於能夠睜開眼睛，仰望女神。他看到她張開兩臂，環視所有的人，歡喜地說：**「對於其他所有的人，我留下我的愛，盼你們接受。我也願大家永遠祝福滿滿。」**

接著，彷彿明月爆裂，妮克絲消失在令人目盲的亮光中。亮光刺眼，無助於照亮利乏音的困惑。他的身體感覺起來好奇怪，好陌生，有點暈眩……利乏音低頭看自己，震驚得一時無法思考，不能理解自己看到了什麼。**我怎麼會待在一個男孩的身體裡面**？終於，他聽見史蒂薇．蕾在哭泣。當他把注意力放在她身上，利乏音才發現她又哭又笑。

「發生了什麼事？」他問，依舊覺得昏頭暈腦。

史蒂薇．蕾看來仍無法開口說話，因爲她依然只顧著哭，所幸她臉上流下的似乎是欣喜的淚水。

一隻手伸到他眼前，他抬頭看見雛鬼女祭司長柔依．紅鳥對著他苦笑。利乏音抓住她遞過來的手，搖搖晃晃地站起來。

「我們的女神已經把你變成人類了。」柔依說。

驀然聽明白這個事實，他再度震驚得差點跪下。「我是人類，不折不扣的人類。」利乏音低頭看見自己已成爲一名切羅基族的年輕戰士，身材高大強壯。

「沒錯，你是人類，但只在晚上。」柔依說：「白天，你會完全變成一隻渡鴉。」

利乏音幾乎無心聽她說，注意力已經重新轉向史蒂薇．蕾。

妮克絲剛剛改變他的時候，一定把他從史蒂薇．蕾的身邊震開了，因爲此刻她不在他的身旁。他看見她躊躇地朝他踏出一小步，然後停步，有點不知所措的樣子，並抬手抹了抹自己的臉。

「很—很糟嗎？我是不是看起來不對勁？」他衝口而出。

「不，」她說，直視他的眼睛。「你很好，非常完美。你就是我們在噴泉池裡見到的那個男孩。」

「那妳願意……我可以……」他支支吾吾，激動得不曉得該怎麼說才好，索性直接採取行動。他往前跨出兩步，結實而有力，完全屬於人類的兩大步，彌合了史蒂薇．蕾和他之間的距離。他毫不遲疑地將她摟入懷裡，然後做出他連在夢中都不准許自己做的事情。利乏音俯身，用自己的嘴唇親吻史蒂薇．蕾柔嫩的嘴唇。他嘗到她的淚水和歡笑。終於，他知道真正的幸福是什麼滋味。

當他往後退開，他是多麼不捨啊。他對她說：「等等，有件事我必須去做。」

他很容易就找到龍．藍克福特。所有人都盯著他和史蒂薇．蕾，但利乏音清晰地感受到劍術老師的目光。他緩緩地走向龍老師，不敢做出任何突兀的舉動。即便如此，站在龍老師兩旁的戰士還是開始變換姿勢，顯然準備陪同他們的劍術老師，再次投入戰鬥。

利乏音在龍老師面前停下腳步，迎視他的目光。在他眼裡，他看到了痛苦和憤怒。利乏音點點頭，向他致意。「你痛失愛妻，是我造成的。對於過去的我，我不會找任何藉口。我只能告訴你，我錯了。我不敢求你像女神那樣原諒我。」利乏音打住話語，單膝跪下。「但容我向你懇求，請讓我為你效命，以償還我虧欠你的生命之債。如果你願意接受，只要我活著的一天，我會以我的行動和榮譽，努力彌補你的喪妻之慟。」

龍老師不發一語，只是緊緊盯著利乏音，臉上閃過各種複雜的情緒：憎恨、絕望、憤怒，以及哀傷。終於，所有的情緒匯聚起來，轉化成一張嚴冷、堅決的面具。

「起來，怪物。」龍老師冷冷地說：「我無法接受你的誓言。我受不了看到你。我不會讓你為我效命。」

「龍老師，請想想你剛剛說的話。」柔依．紅鳥迅速走到利乏音身邊，而史塔克亦步亦趨地跟過來。「我知道這很難——我知道痛失所愛是什麼滋味，但你必須選擇一種方式繼續往前走。你這樣回覆，會讓人覺得，你選擇了黑暗而非光亮。」

龍老師回答這位年輕的女祭司長時，眼神冷酷，聲音嚴峻。「妳說妳知道痛失所愛是什麼滋味？你愛那個人類男孩多久時間？不到十年！而安娜塔西亞成為我的配偶已超過**一個世紀**。」

利乏音看見柔依瑟縮了一下，彷彿他的話語真的刺傷了她的肉體。史塔克跨出一步，貼近她，同時瞇起眼睛看著劍術老師。

「怪不得一個孩子無法領導夜之屋，也無法當個眞正的女祭司長，不管女神有多寵愛她。」奈菲瑞特說，輕柔地移動到龍老師身邊，敬重地碰觸一下他的手臂。

「等一下，討厭鬼。我可不記得妮克絲有說她要原諒妳。如果我說錯了，請糾正我。她提到了**禮物**和**掙得**，可絕對沒說**嗨，奈菲瑞特，我原諒妳**。」愛芙羅黛蒂說。

「妳不屬於這所學校！」奈菲瑞特對她怒吼。「妳不再是雛鬼！」

「的確不是，但她是女先知，還記得嗎？」柔依機靈地說，態度冷靜。「連最高委員會也承認這一點。」

這一次，奈菲瑞特沒有回應柔依，而是轉頭對在場的眾雛鬼和成鬼說話。「各位看到了吧，女神剛剛才在我們面前現身，現在他們已經這樣扭曲她的話？」

利乏音知道她很邪惡，知道她不再服膺妮克絲，但他不得不承認，她看起來十分厲害，卻又非常美麗。同時，他發現，黑暗的卷鬚已再度出現，朝她蠕動滑行，布滿她全身，餵養她對權力的需求。

「沒有人在扭曲什麼。」柔依說：「妮克絲原諒了利乏音，將他變成一個男孩。她還提醒龍老師，他可以選擇要怎麼過未來的日子。同時，她告訴妳，原諒是一項禮物，必須自己去**掙得**。我要說的就是這些。我們之中任何一個人要說的，也就是這些。」

「龍．藍克福特，身為劍術老師和這所夜之屋冥界之子的領導人，你是否接受——」奈菲瑞特停頓一下，以嫌惡的眼神瞥利乏音一眼——「這個畸形動物到你的麾下？」

「不，」龍老師說：「我無法接受他。」

「那麼，我也無法接受。利乏音，你不准留在這所夜之屋。滾吧，你這污穢的生物，到別的地方去彌補你過往的錯誤。」

利乏音沒有移動，等著奈菲瑞特把視線移到他身上。然後，他平靜地、清楚地說道：「妳是怎樣的人，我看見的就是那樣的妳。」

「滾！」她厲聲喝道。

他站起來，開始從劍術老師和他那一群戰士面前往後退，但史蒂薇．蕾拉住他的手，阻止他繼續後退。

「你去哪裡，我就去哪裡。」她說。

他搖搖頭。「我不要妳因為我而被趕出妳的家。」

史蒂薇．蕾似乎顯得有點害羞，伸手撫摸他的臉頰。「你不曉得嗎，你在哪裡，哪裡就是家？」

他抬手握住她的手。他怕控制不了自己的聲音，只默默地點點頭，對她微笑。**微笑**——

他沒有想到，微笑的感覺是這麼美好！

史蒂薇．蕾輕輕地把手抽回去。「我跟他一塊兒走。」她對眾人宣布。「我要在舊火車站的地下坑道建立另一個夜之屋。那裡不像這裡這麼漂亮，但那裡的氣氛絕對友善得多。」

「沒有經過最高委員會的准許，妳不能設立夜之屋。」奈菲瑞特厲聲說。

圍觀的眾人驚訝地竊竊私語，讓利乏音想起夏日裡拂過古代草原的風——夏風在草間穿梭的聲音無止無盡，毫無目的，除非你展翅乘風飛翔。

柔依．紅鳥的聲音劃破人群的呶呶不休。「如果你們有一位吸血鬼女王，而且你們同意不涉入吸血鬼社會的政治，那麼，最高委員會基本上就不會管你們。」她對史蒂薇．蕾微笑。「有夠湊巧，我可以說才剛被賦予女王的頭銜。那麼，我跟妳和利乏音一起去，如何？任何時候，我都會把友善看得比漂亮重要。」

「我也去。」戴米恩說。他回頭朝冒煙的火葬柴堆看最後一眼。「我選擇重新開始。」

「我們跟了。」簫妮說。

「沒錯，孿生的。」依琳附和。「反正我們在這裡的房間太小了。」

「不過，我們會回來拿我們的東西喔。」簫妮說。

「噢，當然。」依琳說。

「靠，」愛芙羅黛蒂說：「我就知道。今晚開始起衝突時，我就知道會搞成這樣。真慘，就跟陶沙市居然沒有諾斯壯百貨公司一樣慘。不過，我肯定也不會留在這裡。」

正當愛芙羅黛蒂靠在她的戰士身上，誇張地嘆氣時，紅雛鬼們一個個走上前來，離開人群，站到利乏音和史蒂薇．蕾、柔依和史塔克，以及守護圈的其他朋友身邊。

「這是不是代表我不能當所有吸血鬼的桂冠詩人？」克拉米夏加入他們時問道。

「除了妮克絲，沒人可以剝奪妳的這個頭銜。」柔依說。

「那好。她剛剛在這裡，沒說要開除我，所以，我想，我應該還不錯。」克拉米夏說。

「如果妳離開這裡，妳就什麼都不是！你們全部的人都一樣！」奈菲瑞特咆哮道。

「奈菲瑞特，是這樣的，」柔依說：「有時候，什麼都不是加上朋友，會等於很多東西。」

「妳在胡說八道些什麼？」奈菲瑞特說。

「妳當然聽不懂。」利乏音說，抬手摟著史蒂薇．蕾的肩膀。

「我們回家吧。」史蒂薇．蕾說，伸手攬住利乏音的腰，不折不扣的人類的腰。

「聽起來感覺不錯。」柔依說，拉起史塔克的手。

「聽起來我們得準備大掃除一番了。」克拉米夏嘀咕著，跟著大家離去。

「吸血鬼最高委員會會知道這件事的。」奈菲瑞特在他們身後喊道。

柔依停下腳步，轉頭高聲對她說：「好啊，反正要找我們並不難。我們有網路，什麼都有。再說，我們有一票人還會回來這裡，因為我們要上課。這裡已經不是我們的家，但仍是我們的學校。」

「喔，太讚了。這下子我們就像搭車從出租國宅社區到市中心了。」愛芙羅黛蒂說。

「什麼是出租國宅？」利乏音問史蒂薇．蕾。

她笑吟吟地看著他。「這代表我們來自一個截然不同的地方，而有些人認為我們那個地方不怎麼好。」

「我只能期待都市更新了。」愛芙羅黛蒂嘟噥著。

史蒂薇．蕾哈哈大笑，抱住他。利乏音知道自己臉上又冒出一個大問號了。她說：「別擔心，我們有的是時間，我會慢慢跟你解釋這些現代的玩意兒。現在，你只需要知道，我們在一起了，而愛芙羅黛蒂通常不怎麼友善。」

史蒂薇．蕾踮起腳尖吻他。利乏音放開自己，讓她的味道和觸摸，淹沒他的過去和他翅膀底下風的記憶，縈繞不去的記憶……

24 奈菲瑞特

她很想釋出黑暗，攻擊柔依和她身邊那一群爛貨，粉碎他們，將他們化爲烏有。但她極力克制自己，任由他們離開夜之屋。

她看著在她周遭四處亂竄，激動地在暗影之間滑行的卷鬚，暗暗地深呼吸，吸入這些黑暗絲線。當她覺得自己已恢復冷靜，強壯而自信，她面向**她的**屬下——那些留在**她的**夜之屋的人，對他們說話。

「眞令人歡喜啊，各位雛鬼和成鬼！今晚妮克絲在此現身，證明她對大家的恩寵。女神說到了選擇、禮物和生命的道路。可惜，我們看見柔依·紅鳥和她的朋友選擇了一條離開我們的路。這表示，他們也將遠離妮克絲。但我們一定會熬過這次的考驗，並堅持下去。讓我們向慈悲的女神祈禱，但願那些誤入歧途的雛鬼有一天會選擇回到我們身邊。」奈菲瑞特看見有些人露出懷疑的眼神。她微微地搖動手指，動作之細微，幾乎難以察覺。她將細長銳利的紅色指甲指向心存懷疑的人——那些不順服的人。黑暗立刻回應，鎖定他們，往他們身上攀附，讓他們感受到莫名的痛苦、疑慮和恐懼，從而迷惑、擾亂他們的心智。「現在，讓我們各自返回自己私密的寢室，點燃自己覺得最親近的元素的蠟燭。我相信，妮克絲將會聽見我們經由元素傳送的祈禱，幫助我們熬過這一段充滿痛苦和衝突的日子。」

「奈菲瑞特，那位雛鬼的屍體怎麼辦？我們不是應該守夜嗎？」龍．藍克福特說。

她謹慎地隱藏鄙夷的語氣。「多虧你提醒我，劍術老師。所有手持靈的紫蠟燭來悼念傑克的人，離開時請把蠟燭丟入火葬柴堆。冥界之子戰士會繼續替這名可憐的雛鬼守夜。」奈菲瑞特心想，**這樣一來，當火焰吞噬紫蠟燭，而戰士留守在這裡，我就同時擺脫了靈元素的力量和太多戰士的干擾**。

「謹遵吩咐，女祭司長。」龍老師說著，對她鞠躬。

她幾乎連看都沒看他一眼，逕自說：「現在，我必須獨處。我相信妮克絲給予我的訊息，具有多重的意義。有些話，她悄聲告訴了我的心，讓我不禁頓了一下，覺得有必要深思。現在，我必須祈禱和默想。」

「妮克絲說了什麼話，讓妳感到不安？」蕾諾比亞說。

奈菲瑞特已準備儘快離去，擺脫夜之屋師生那一雙雙窺伺的眼睛，蕾諾比亞卻出聲阻止了她。**我早該知道，她留下來並不是因為她落入了我的陷阱**，奈菲瑞特默默地告訴自己，**而**

是因為她決定把獵捕者當成獵物。

奈菲瑞特邊打量馬術老師，邊暗中彈指，將黑暗擲往她的方向。當她察覺蕾諾比亞的目光掃視著她的四周，彷彿她其實看得見正在尋找目標的卷鬚，不禁感到驚訝，並擔心起來。

「是的，妮克絲說的一些話確實讓我不安。」奈菲瑞特的口氣顯得有些突兀，把所有人的注意力從馬術老師轉移到她身上。「我看得出，女神非常擔憂我們的夜之屋。妳也聽到了，她說，我們的世界會分裂——其實，這事已經發生了。她是在警告我。但願我能早些找到方法，阻止這種事發生。」

「可是，她原諒了利乏音。既然如此，我們不是應該——」

「女神的確原諒了那生物，但這代表我們必須忍受他留在我們當中嗎？」她優雅地舉起手，指了指龍．藍克福特。他此刻已站在火葬柴堆的前方，神情哀戚。「我們的冥界之子做了正確的決定。可惜許多年輕的雛鬼，在柔依、史蒂薇．蕾和她們扭曲的話語影響下，竟然誤入歧途。如同妮克絲今晚所言，原諒是一種禮物，必須靠自己掙得。爲了柔依好，就讓我們抱著希望吧，但願女神會繼續對她好。不過，看到她的種種作爲，我很替她擔心。」在場的眾人仍逗留不去，時而注視著她，時而盯著劍術老師身邊悲戚、哀傷的場景。奈菲瑞特伸手輕輕地撫弄空氣，從暗影中牽引出愈來愈多的黑暗卷鬚。接著，她彈指將黑暗擲向眾人。

當呻吟和困惑、痛苦的喘息聲傳來，她提醒自己不要露出滿意的笑容。「除了戰士，大家都離開──各自回房祈禱和休息吧。今晚確實很難熬，大家都累壞了。現在，我要先離開大家。借用女神的話，我也願大家祝福滿滿。」

奈菲瑞特迅速從廣場中央走開，壓低聲音，對她周遭的古代力量說：「他一定會在那裡！他一定在等我！」她集中力量，讓自己覺得飽滿，隨著黑暗的節奏搏動。然後，她把自己交給黑暗，讓它舉起她新近獲得的不死身軀，用死亡、痛苦和絕望的無色翅膀承載她，帶她前往她要去的地方。

她**知道**──她**確定**──卡羅納一定會在那裡等她。但是，在抵達馬佑大樓的奢華頂樓豪宅之前，她察覺承載她的力量出現變化。

最先出現的感覺是寒冷。奈菲瑞特不確定是她下令力量停止，或是寒冷凍住了它們。接著，不管原因爲何，她發現自己被拋在皮歐瑞街和第十一街的交叉路口。特西思基利爬起來，環顧四周，試圖辨認自己所在的位置。左手邊的那座墓園馬上引起她的注意──不只因爲那裡埋藏了人類腐爛的遺體，她覺得是個有意思的地方；更因爲她察覺裡頭有什麼東西正在逼近。奈菲瑞特一伸手，抓住一縷正要撤離的黑暗卷鬚，強迫它帶她翻過圍繞墓園的釘樁鐵柵欄。

不管那是什麼東西，她感覺得到，它正在接近，並呼喚著她。奈菲瑞特開始奔跑，像鬼影子似地穿梭在年久斑駁的墓碑和傾圮的紀念碑之間。眞怪，人類竟覺得這些東西足以慰藉人心。最後，她來到墓園最中心的地方。四條寬闊的人行步道在這裡匯聚，形成一個圓環。圓環中央懸掛著一面美國國旗，成爲整座墓園裡唯一耀眼的裝飾——除了**牠**以外。

當然，奈菲瑞特認得牠。她曾見過白牛的影子。但牠從未眞正在她面前完整現身。

奈菲瑞特一時說不出話來，震懾於牠完美無瑕的形象。牠的毛皮白得閃閃發亮，就像晶瑩璀璨的珍珠——誘人、令人讚歎。她一把脫下少年史塔克給她的那件衣服，卸除身上唯一的覆蓋，赤身裸體地迎向白牛熾熱的黑色目光。然後，奈菲瑞特優雅地雙膝跪地。

妳才對妮克絲袒露自己，現在又赤身露體面對我？妳對自己是那麼隨便嗎，特西思基利之后？

牠的聲音陰森地迴盪在她的心頭，讓她內心充滿期待，興奮得全身發顫。

「我不曾對她袒露自己。這一點，你比誰都清楚。女神和我早已分道揚鑣。我不再是會死的凡俗生物，也不願臣服於任何其他女性。」

龐大無朋的白牛踱步走向她，巨大牛蹄底下的地面隨之震動。牠的鼻子沒有眞的碰觸到她細緻的肌膚，但牠吸入她的氣味。然後，牠吐出的冰冷氣息環繞著奈菲瑞特，觸摸她身上最敏感的部位，喚醒她最隱密的欲望。

所以，妳拒絕臣服於女神，卻選擇追求一個墮落的不死男人？

奈菲瑞特凝視著白牛黑黝深邃的眼睛。「對我來說，卡羅納實在微不足道。我找他是要報復他違背誓約。我有權這麼做。」

他什麼誓約都沒有違背，那誓約已不能束縛他。卡羅納的靈魂已不再不死——因為他愚蠢地把部分不朽給了出去。

「眞的嗎？這可有趣了……」得知這個消息，奈菲瑞特的身體興奮起來。

我知道妳仍執迷於他。

奈菲瑞特抬起下巴，把赭色長髮往後甩。「我所執迷的並非卡羅納。我只是想操控、利用他的力量。」

妳真是一個出色的沒心沒肺的生物啊。公牛伸出舌頭，舔舐奈菲瑞特赤裸的肌膚，她因劇烈的疼痛而喘息，但她的身體興奮得直顫抖。**我已經超過一百年沒有這麼心悅誠服的追隨者了。我忽然覺得，擁有妳或許真的很不錯。**

奈菲瑞特繼續跪在牠面前，緩緩地伸出手，輕輕地撫摸牠。牠的毛皮冷冽如冰，但滑順如水。

奈菲瑞特察覺牠的身體因期待而顫抖。**啊**。牠的喟嘆夾帶著巨大的力量，迴盪在她的心頭，進入她的靈魂，令她暈眩。**我都忘了，一旦有人心甘情願地撫摸你，那種感覺是多麼令人驚嘆。我可不常感到驚訝啊。現在，我發覺我想給妳一個好處，作為回報。**

「黑暗賜予的任何好處，我都欣然接受。」

白牛會心地低聲咯咯笑，那隆隆的聲音響徹她的心頭。**好，我確信我很想賞賜妳一樣東西，當作禮物。**

「禮物？」她興奮地喘不過氣來，愛極了黑暗化身話中反諷的意味，和妮克絲的話形成明顯的對照。「什麼樣的禮物？」

「若我說，我要創造一個工具人給妳，用以取代卡羅納，妳會開心嗎？這個工具人會聽妳使喚——徹底成為妳的武器。」

「他很厲害嗎？」奈菲瑞特已經氣喘吁吁。

如果妳獻上的祭品夠分量，他就會非常厲害。

「我願意向黑暗獻上任何東西或任何人。」奈菲瑞特說：「告訴我，爲了創造這樣一個工具人，你想要什麼祭品。」

為了創造這個工具人，我需要一個女人的生命之血。這個女人必須跟大地有古老的連

結，而這個連結應該是由母系世世代代傳承下來。這個女人愈強壯、愈純潔、愈年老，這個工具人就愈完美。

「她必須是人類或吸血鬼？」奈菲瑞特問。

人類——她們跟大地的連結更徹底，她們的肉體遠比吸血鬼更快返回大地。

奈菲瑞特面露微笑。「我知道誰是最佳的祭品人選。如果今晚你帶我去找她，我就可以立刻把她的血獻給你。」

白牛的黑色眼睛閃爍著光芒。奈菲瑞特心想，這可能是因爲牠覺得整件事很有趣。牠彎曲巨大的前腳，示意她爬上牠的背。**妳這沒心沒肺的女人，妳的提議引起了我的興趣。帶我去找這個祭品吧。**

「你要我騎在你身上？」

奈菲瑞特毫不遲疑地站起來，繞到牠滑溜的背部的側邊。雖然牠已經蹲伏下來，她要爬上去還是很費力。這時，她感覺到黑暗力量帶給她的熟悉的悸動。它輕飄飄地舉起她，讓她跨坐在牠巨大的牛背上。

妳只須在心裡想著妳要我帶妳去的地方——那個可以找到妳的祭品的地方——我就會帶妳到那裡。

奈菲瑞特趴在牠背部，雙手環抱住牠粗壯的脖子，開始在心裡想著薰衣草田、用奧克拉荷馬州特有石材砌造的可愛小屋、屋前舒適的木造露台，以及大得出奇的窗戶……

琳達・海肥

琳達眞不想承認，但這些年來她母親說得果然沒錯。「約翰・海肥是隻**蘇利**。」她用切羅基族語指責他是一隻禿鷹。當年，她母親第一次見到約翰，就這樣說他。「他也是個撒謊、騙人的混蛋——而且，這個混蛋的銀行戶頭裡沒有半毛錢存款。」她得意地說：「因爲，今天，我當場逮到教會的祕書趴在他的辦公桌之後，就把錢全領光了！」

她打開他們這輛道奇勇士車的車頭燈，雙手緊緊握著方向盤，心裡一遍遍重播那令人震驚的畫面。她本想給他一個驚喜，特別做了午餐，送到他的辦公室。約翰經常加班，工作到很晚。儘管如此，他依然投入很多時間在教會當志工……琳達想到這裡，緊抿著嘴唇。好，現在她曉得他其實在幹什麼了！或者應該說，他其實在幹**誰**了！

她早該知道的。跡象再明顯不過了——他愈來愈把她當作空氣，經常不回家，體重減了五公斤，還跑去做牙齒美白！

他一定會來勸她回去。她知道他一定會這麼做。被當場逮到後，他居然還試圖阻止她衝出辦公室。不過，他當時褲子脫到腳踝，很難追得上她。

「最可惡的是，他要我回去根本不是因爲他愛我，而是因爲他不想丟臉。」琳達咬緊嘴唇，用力眨眼，不想掉淚。「不對，」她大聲對自己承認，「最可惡的是，約翰從來沒愛過我。他只是想裝出居家男人的完美形象，所以才需要我。其實我們家一點都不完美——一點都不快樂。」**我媽說得對，柔依也說得對。**

想到柔依，淚水終於撲簌簌地滑落她的臉頰。琳達好想柔依。在三個孩子當中，她原本跟柔依最親。她淚眼婆娑地綻開笑容，回想起以前她和柔依度過的「宅女週末」。她們母女倆會一起窩在沙發上，猛吃垃圾食物，看《魔戒》或《哈利波特》，有時甚至看《星際大戰》。她們已經有多久沒這樣做了？好幾年了。她們還能再像那樣子嗎？琳達忍不住抽噎起來。如今，柔依人在夜之屋，她們還可能再那樣嗎？

柔依會不會根本**不想**再見到她？

如果她眞的讓約翰把她們母女的關係搞到無可挽回的地步，她一定無法原諒自己。

就是爲了這個，她才會三更半夜開車到媽媽家。琳達想跟母親談柔依的事——談怎麼修補她跟柔依的關係。

琳達也想倚賴母親的堅強。她想藉著母親的幫助，堅強起來，絕不讓約翰說服，跟他重修舊好。

不過，最主要的，琳達只是想找媽媽。

她已經是成人，有自己的兒女，但那又如何？她還是需要媽媽。她渴望媽媽用雙手擁抱她。她需要媽媽安慰她，告訴她，一切都會沒事的——告訴她，她做了正確的決定。

琳達沉浸在思緒中，差點錯過了通往母親家的小路。她急踩煞車，及時右轉，然後放慢車速，免得衝出薰衣草田間通往母親家的泥巴路。已經一年多沒來這裡了，但景物依舊——這點讓琳達好感激。熟悉的一切可以帶給她安全感，也讓她再次覺得自己很正常。

屋前露台的燈亮著，屋內也開了一盞燈。琳達面帶微笑，停好車子，下了車。屋內亮著的，應該是那盞一九二〇年代的老燈吧。母親最喜歡三更半夜就著這盞美人魚造型的銅燈看書——不過，對席薇雅·紅鳥來說，那應該不叫三更半夜。對她來說，凌晨四點算是早上，差不多是她起床的時間。

琳達正打算輕扣門上那面窗子，然後自行開門進去，就見到門上貼著一張飄散出薰衣草香味的紙條。上面的字跡顯然是母親的。

親愛的琳達，我感覺到妳會過來，但我不確定妳何時會到，所以我就去忙我的了。我帶了一些肥皂和香袋等東西，去塔勒夸市參加聚會。我明天回來。如同往常，把這裡當作自己的家吧。我希望我回來時能見到妳。愛妳。

琳達嘆一口氣，試著叫自己不要沮喪，或生媽媽的氣。她進入屋內時，自言自語地說：「這又不是她的錯。如果我常來，她自然會在這裡等我。」她已經習慣母親預知訪客來臨的特異功能。「看來她的雷達依然管用。」

她在起居室站了一會兒，想著接下來該做什麼。或許她應該回斷箭市，或許約翰會讓她獨處一陣子——至少讓她有時間找律師，備妥離婚文件，擺到他面前。

不過，反正她已經打破平日不外宿的規矩，加上孩子都在朋友家過夜，她大可不必回去。琳達再次嘆氣。這次，她吸氣時聞到了母親家的氣味：薰衣草、香草，以及鼠尾草——這是眞實的藥草和手工大豆蠟燭散發出來的眞實氣味，截然不同於約翰堅持要她使用的插電式人工芳香劑。他說，他不要用「會掉煙灰的蠟燭和骯髒的枯草」。這氣味讓她做出了決定。琳達跨進母親的廚房，直接走到那座酒架前——它雖然小，但收藏頗豐。今晚，她打算喝一整瓶紅酒，找一本媽媽的羅曼史小說看，然後醉醺醺地爬上閣樓的客房睡覺，享受在這裡的每一分每一秒。明天，媽媽將會遞給她一杯藥草茶來解她的宿醉，然後幫她想辦法讓生活回到正軌——這條軌道上將不再有約翰．海肥，但有她的柔依。

「海肥，這姓氏有夠蠢。」琳達說，給自己倒了一杯紅酒，慢慢地喝進一大口。「我第一個要甩開的，就是這個姓。」她瀏覽母親的書架，想從克萊思里．科爾、吉娜．蕭華特，以及珍妮佛．柯茹絲的小說當中挑一本來讀。然後，她注意到柯茹絲最新作品的書名——《或許這一次》。就這本了——這書名太棒了，**或許這一次**她會做出正確的決定。琳達才舒舒服服地在母親的椅子上坐下，就聽見門口傳來三下敲門聲。

依照她的看法，這個時間到別人家拜訪未免太晚了。不過，誰都料不準母親家會有什麼新鮮事。所以，琳達還是走去開門。

站在門口的吸血鬼美得令人屏息。她全身赤裸，模樣有點兒面熟。

25 奈菲瑞特

「妳不是席薇雅．紅鳥。」發現應門的是一個面色枯黃的女人，奈菲瑞特把頭抬得高高的，不屑地看著她。

「不是，我是她的女兒琳達，我媽不在家。」她說，緊張地往外頭張望一下。

當這個人類震驚地睜大眼睛，臉色霎時變得慘白，奈菲瑞特知道她發現白牛了。

「啊！那是……一頭……一頭牛！是牠讓田地燒焦的嗎？快點！快點！快進屋裡，屋裡比較安全。我拿袍子給妳穿上，然後就打電話給動物管理單位或警察局，或什麼人。」

奈菲瑞特面露微笑，轉頭看白牛。牠站在鄰近那片薰衣草田的中央。在不知情的人看來，的確會以爲牠燒焦了四周的花草。

但奈菲瑞特清楚得很。

「牠沒有燒毀花田，而是凍結了花田。枯萎的植物乍看之下像是燒焦了，事實上它們是被冰凍了。」奈菲瑞特說，那語氣就像在課堂上單純地陳述事實。

「我─我從未見過公牛可以做出這種事。」

奈菲瑞特對琳達揚起一道眉毛。「在妳看來，牠真的像是一頭普通的牛？」

「不像。」琳達悄聲說。然後，她清清喉嚨，顯然想讓自己的語氣聽起來強硬些。她對奈菲瑞特說：「不好意思，我實在搞不清楚發生了什麼事。我認識妳嗎？有什麼我可以幫妳的嗎？」

「妳不需覺得疑惑或緊張。我是奈菲瑞特，陶沙市夜之屋的女祭司長。我的確很希望妳能幫我。首先，請告訴我，妳母親何時會回來。」奈菲瑞特努力讓語氣顯得和藹可親，但她的內心正翻攪著各種情緒：氣憤、惱怒，還有美好的恐懼戰慄。

「喔，難怪妳看起來那麼眼熟。我女兒柔依就是念這所學校。」

「對，我跟柔依很熟。」奈菲瑞特笑得很自然。「妳說，妳母親什麼時候回來？」

「大概明天吧。要不要留話？還有，呃，妳需要穿件袍子或什麼嗎？」

「不用留話，也不需要袍子。」奈菲瑞特扯下和藹可親的面具，舉起手，從周圍暗影牽引出幾縷黑暗的卷鬚，將它們擲向這個人類女人，並下令道：「捆綁她，把她拖到屋外。」

奈菲瑞特每回操控這些低劣的卷鬚，原本都必須付出代價，承受肌膚被割裂的疼痛。但這一次，她發現她早已熟悉的感覺並未出現。她走向碩大無朋的白牛時，微微地對牠頷首微笑，因爲她知道，這是白牛幫的忙。

稍後再感謝我吧，妳這沒心沒肺的女人。她的心頭轟隆隆地響起牠的話語。奈菲瑞特想到稍後可能發生的事，再次興奮地顫抖。

那人類淒厲的哀叫聲劃破她的思緒，她轉頭比個手勢，厲聲喝道：「堵住她的嘴巴！我不想忍受這種噪音。」

琳達的哀號戛然而止。奈菲瑞特踏進那頭野獸周遭冰凍的薰衣草田，不顧赤足和裸膚冰冷，大步走到牠面前，伸出一根手指撫摸牠的角，然後優雅地屈膝行禮。起身後，她看著牠黝黑的眼睛，面露微笑，說：「我爲你獻上祭品了。」

公牛的視線瞥向她肩頭後方。

這個女人不是年長、威嚴的女族長。她不過是一個可悲的家庭主婦，軟弱已耗損她的生命。

「的確如此，但她的母親是切羅基族的女智者，她的血液也在這女人體內流淌。」

但稀釋了。

「她到底能不能作爲祭品？你可以用她的血替我造一個工具人嗎？」

可以，但工具人的品質因祭品而異。這個女人的品質不佳。

「可是，你可以賦予他力量，讓我掌控吧？」

可以。

「那麼，我希望你就接受這個祭品。既然有女兒可以用，我不想再等待她的母親。反正是同樣的血。」

就如妳所願吧，妳這沒心沒肺的女人。我對這件事已經感到厭煩。快殺了她，我們好去辦別的事情。

奈菲瑞特沒再說話，轉身走向那個人類。這女人眞是可悲啊，甚至不掙扎，只是靜靜地啜泣，任憑黑暗的卷鬚在她的臉龐、嘴唇，以及卷鬚捆綁住她軀體的所有地方，劃出一道道紅色傷痕。

「我需要刀子，現在。」奈菲瑞特伸出手，痛苦和冰冷立刻在她掌心匯聚，形成一把黑亮的短劍。奈菲瑞特握住短劍，輕輕一揮，利落地割開琳達的喉嚨。她看著女人兩眼圓睜、翻白，生命之血一點一滴流失。

全接住了，一滴都別浪費。

一聽到公牛的命令，卷鬚立刻在琳達身上蠕動，附著在她的喉嚨和任何淌血的地方，開始吸吮。奈菲瑞特出神地看著卷鬚搏動，每一縷卷鬚都伸出一條絲線，延蔓到公牛身上，消失在牠體內，以人類的血液餵養牠。

白牛愉悅地呻吟著。

當人類的血液被吸盡，變成一具空殼，公牛的身軀因她的死而膨脹鼓動，奈菲瑞特投入黑暗的懷抱，完完全全、徹徹底底地把自己獻給牠。

西斯

「長傳給你嘍，阿尼！」西斯甩出手臂，瞄準穿著「金色龍捲風」球隊運動衫的外接員。那外接員衣服背後繡有他的名字：史威尼。

史威尼接住球，做一個衝刺的假動作，閃躲過一票奧大校隊的對手，成功達陣。

「耶！」西斯舉起拳頭揮舞，又笑又叫。「史威尼眞有本事，連蒼蠅背上的小蚊子都抓得住！」

「你玩得很開心啊，西斯．郝運？」

一聽到女神的聲音，西斯立刻放下拳頭，露出有點內疚的笑容。「呃，對，這裡眞棒，隨時都有比賽可以讓我盡情當四分衛，還有超厲害的外接員和熱情的粉絲。如果美式足球打累了，街道另一頭就有一座湖，裡頭的鱸魚多到連職業漁夫都會開心到哭。」

「女孩呢？我沒看見啦啦隊，也沒看見女漁夫。」

西斯收起笑容。「女孩？沒。我只有一個女孩，但她不在這裡。妳知道的，妮克絲。」

「我只是跟你確認一下。」妮克絲露出燦爛的笑容。「可以坐下來跟我談一談嗎？」

「好，當然可以。」西斯說。

妮克絲揮揮手，老式大學足球場消失，西斯忽然發現他站在一處大峽谷的懸崖峭壁上，峽谷很深，底下奔流的大河看起來像是一條纖細的銀絲帶。太陽正要從山脊另一側升起，天空布滿紫色、粉紅和藍色的雲彩，揭開美麗的一天。

天空出現什麼動靜，吸引住西斯的目光。他發現，有數百個甚或數千個發光的球體正快速墜落到峽谷裡。他覺得其中有些球看起來像帶電的珍珠，有些像圓形的水晶，另外有些球體發出耀眼的螢光色彩，明亮到幾乎刺痛他的眼睛。

「哇！太酷了！」他用手遮住眼睛。「那是什麼東東啊？」

「靈。」妮克絲說。

「真的嗎？妳是說像鬼魂之類的東西？」

「有一點像，但基本上像你。」妮克絲說，露出溫暖的笑容。

「咦，這就怪了。我看起來不像那些東西啊。我看起來就像我自己。」

「現在你看起來是這樣沒錯。」妮克絲說。

西斯低頭瞥一下自己，想確定他依然是，嗯，**他自己**。他鬆了一口氣，再次看著妮克絲。

「我是不是該準備好迎接改變了？」

「這完全要看你自己。」妮克絲說：「我想對你提出一個提議。」

「太棒啦！有女神要跟我求歡。」①

妮克絲對他蹙起眉頭。「不是那種提議，西斯。」

「喔，呃，對不起。」西斯覺得臉頰發燙。唉，他眞是智障。「我不是故意對妳不敬，我只是在開玩笑啦……」他結結巴巴，舉手抹了抹臉，然後看著女神。她面露苦笑看著他。發現女神沒有要對他來個五雷轟頂之類的，他鬆了一口氣。「好，」他說：「什麼提議？」

「很好。很高興知道你專心在聽我說話。我的提議是這樣的：我給你選擇。」

西斯眨巴著眼睛。「選擇？在什麼之間做選擇？」

「我很高興你主動開口問。」妮克絲話裡帶著一絲絲逗弄他的味道。「我有三個未來讓你選擇，你可以任選其中一個。但在我告訴你這些選項之前，我要你知道，不管你決定選哪一條路，結果都是未定數。一旦你做了選擇，唯一確定的就只是你目前這個決定。之後會怎麼發展，要看運氣、命運，以及你的靈魂的資質而定。」

「好，我想我懂了。我得選一樣，但選擇之後我基本上就只能靠我自己了，對吧？」

「以及我的祝福。」她補充。

西斯咧著嘴笑。「希望如此。」

女神沒有微笑回應，而是盯著他的眼睛。西斯發現笑意已從她臉上消失。「除非你遵循我的道，否則我不會祝福你。如果未來你選擇了黑暗，我不會祝福這樣的未來。」

「我怎麼可能選擇黑暗？不可能嘛。」西斯說。

「聽清楚了，孩子，仔細考慮我給你的選項，你就會明白。」

「好。」他說，不過她的語氣害他的胃揪緊。

「第一個選項，你留在這個國度，始終滿足，永遠可以跟其他歡樂的孩子一同玩耍。」

「滿足不一定快樂。」西斯緩緩地說：「我雖然四肢發達，卻也不是笨蛋。」

「當然。」女神說：「第二個選項：你實現最初的希望，重新誕生。這代表你大約有一個世紀的時間會留在這裡玩耍，然後你會從這個斷崖跳下去，返回人間，重新誕生爲人類，

---

① 譯按：提議的英文字proposition也有求歡的意思。

最後再次找到你的靈魂伴侶。」

「柔依！」他說出這個盈滿他心思的名字，但就在說出口的時候，西斯不禁納悶，爲什麼過了這麼久才想到她的名字？他是怎麼了？難道他忘了她？他怎麼沒有——

妮克絲輕輕碰觸一下他的手臂。「別責怪自己。另一個世界會麻醉一個人。其實，你不是眞的忘記了你的愛——你永遠不可能忘記的。你只是暫時讓你裡面那個小孩出來掌管一陣子。他終究會長大成人，到時候你就會想起柔依和你對她的愛。在正常狀況下，事情應該是這樣。但是，今天的世界已經不正常，我們遇到的狀況也不正常。所以，現在，我要請你裡面那個小孩稍微快一點長大——如果你選擇這一條路的話。」

「如果跟小柔有關，我願意。」

「那麼，聽好了，西斯．郝運。如果你選擇重生爲人，我向你保證，你可以再次找到柔依。你和她注定在一起，不管那是吸血鬼和配偶，或吸血鬼和伴侶的關係。總之，一定會這樣，而且你可以選擇讓它在這一輩子發生。」

「那麼我——」

妮克絲舉起手，打斷他的話。「還有第三個選項。如我所言，人間正在經歷巨大變動。黑暗的巨大陰影以白牛的形象現身，已取得意想不到的據點。因此，良善與邪惡之間的平衡也已遭到破壞。」

「妳不能出手修正這種狀態嗎？」

「我是可以，倘若我沒賜給我的子民自由意志的話。」

「妳知道的，有時候人們很愚蠢，非得有人告訴他們該怎麼做不可。」西斯說。

妮克絲的表情依舊嚴肅，但深黝的眸子閃爍著光芒。「如果我剝奪兒女的自由意志，掌控他們的決定，結果會怎樣呢？我會變成操縱木偶的人，而他們全成了傀儡。」

西斯嘆一口氣。「我想，妳說得沒錯。我的意思是，妳是女神，我相信妳一定知道自己在說什麼。可是，如果妳出手操控的話，事情會比較容易處理。」

「比較容易通常不會比較好。」她說。

「對，我知道。可是，這樣實在很遜。」西斯說：「好，那我的第三個選項是什麼？妳是不是要告訴我，這個選項跟善與惡有關？」

「對。奈菲瑞特已經變成不死的黑暗生物。今晚，她已經跟白牛勾搭上，而白牛是最純粹的邪惡在人間現身的形象。」

「我知道。我剛死掉的時候，好像就看見那樣的東西似乎想找我們麻煩。」

妮克絲點點頭。「沒錯，白牛被人間良善與邪惡的變化給喚醒了。牠上一回像今天這樣在不同國度之間遊走，已經是好幾個世紀以前的事了。」這時，西斯看見女神微微顫抖，心裡跟著不安起來。

「發生了什麼事？人間到底怎麼了？」

「牠賜給奈菲瑞特一個工具人。那是一種類似泥人的生物，可以說是有生命但沒有靈魂的假人，是黑暗透過情欲、貪婪、憎恨和痛苦，利用一個被犧牲的祭品創造出來的，而奈菲瑞特可以完全掌控這個生物。他會成為她的終極武器——起碼這是她的意圖。她的祭品愈完美，工具人就愈可能成為黑暗的完美武器。不過，這次黑暗所創造的工具人有瑕疵。西斯，就是由於這一點，你的選擇出現了。」

「我不懂。」西斯說。

「照理說，工具人應該是沒有靈魂的機器。但這次餵養這個生物的祭品出了差錯，我可以影響他。」

「妳是說，他有一個弱點，類似希臘神話中勇士阿基里斯的後腳跟？」

「對，有一點像那樣。如果你選擇這個選項，我就可以利用這生物被創造時的弱點，把你的靈魂放入原本空洞無靈魂的工具人當中。」

西斯眨著眼睛，試圖理解這麼一樁不可思議的事情。「那我還會知道我是我嗎？」

「你只會知道每一個重生的靈魂所知道的東西——也就是你最純粹的本質。這個本質永遠不會消失，不管你經歷過多少次人生。」妮克絲停頓一下，對我微笑，然後接著說：「當然，如果你選擇這條路，你也會知道愛。愛也永遠不會消失——它只可能在你重生的時候，受到壓抑，或被你錯過或擱在一旁。」

「等等。那生物現在活在柔依的世界中，對吧？」

「對，他今晚在柔依身處的當代世界被創造出來。」

「被小柔的死對頭——奈菲瑞特創造出來？」

「對。」

「所以，奈菲瑞特要利用這傢伙對付我的小柔？」西斯火冒三丈。

「我很確定這就是奈菲瑞特的意圖。」妮克絲說。

他哼了一聲，說：「有我在那傢伙裡面，她不妨試試看。她囂張不了多久的。」

「在你做出最後決定之前，你必須了解：到時候你不會知道你自己，西斯已經消失了，留下的只有你的本質——而非你的記憶。而你入住的那個生物，被創造出來就是爲了摧毀你的最愛。另外，你也可能會臣服於黑暗。」

「妮克絲，我只有一個問題：小柔需要我嗎？」

「是的，她需要你。」女神說。

「那麼，我選第三個選項，我願意進入工具人裡面。」西斯說。

妮克絲綻開燦爛的笑容。「孩子，我以你爲榮。你返回現代世界時，將帶著我的特別祝福。」

女神伸手從上方的空中摘取一縷什麼東西下來。西斯覺得，那東西像一縷閃閃發光的銀絲，是如此地明亮、璀璨，令他屏息。她把銀絲纏繞在手指上，做成一個約二十五分硬幣大小的球體。那球體熠熠閃亮，彷彿有光從裡面照亮的月光石，發出一種古老的特殊亮光。

「好酷啊！這是什麼？」

「這是最古老的一種魔法，在現代世界很罕見。它適應文明的能力不怎麼好。不過，既然白牛用古代魔法創造出工具人，我也應該讓**我的**古代魔法出現在那裡。」

當妮克絲繼續說話，她的聲音像是在吟詠，而且似乎與那顆發光球體的美互相搭配、融合在一起了。

靈魂有窗可凝睇
我讓光亮和魔法與你同去

要堅強，要勇敢，做出正確抉擇
雖然黑暗咆哮的聲音令人震懾
要知道我在上面照看
永遠，永遠，愛是答案

女神將發光的球體擲向他，魔法的亮光盈滿西斯的眼睛，讓他目盲。他踉蹌後退，覺得自己從斷崖翻落，跌入深淵，墜落，墜落，一直墜落……

26 奈菲瑞特

奈菲瑞特覺得全身疼痛，但她不在意。事實上，她享受這種痛。在拂曉前的昏暗天色中，白牛離開後殘留的力量在陰暗處蠕動。她深吸一口氣，本能地將這些殘餘的力量全汲取到自己身上。黑暗增強了她的法力，奈菲瑞特站起來，無視於遍布全身的血跡。

白牛把她丟在她這層頂樓套房的露台上。卡羅納不在屋裡，但她不在乎。她不再想要他了，因爲過了今晚她不再需要他。

奈菲瑞特面向北方，土元素的方向。她舉起手，開始在空中繞指，耙梳強而有力的、看不見的魔法和黑暗的古老絲線。接著，她以毫無情緒的冰冷聲音，說出白牛教她的咒語。

從土和血，你終誕生
我與黑暗，約定已成
充滿力量，唯我的聲音你聽聆順服

別無選擇，你的生命為我擁有差使
公牛的承諾完成於今夜
永遠，永遠，在黑暗亮光中沉醉

特西思基利之后將匯聚在她手中的黑暗烈火，擲向露台的石頭地板，一個柱狀物立起，旋轉、扭動、變化……

奈菲瑞特出神地看著，工具人逐漸幻化成形。它的身軀由那道光柱凝聚而成，而光柱的光彩讓奈菲瑞特想起白牛的毛皮，那珍珠般的光澤。終於，它站在那裡——不，是**他**，他站立在她的眼前。奈菲瑞特不敢置信地搖搖頭。

他長得是這麼美好，儼然一個迷人的年輕男子，英俊挺拔，高大強壯，無懈可擊。一般人在他身上絕對看不出一絲黑暗的痕跡。包覆著強健肌肉的皮膚光滑無瑕，濃密長髮耀眼如同夏日的麥穗。他五官分明，外貌毫無缺陷。

「跪下，我要賜你名字。」

工具人立刻遵命，在她面前單膝跪下。

奈菲瑞特微笑，將沾滿血跡的手按在他的頭頂。「你因人血的祭獻而生，我要用古代原牛的名稱，命你之名為元牲。」

「是的，夫人，我是元牲。」工具人說。

奈菲瑞特開始狂笑，不停地笑，沒有想到她的聲音顯得歇斯底里和瘋狂，沒有想到她讓元牲繼續跪在石頭地板上等待她的下一個指示，也沒有想到她轉身離去時，工具人看著她的那雙眼睛閃閃發光——那是一種古老的特殊亮光，彷彿有光從裡面照亮的月光石……

柔依

「對，我知道妮克絲原諒了他，把他變成一個男孩。我不知道妳怎麼想啦，但我可不曉得有哪個男孩白天會變成鳥。」史塔克聽起來好疲憊，但還沒疲憊到足以教他擔不了心。

「這是他過去做過太多壞事，所必須承擔的後果。」我蜷縮在史塔克身邊，依偎著他，試著不理會牆上美豔女星潔西卡．艾芭的海報。史塔克和我在地下坑道的這個房間，以前是達拉斯住的。剛來到這裡時，我利用元素力量把坑道快速清理過，大家也用傳統的舊方法做了一番大掃除。要整理的地方還很多，但至少這裡可以住人，而且不用看到奈菲瑞特。

「對，但還是很怪。想想看，才沒多久之前，他還是卡羅納的愛子，一個仿人鴉。」史塔克繼續說道。

「喂，我不是要跟你唱反調啦，我也覺得怪。不過，我相信史蒂薇．蕾，而她愛他。」

我扮了個鬼臉，惹得史塔克發笑。「甚至在他還沒擺脫鳥喙和那些羽毛之前，她就愛上他。嗯，老天！我得叫她好好從頭招來。」我停住，想了一下。「不曉得現在他們在做什麼。」

「肯定做不了太多事。太陽剛升起，他變成鳥了。對了，史蒂薇．蕾有說要把他放在鳥籠裡或怎樣嗎？」

我往他肩頭搥了一下。「你明知她不會說這種話！」

「我想也是。」史塔克打了一個大哈欠。「反正不管她在做什麼，妳都得等到太陽下山才能去問。」

「小朋友，你的就寢時間超過了吧？」我問他，咧著嘴對他笑。

「小朋友？妳是在損我嗎，小女孩？」

「損？」我咯咯笑，說；「對，當然是在損你，嘻嘻！」

「過來，女人！」

史塔克開始拚命搔我癢，我則設法拔他的手毛來反擊。他哀哀叫（像個小女孩）。接著，局面演變成兩人摔角大賽。最後，不知怎麼搞地，竟是我被壓制在下方。他用一隻手就把我兩隻手腕扣住，將我兩隻手臂壓在我的頭頂上方。

「認不認輸？」史塔克問我。他的嘴巴附在我耳邊喘息，搔得我耳朵好癢。

「絕不。你又不是我的老闆。」我掙扎，但徒勞無功。好吧，我承認我沒有掙扎得很用力。我的意思是，他是壓住了我，但又沒傷害我——史塔克絕不可能傷害我。再說，他超級性感，而我又很愛他。「其實我是對你手下留情。要不然，我只要召喚我那超酷的元素力量，就能把你的可愛小屁股踹到天邊去。」

「可愛？妳認爲我的屁股可愛？」

「大概吧。」我告訴他，努力不笑出來。「不過，這不表示我不會召喚元素來踹它。」

「噢，那我最好讓妳的嘴巴忙一點，免得妳使出這一招。」

他開始親我。我心想，這實在既奇怪又美妙，這麼簡單的動作，只是一個吻，就能讓我感受這麼深。他的嘴唇好柔軟，跟他結實的身體成強烈對比。當他繼續吻我，我不再想著這有多美好，因爲他已經讓我無法思考。我所能做的就只是感覺：感覺他的身體、我的身體，以及我們的歡愉。

所以，他一直扣著我的手腕，將我的手臂壓在我的頭頂上方，我沒有去想什麼。當他空出來的那隻手開始撩起我當睡衣穿的超大號T恤，我也沒有想太多。當他的手從我的衣服底下游移到我的內褲褲頭，我還是沒有多想。一直等到他的吻變得不一樣，我才開始想。原本溫柔的吻變成深吻，再變成激烈的吻。太過激烈了，彷彿他忽然變得飢渴，而我是終止他飢渴的食物。

我試圖將手腕從他的掌心抽出來，但他抓得好緊。

我將頭轉開。他的唇脫離我的嘴，往下一路吻到我的脖子。當我試著冷靜下來，試著想清楚到底什麼事情讓我心裡不舒服，他突然咬我，咬得很用力。

這種咬跟之前在斯凱島第一次發生過的不一樣。那時，那是我們**兩個**都想要的，我們**一起**沉醉在其中。但這次，他既粗魯又霸道，絕對不是兩人都在享受。

「唉呀！」我猛力一抽，有一隻手腕終於掙脫他的掌心。我用這隻手使勁推他的肩膀。

「史塔克，會痛。」

他呻吟著，不停磨蹭我，好像完全沒聽到我在推他，也沒感覺到我在推他。當我察覺他的牙齒再次咬我，我大叫，同時用身體和情緒的力量使勁推他，期待他接收到我要傳達的訊息——**真的！你弄痛我了！**

他用手肘撐起上半身，目光緊盯著我的眼睛。有那麼一剎那，我看見他眼裡出現什麼東西，我的靈魂打了個寒顫，身體往後退縮。史塔克眨著眼睛，看著我，臉上的表情由困惑轉變爲震驚。他立刻鬆開我的另一隻手腕。

「該死！對不起，柔依。天哪，對不起！妳有沒有受傷？」

他著急地不斷輕輕撫拍我的身體。我將他的手撥開，皺眉看著他。「你是什麼意思，我有沒有受傷？你是哪裡不對勁啊？幹麼這麼粗暴？」

史塔克伸手抹了一把臉。「我沒有察覺——我不知道爲什麼——」他支吾著，深吸一口氣，然後才又繼續說：「對不起，我不知道我弄痛了妳。」

「你咬我。」

他再次抹臉。「對，剛剛我覺得這樣做好像不錯。」

「會痛欸。」我搓著脖子。

「讓我看看。」

我把手移開，讓他檢視我的脖子。「只是有點紅紅的。」他俯身，超級輕柔地吻那個又紅又痛的地方，然後說：「嘿，我眞的沒有想到我會咬得那麼用力。眞的，柔。」

「說眞的，史塔克，你咬得很用力。而且我叫你放開我的手腕時，你也不理會我。」

史塔克吐出長長一口氣。「好，我保證不會再發生這種事。我想，我只是很想要妳，而妳又讓我超有感覺，使得我——」

他停住，我替他把話說完：「——使得你無法控制自己？搞什麼呀？」

「不，不，不是這樣的。柔依，妳不要這樣想。我是妳的戰士、妳的守護人——保護妳不受任何人傷害，是我的職責。」

「這任何人也包括你嗎？」我問。

他緊緊盯著我的眼睛。在他那雙熟悉的眼眸裡，我看到困惑、難過和愛——很多很多的愛。「包括我自己。妳眞的認爲我會傷害妳？」

我嘆一口氣。我幹麼那麼大驚小怪？對，他是失控了，抓住我的手腕，咬我，而且我叫他放手時他理都不理。可是，他是**男生**啊。那句老話是怎麼說的？**凡是有輪子或睪丸的東西，都會給人惹來麻煩**。

「柔依，眞的，我永遠不會讓妳受傷害。我發過誓。再說，我愛妳，而且——」

「好了啦，噓。」我用手指壓住他的嘴唇，阻止他說下去。「我知道你不會讓任何東西傷害我。你累了，太陽也升起來了，我們今天過得有夠混亂的。所以，我們睡覺吧，並約定不再咬來咬去的。」

「好。」史塔克張開手臂。「要過來嗎？」

我點點頭，鑽進他懷裡。他撫摸我的感覺好正常：強壯、安全，而且非常非常溫柔。

「我一直有睡眠困擾。」他親了親我的頭頂，然後有點猶豫地說。

「我知道——我跟你睡在一起，看得出來。」我親他的肩膀。

「妳這次不問我要不要找龍老師做心理諮商？」

「他留下來了，沒跟我們一起離開夜之屋。」我說。

「沒有一個老師離開。連蕾諾比亞也留下來了，而妳知道她百分之百挺我們。」

「是啊。她離不開那些馬，我們又絕無可能把牠們弄來下面這裡。」我說：「總之，龍老師不一樣。我覺得，他感覺起來不一樣。他不肯原諒利乏音。其實妮克絲基本上已經跟他講了，他還是不肯。」

我可以感覺到史塔克點了點頭。「這樣很糟糕。可是，你知道的，如果有人殺害妳，我也無法原諒那個人。」

「這就像要我原諒卡羅納殺死西斯。」我低聲說。

史塔克把我摟得更緊。「妳辦得到嗎？」

「我不知道。我真的不知道——」我猶豫著，開始支支吾吾。

他催促我。「說吧，你可以告訴我的。」

我跟他十指交纏。「在另一個世界，你，呃，你**死了**——」我好不容易說出這個字，趕緊繼續往下說——「然後，妮克絲出現。」

「對，妳說過。她要卡羅納償還殺死西斯的生命之債，讓我活過來。」

「嗯，但之前我沒有告訴你，在妮克絲面前，卡羅納變得好感傷。他問她，她會不會原諒他。」

「女神怎麼說？」

「她說，如果他值得原諒，再去問她。其實，妮克絲當時說的話，跟她今晚對奈菲瑞特說的話差不多。」

史塔克哼了一聲。「對奈菲瑞特和卡羅納來說，這恐怕不是好兆頭。」

「那倒是眞的。總之，我的重點是，嗯，不是我要假裝自己像女神或怎樣，不過，如果問我要不要原諒卡羅納，我的答覆就跟妮克絲對他和奈菲瑞特說的話差不多。我想，眞正的原諒是一種禮物，要靠自己去掙得。所以，我根本毋需擔心卡羅納會來求我原諒，除非他值得我去考慮這件事。我看不出這怎麼可能。」

「不過，他今晚給了利乏音自由。」我聽得出史塔克語氣裡的矛盾情緒。我了解這種情緒，因爲我也有。

「我一直在想這件事。我唯一能想到的是，給利乏音自由或許對卡羅納有利。」我說。

「這代表我們必須好好看著利乏音。」史塔克說：「你會跟史蒂薇．蕾提這一點嗎？」

「會，但她愛他。」我說。

他再次點點頭。「當你愛一個人，你往往就無法面對現實。」

我往後退，以便對他投以**那種眼神**。「這是你的經驗談嗎？」

「不是，不是。」他趕緊說，對我露出疲倦但依然冷傲的招牌笑容。「不是經驗談，是觀察來的。」史塔克輕輕地把我拉靠近他，我再次依偎著他。「該睡覺了。把頭靠過來吧，女人，我也要睡了。」

「好啦。說眞的，你的口氣眞像修洛斯。」我仰頭看著史塔克，搖搖頭。「如果你開始留他那種白色山羊鬍，我就炒你魷魚。」

史塔克抬起一隻手搓了搓他的下巴，彷彿鄭重其事地在考慮這件事。「妳不能炒我魷魚，我簽的是終身契約。」

「那我就不再吻你。」

「好，我不留鬍子，姑娘。」他咧著嘴笑。

我也對他微笑，心想，眞高興他「簽的是終身契約」，而且眞的很希望他會在這個「職位」上做很久很久。「喂，這樣吧，你先睡，我保持清醒一會兒？」我捧著他的臉，說：

「今天，就讓我來守護我的守護人吧。」

「謝謝妳。」他說，表情比我預期的嚴肅許多。「我愛妳，柔依．紅鳥。」

「我也愛你，詹姆士．史塔克。」

史塔克轉頭親吻我的手掌及女神在上面留下的繁複刺青圖案。當他閉上眼睛，身體開始放鬆，我撫摸他濃密的棕色頭髮，好奇地想著，不知道妮克絲會不會（或何時會）又在我身上添加令人讚嘆的刺青。她給了我記印，又把它們拿走——至少大家都說，當我的靈魂跑到另一個世界，這些刺青就都消失了——接著，我一復原，妮克絲就把它們還給了我。或許我的刺青已經固定下來，或許我不會再得到新的刺青了。如果是這樣，不曉得這是好事還是壞事。想著想著，我的眼皮變得很沉重，幾乎張不開。我心想，我應該閉上眼睛，只閉一會兒就好。史塔克肯定已經睡著了，我閉一會兒眼睛應該沒關係吧……

夢眞的很奇怪。我夢到我在飛，像超人那樣飛。你知道的，就是兩手平伸向前，控制方向。我腦海中響起超人電影的主題音樂，我是指克里斯多夫．李維主演的那幾部很讚的老電影。但接著，一切都改變了。

主題音樂被我媽的聲音取代。

「我死了！」她說。

「對，琳達，妳死了。」妮克絲的聲音緊接著傳來。

我的胃揪緊。**這是夢，這只是一場噩夢！**

往下看，孩子。妳必須親眼見證。當女神的聲音在我心裡低語，我知道現實已經滲入夢境。

我不想要這樣。我眞的、眞的不想，但我還是往下看。

下面那個地方，我慢慢地想起來，應該就是妮克絲國度的入口。那裡有一片彷彿無邊無際的黑暗——之前我就是跳進那裡，讓靈返回身體的。然後我看到一座石頭拱門矗立在夯實堅硬的泥土上，拱門的另一側是妮克絲的聖樹林，從奇妙靈幻的吊夢樹開始，延展成一大片林子。

我媽就站在另一個世界入口的拱門裡，面對著妮克絲。

「媽！」我叫她，但無論女神，還是我媽，都沒有反應。

靜靜地見證吧，孩子。

於是，我在她們上方盤旋，靜靜地看著，無聲的淚水從我臉龐滑落。

我媽凝視著女神。終於，她用微弱、恐懼的聲音說：「所以，上帝是女的，還是我罪孽深重，下地獄了？」

妮克絲微笑。「在這裡，毋需擔心過去的罪孽。在另一個世界，我們只在乎妳的靈，以及它選擇懷抱的本質：光亮或黑暗。就這麼簡單，眞的。」

我媽咬著下唇，半晌後才說：「那我的靈懷抱著什麼，光亮或黑暗？」

妮克絲的笑容依舊燦爛。「妳說呢，琳達，妳選擇了什麼？」

看見媽媽開始哭泣，我的心揪緊。「直到最近以前，我想，我都在比較不好的那邊。」我媽說。

「軟弱跟邪惡有很大的差別。」妮克絲說。

媽點點頭。「我很軟弱。我不想這樣，但我的生活就像雪球一路往山下滾，我找不到方法避免雪崩。不過，最後我還是努力嘗試，所以我才會到我媽的屋子裡。我準備重新找回自己的人生，找回跟我女兒柔依的關係。她是——」媽媽頓住，恍然大悟地睜大眼睛。「妳是柔依的女神，妮克絲！」

「沒錯，我就是。」

「噢！所以柔依有一天也會來這裡？」

我交叉雙臂抱緊自己。**她愛我，媽真的愛我。**

「對，不過，我希望她很久很久以後才來。」

媽遲疑了一下，問道：「我可以進去裡面等她嗎？」

「可以。」妮克絲展開雙臂，高聲說：「歡迎來到另一個世界，琳達．紅鳥。將痛苦、懊悔和哀傷拋下，帶著愛進來，永遠懷著愛。」

然後，我媽和妮克絲消失在一陣耀眼的亮光中。我醒來，躺在床的邊緣，兩臂抱著自己，不停地哭。

史塔克立刻醒來。「怎麼了？」他急忙挨過來，把我抱進他的懷裡。

「我—我媽，她—她死了。」我啜泣著。「她—她眞的愛我。」

「當然啊，柔，她當然愛妳啊。」

我閉上眼睛，讓史塔克安慰我。但我繼續哭，哭出痛苦、懊悔和哀傷，直到只剩下愛。始終是愛。

LOCUS

LOCUS

LOCUS

LOCUS